Clara Marie Bagus

Der Klang von Licht

PIPER

Clara Maria Bagus

DER KLANG VON LICHT

Vom Verschwinden
und Sich-Finden

Roman

PIPER

Mehr über unsere Autorinnen, Autoren und Bücher:
www.piper.de

Wenn Ihnen dieser Roman gefallen hat, schreiben Sie uns unter Nennung des Titels »Der Klang von Licht« an *empfehlungen@piper.de*, und wir empfehlen Ihnen gerne vergleichbare Bücher.

Von Clara Maria Bagus liegen im Piper Verlag vor:
Die Farbe von Glück
Der Klang von Licht
Die Unvollkommenheit des Glücks

Ungekürzte Taschenbuchausgabe
ISBN 978-3-492-32088-7
September 2024

Satz: Fotosatz Amann Memmingen
Gesetzt aus der Freight
Druck und Bindung: CPI books GmbH, Leck
Printed in the EU

Für meinen Mann Rolf, mein Gegenstück.
Und für unsere Zwillingssöhne Numa und Avi,
die mir alles bedeuten.

Sowie in Gedenken an meine liebe Freundin Cati.
Als ich dich zum letzten Mal sah:
»Was kann ich nur tun, Cati?«
»Schreib wieder ein Buch.«
Komm gut an, auf der anderen Seite des Flusses.

Zuerst suchte ich das Leben.
Dann suchte das Leben mich.

Prolog

Der Ausgang einer Geschichte hängt davon ab, wo wir sie enden lassen.

***

An die meisten Geschehnisse erinnere ich mich sehr genau, wenngleich einige durch die Zeit ein wenig verfärbt sind wie vergilbte Polaroids. Auch mag mein Gedächtnis einige Details mit der Zeit etwas verwandelt haben. Wie es unser Gehirn mit Erinnerungen macht. Es vermischt die Bilder, fügt sie neu zusammen, lässt aus, ergänzt, schafft eine neue Ordnung, in der wir irgendwann selbst nicht mehr ausmachen können, was umgeformt wurde. Doch ändert das in dieser Geschichte nichts am Wesentlichen der Ereignisse, die wahr und bedeutsam sind.

Es ist Zeit, sie zu erzählen, bevor mein Erinnerungsvermögen versagt und mir die Geschichte zwischen den Händen zerfällt wie brüchiges Papier.

Die meisten Menschen suchen an irgendeinem Punkt in ihrem Leben nach dem Sinn. Sie wollen dem Unsinn ein Ende setzen und versuchen, eine tiefer gehende Bedeutung in den Ablauf der Ereignisse zu bringen – nicht selten, damit sie erträglicher werden. Andere glauben an keinen größeren Zusammenhang, sondern ausschließlich an wissenschaftliche Erklärungen. Für sie kommen und gehen die Tage in rein zufälliger Weise. Reihen sich aneinander und werden zu einer Geschichte, die in ihnen verschwindet.

Doch in jeder Vergangenheit findet man – siebt man sie nur gründlich durch – Fragmente, überdauernd und kostbar, die selbst die Zeit nicht zersetzen kann.

Wer den Mut hat, diese Teile zu sammeln und zu verbinden, erkennt den Sinn des Daseins und den Zusammenhang von allem.

Teil I

Das Labyrinth dreier Geschichten

Erste Familie

Sie hatte es sofort gewusst. Ohne den Anflug eines Zweifels. Und dann hatte sie gespürt, wie es sich in ihr bewegte.

Sie wollte dieses Kind nicht. Sie wollte ihn. Nicht sein Kind. Aber mit diesem Kind würde sie ihn verlieren.

Was immer sie versucht hatte, um das Baby in ihrem Bauch loszuwerden, es war nicht gewichen. Sie hatte wenig gegessen, sich in enge Kleider geschnürt, auf ihren Bauch geschlagen. Vielleicht, so hatte sie am Anfang noch gehofft, würde das Kind durch ihre Ablehnung aufhören zu wachsen und aus ihrem Leben verschwinden. Aber es verschwand nicht.

Dann kam es zur Welt. Und sie fasste es an, ohne es zu berühren. Schaute es an, ohne es zu sehen.

Nun stand sie im Ruderboot, das auf dem See schaukelte, und hielt dieses Baby in den Armen. Ein Säugling, eingewickelt in ein weißes Leintuch. Ein Kind, nicht ohne Ähnlichkeit mit ihm. Ein Sohn.

Ringsum blitzende Spiegelungen der Bläue. Hier und da Fischreiher, die geräuschlos vorbeiglitten. Weiter entfernt schwammen blühende Inseln wie Gärten voller Frühling. Fragmente, die sich über die Jahrzehnte vom Ufer gelöst hatten. Kormorane stoben als dunkle Wolke in den Himmel empor, ein lautloses Geflatter von Schatten.

Sachte legte sie das Kind zwischen ihre Füße ins Heck, setzte sich auf das Brett und umfasste die Ruder. Die untergespülten Luftblasen zerplatzten.

Lange trieben sie so dahin. Die Bläue des Himmels wurde blasser und blasser, dann durchsichtig und füllte sich schließlich mit dem Schwarz der Nacht.

Über ihr dieser riesige Mond, den die Wolken immer wieder verschleierten und der, wenn sie vorübergezogen waren, wie aus einem leeren Himmel silbernes Licht auf das Kind fallen ließ.

Der Grund des Sees wurde sumpfiger. Sie steuerte das Ruderboot durch Buchten von Schilfgras, bis der Bug schließlich ans sandige Ufer stieß. Mit bloßen Füßen, den langen Rock über den Knien zu einem Knoten gebunden, stieg sie aus dem Boot ins Wasser, schob es am Heck die letzten Meter bis auf den Sand. Einen Arm unter seinen Kopf geschoben, den anderen in den Kniekehlen, hob sie das Baby heraus und stapfte durch die schlammige Erde, bis sie hier und da erste Häuser zwischen dem hohen Schilf ausmachen konnte. Mehrmals sackte sie so tief in den feuchten Boden ein, dass sie beinahe mit dem Kind gestürzt wäre, fing sich aber immer wieder und ging keuchend weiter. Bis das Haus der beiden alten Schwestern aufblitzte, von denen bekannt war, dass sie sich Problemen wie diesem annahmen, und es, gelang es einem, rechtzeitig wieder zu verschwinden, für einen aus der Welt schafften.

Sie legte das Kind vor der Eingangstür auf der Veranda ab und lief davon. Ohne sich ein einziges Mal umzublicken. Paddelte zurück in das ihr zugewiesene Leben – bis die

Sonne am Horizont hervorkroch und sich über ihr der weite helle Himmel des anbrechenden Tages ausbreitete wie blanker Hohn.

Sie fanden den Säugling mit den ersten Sonnenstrahlen. An das Leintuch ein bloßer Zettel geheftet, auf dem in zittrigen Buchstaben stand: *Eine Handvoll Licht.* Sonst nichts. Kein Name. Kein Geburtsdatum. Sodass der kleine Junge auf die Frage, wie alt er sei, später immer antworten würde: »fast sechs«, »etwa acht«, »beinahe zwölf«.

In der kommenden Nacht erwachte erstmals die tiefe Sehnsucht in ihr, ihr Kind in den Armen zu halten. Nicht wie ein Bündel von Problemen. Sondern wie eine Mutter ihr Kind hielt. Sie tastete im Bett neben sich in eine Leere, die sie hochschrecken ließ. Erst jetzt begriff sie, was sie getan hatte. Furcht durchflutete sie. Die Furcht, das eigene Kind nie wiederzusehen. Eine Furcht, die sie fast umbrachte. Und zum ersten Mal im Leben wusste sie wirklich, was Angst ist.

Nur noch zwei Wochen verblieben, bis ihr Mann mit der gemeinsamen zwölfjährigen Tochter von einem sechsmonatigen Streifzug durch die Welt zurückkehrte. Sie hätte ihre Familie begleiten sollen, hatte aber am Abreisetag vorgegeben, sich unwohl zu fühlen. Gesagt, sie käme nach, sobald es ihr besser ginge. Und war nicht nachgekommen. Stattdessen hatte sie ein Kind geboren, von dem niemand wusste.

Hinter ihren Lidern immer wieder das Gesicht des Mannes, den sie liebte und der der Vater war. Der, nachdem sie die Liaison – aufgrund der sie in Panik versetzenden

Schwangerschaft – beendet hatte, etwas tat, das entscheidender war als alles andere: Er war für immer aus ihrem Leben verschwunden.

Sie irrte durch die Tage. Als eine Woche vergangen war und sich der Schock über ihren Verzweiflungsakt so tief in Glieder und Seele gefressen hatte, dass sie sich kaum noch zusammenhalten konnte, zog sie sich hastig an und rannte hinunter zum Ufer.

Draußen hing ein bleicher Morgen über dem See. Sie löste das Ruderboot und stieg hinein. Paddelte so schnell sie konnte, ohne einmal innezuhalten. Bis sie sich Stunden später der Siedlung näherte und Stimmen zu ihr hinübertrieben.

Zwischen Büscheln von Schilfgras versteckte sie sich und wartete. Das Haus der Schwestern im Blick. Weißes Holz, vier Pfosten, die die Veranda stützten. Blühende Sträucher davor. Über allem ein leerer Himmel.

Sie wusste nicht, wie viel Zeit vergangen war, als sich die Tür schließlich öffnete und jemand heraustrat. Ein Mann. Eine Frau. Und schon erblickte sie ihn. Ihren Sohn. Das schwarze Haar, das wie nasser Stein glänzte. Die winzigen zu Fäusten geballten Händchen. In den Armen dieser Fremden.

Sie musste es gespürt haben. Tief drinnen gefühlt haben, dass ihn jemand genau an diesem Tag holen und für immer von ihr fortbringen würde.

Aus der Entfernung konnte sie das Gesichtchen kaum erkennen, erst recht nicht das Sternenmuster aus Talgdrüsen an seiner linken Stirn, das sie sich so fest eingeprägt hatte. Doch sein leises, helles Wimmern drang bis in ihr Herz.

Ohne dass sie etwas dagegen machen konnte, verschwand ihr Kind hinter dem Schleier ihrer Tränen.

Unsicher trat sie aus ihrem Versteck hervor, doch es war bereits zu spät. Die Fremde drückte den kleinen Jungen fest an sich, strich ihm über den Kopf, küsste ihn auf die Stirn.

Jeder konnte sehen, was diese Frau hinter sich hatte. Jener Moment musste die Befreiung aus einer langen Zeit voller Sehnsucht und Anspannung sein. Zum Greifen nahe war das aufkommende Gefühl überfließenden Glücks dieser Fremden, das gleichzeitig ihr Unglück bedeutete.

Die alten Schwestern hatten schneller als gedacht Eltern für ihr Kind gefunden.

Sie konnte nichts mehr tun. Ihn nur noch mit den Augen festhalten, ihren kleinen Sohn. Und dieser Blick barg mehr Worte, mehr Wahrheit und mehr Liebe, als sie je hätte aussprechen können.

Dann stieg das Paar mit dem Kind in einen Lloyd Alexander TS, dessen apricotfarbener Lack verblichen und kreidig vom Sandstaub war. Im rechten hinteren Kotflügel hatte er eine tiefe Delle, und der Kofferraum schloss nicht richtig. Die Frau hatte mit dem Baby auf der Rückbank Platz genommen. Der Mann ließ den Motor an. Die Räder wirbelten einen Schleier aus Staub auf, in dem die winzigen Sandkörnchen in der Sonne wie Gold funkelten. Dann fuhren sie davon. Der Wagen wurde kleiner und kleiner, schmolz zu einem schwarzen Strich, dann zu einem winzigen Punkt, der sich schließlich auflöste.

Scharf wie eine Messerklinge durchtrennte dieser Augenblick den Faden, der sie mit ihrem Sohn verband.

Mit den Lippen formte sie die Worte: »Ich werde dich

finden. Eines Tages werde ich dich wiederfinden«, während er weiter und weiter von ihr fortgetragen wurde. Sie schloss die Lider. Tränen rannen ihr über die Wangen. Als sie die Augen wieder öffnete, waren sie fort, diese Menschen. Mit ihrem Kind.

Dieses letzte Bild – ihr Sohn in den Armen einer fremden Frau – sollte ein Leben lang in ihren Träumen flimmern. Seine kleinen Hände, zu Fäusten geballt, und der Kuss der fremden Frau auf seiner Stirn.

Das Nachmittagslicht strömte herab auf die Blätter der Bäume, auf die Dächer der Häuser, auf den See. Stille. Etwas spülte über sie hinweg wie eine Welle. Und verschluckte sie.

Zweite Familie

Dieses Geräusch. Es kam von weit oben. Vom Dachboden. Das Mädchen stieg die Stufen hinauf. Und dann entdeckte es sie. Die Hand um den Abzug gelegt, die Mündung fest ans Kinn gepresst und gleich darauf dieser ohrenbetäubende Schuss. Der Kopf der Mutter, der auseinanderflog.

Wie in Trance setzte es zitternd ein Bein vors andere. Nur zwei Schritte. Hielt abrupt inne. Erstarrte.

Das Blut war überall. Ein fein schimmernder Film, wie der Guss auf einer Torte.

Die Frau, die da vor den bloßen Füßen des Mädchens auf dem Boden lag, war kein lebender Mensch mehr. Sie war gar kein Mensch mehr. Nur noch eine Hülle. Eine gesprengte Hülle, und der Mensch war verschwunden. Eine Wirklichkeit wie eine eiskalte Berührung.

Das Schicksal war über das achtjährige Kind hergefallen und hatte ihm die Federn aus den Flügeln gerissen.

Dritte Familie

Atemlos rannte die junge Frau die Straße entlang. Die Luft schlug ihr ins Gesicht wie eine eisige Hand, und die Schwärze der Nacht bohrte sich wie Tausende von Nadeln in ihre Haut. Plötzlich blieb sie stehen. Im Licht einer Laterne gefangen. Sah sich um. Versuchte, sich zu orientieren. Dann lief sie weiter. Bis ans Ende des Weges. Dort, wo nur ein schmaler Pfad durch hohes Gras zum Fluss hinunterführte. Der mit unter Bäumen festgemachten Ruderbooten gesäumt war.

Schmatzender Lehmboden unter ihren Füßen. Und trotzdem eine eigenartige Stille. Im Licht des Vollmonds leuchtete ihr Gesicht weiß. Sie hatte blassblaue, dunkel umrandete Augen, die direkt durch einen hindurchblicken konnten. Einen schmalen Mund. Wachsbleiche Lippen. Schulterlanges, glattes, kupferfarbenes Haar.

Sie stand schon bis zu den Knien im Wasser, als ich sie erspähte. Ich hockte gerade in einem der Boote, rauchte eine meiner Lieblingszigarren und betrachtete den Himmel. Noch bevor ich die Lippen öffnen und zu einem tonlosen »Tu es nicht« formen konnte, war sie im reißenden Fluss untergetaucht. »Mein Gott«, stieß ich hervor, warf meine Zigarre in den Fluss und stand auf. Der Sog des Wassers war ungeheuerlich. In der Ferne konnte ich nur noch hier und da Haut oder ein Stück Stoff aufblitzen sehen, flüchtig den zerbrechlichen Körper ausmachen, der vom Strom mitgerissen wurde. Bis er sich in Ästen und anderem Strauchwerk verfing, das sich vom letzten Sturm angesammelt hatte. Ich stieg aus dem Boot ans Ufer und rannte.

Während ich das zarte Bündel Mensch aus dem Wasser fischte, fielen mir Splitter ihrer Vergangenheit ein.

TEIL II

Jean-Pierre

Seine Blicke griffen nach den Frauen. Doch wenn er sie erst einmal hatte, hielt die Spannung nur in den ersten Augenblicken, und schon flaute die Erregung ab. Es kam vor, dass er aus einem gewissen Gefühl der Verpflichtung heraus eine Frau für kurze Zeit in sein säuberlich geordnetes Leben einpasste, ihr einen bestimmten Wochentag zuwies, ohne sich jedoch auf eine tiefe Beziehung einzulassen oder auch nur einen Hauch von seiner alten Ordnung aufzugeben. Vom Schicksal und der eigenen Familie verwöhnt, durch günstige Vermögensverhältnisse und allerlei daraus resultierenden Privilegien nahezu wunschlos gemacht, galoppierte er auf hohem Ross durch die Welt und verbrachte unvernünftig viel Zeit damit, alles in seinem Leben unter Kontrolle zu halten. Seine Eitelkeit, prickelnd wie am ersten Tag, an dem er festgestellt hatte, dass er ein von der Natur begünstigter, mit Schönheit und Intelligenz beschenkter Mann war.

Jean-Pierre, vierunddreißig, groß und schlank, mit zaghaften ersten grauen Strähnen im schwarzen Haar, markantem Kinn, hohen Wangenknochen, eleganter Nase, gepflegtem Sechstagebart und leicht gebräunt, strahlte auf den ersten Blick die Lässigkeit eines Mannes aus, der mit allem im Leben fertigwerden würde. Erst auf den zweiten Blick konnte ein empfindsamer Mensch erahnen, dass er sich nur besser unter Kontrolle hatte als viele andere Menschen.

Das Auffälligste an ihm waren wohl seine seewassergrünen Augen, mit denen er fast jede Frau betörte. Auf Frauen wie auf Männer hatte er eine anziehende Präsenz. Und doch umgab ihn ein Mantel aus Unnahbarkeit, aus etwas Unergründlichem.

***

Der Winter war in diesem Jahr heftiger als sonst hereingebrochen. In der Ferne zeichneten sich gegen einen schiefergrauen Himmel die Umrisse des Universitätsspitals ab. Die ganze Stadt schneeüberzuckert. Der Wind blies durch die Straßen und brachte eine Kälte mit sich, so durchdringend, dass sie alles berührte. Eine Kälte, die zu früh kam.

Der Abend war eisig. Die Straßen schon dunkel. Jean-Pierre nahm seinen Wollmantel vom Haken, schlüpfte hinein, klappte den Kragen hoch und verließ das Haus. Die Enden seines Schals flatterten im Wind. Als er in die Dunkelheit spähte, die ihn wie eine kondensierte, zähe schwarze Masse zu umschließen schien, schlich sich eine unheilvolle Vorahnung in sein Empfinden, die er sogleich mit einer zuckenden Kopfbewegung abzuschütteln suchte.

Hier und da schloss jemand die Fensterläden, und leise Stimmen schwebten zerbrechlich in der Winterluft.

Er blickte hinauf in den tintenschwarzen Himmel und

sah einen riesigen weißen Vollmond, so hell leuchtend, als hätte jemand ein Loch in die Dunkelheit gestanzt. Wie ein Leck im Firmament. Ein einsames Leck, in das all die Helligkeit gesackt zu sein schien.

Ein Gedanke kroch in seinen Kopf, den er nicht zu fassen bekam, eine Angst in seine Brust, wie die Kälte unter seine Kleidung. Unvermittelt spürte er eine tiefe Traurigkeit in sich aufsteigen, die er nie zuvor gekannt hatte. Ihm, den nie etwas sonderlich berührte, schossen mit einem Mal Tränen in die Augen. Ein wenig erschrak er über die Heftigkeit dieses unbekannten Gefühls. Und dann, ganz plötzlich, schnürte es ihm den Hals zu. Er musste innehalten und sich auf eine Bank stützen. Er löste den Schal, öffnete den Mantel. Doch das Gefühl der Enge in seiner Kehle blieb. Auf seiner Stirn glänzte ein feiner Film von kaltem Schweiß. Die Welt schwamm vor seinen Augen. Er setzte sich. Atmete tief ein und aus, bis sich der Druck auf seiner Brust allmählich löste und die Umgebung wieder Konturen annahm.

Ein Moment solcher Deutlichkeit, der über all seine bisherige Erfahrung hinausging. Was war das nur für ein eigenartig stechender Schmerz, der sich in sein poliertes Leben verirrt zu haben schien?

Wahrscheinlich hatte er einfach zu viel Sport getrieben, zu wenig gegessen und geschlafen. Das Übliche. Die vergangenen Nächte im Spital waren lang gewesen. Zu viele Notfälle. Operationen bis in die frühen Morgenstunden hinein.

Vermutlich brauchte er einfach ein wenig Ruhe.

Er stützte sich von der Bank ab, stand auf. Ein letzter Blick hinauf zum Mond, der nun blass am Himmel hing. Und ihm war, als sähe er eine Träne in dem bleichen Gesicht. In einem Gesicht, das in dieser Nacht nur auf ihn herabzublicken schien.

Mit einem Mal wurde es still. Auch der Wind legte sich. Und dann flirrten trompetende Rufe durch die glasklare Winternacht. Ein Schwarm Kraniche schob sich vor die Mondscheibe. Schwarze Silhouetten, mit klaren Rändern in den Mond geschnitten. Von silbernem Licht bestäubt.

Noch Monate später würde er das Gefühl nicht beschreiben können, doch er spürte in diesem Augenblick, dass in dieser Nacht etwas Entscheidendes geschah. Und dass die kommenden Wochen nicht wie die üblichen verlaufen würden, in denen sich die Tage spurlos in die Nächte verflüchtigten, wie in all der Zeit zuvor. Doch dass sie zu solchen werden würden, die seine gesamte Geschichte umschreiben sollten, ahnte er nicht.

In den nachfolgenden Jahren dachte Jean-Pierre oft, dass jene Nacht den Wendepunkt seines Lebens bedeutet hatte.

Juliette

Es war ihr achter Geburtstag gewesen, als ihre Mutter starb. In nur einem Augenblick hatte das Unglück das Herz des kleinen Mädchens gesprengt. Selbst Jahre später waren die Stücke nicht wieder nahtlos zusammengefügt. Risse waren geblieben, durch die schließlich all ihre Kräfte gesickert waren. Bis sich die unerträgliche Leere in ihrem Innern wie Blei angefühlt hatte, das sie jeden Tag tiefer hinabzog. Noch lange sollte sie sich fragen, ob der Tod ihrer Mutter etwas mit ihrem eigenen Leben zu tun hatte. Warum sonst hatte sie Juliettes Geburtstag für ihren Abschied gewählt?

Ihre Mutter war ihre Landkarte gewesen. Nach dem Verlust hatte Juliette keinen Orientierungssinn mehr. Ganz so, als sei ihr inneres Navigationssystem zerbrochen. Sie war wurzellos geworden, von ihren Ursprüngen abgeschnitten. Und hatte sich schließlich verirrt.

Da ihr niemand die bedingungslose Liebe entgegenbrachte, die eine Mutter einem Kind schenkte, begriff sich Juliette irgendwann als eine Sammlung von Eigenschaften, aus denen sich niemand etwas machte.

Ihr ganzes nachfolgendes Leben lang fühlte sie sich außerhalb. Außerhalb der ihr gebliebenen Familie, außerhalb von Gruppen, von Gesprächen und Situationen. Und um doch ein wenig dazuzugehören, definierte sie sich schließlich durch die Augen anderer. Durch die ihres Vaters, damit sie ihm entsprach. Durch die der beiden Brüder, damit sie ihnen eine akzeptable Schwester war. Durch die Augen der Lehrer, um als unauffällige Schülerin wahrgenommen zu werden, und durch die der Nachbarn, um als anständiges Mädchen gesehen zu werden. Sie wollte gefallen.

Und so jagte sie ein Leben lang einem Ich hinterher, das andere erschaffen hatten. Aber wer war sie wirklich?

Zur jungen Frau herangereift, strebte sie unter der Oberfläche danach, endlich die zu werden, die ihr die Menschen aus ihrer Umgebung in Kindheit und Jugend nicht zugestanden hatten.

Sie wollte nicht mehr diese Person sein, die andere sich für sie ausgedacht hatten. Sie wollte sie selbst sein. Doch sie fand sich nicht.

Wie auch? Niemand hatte es je für nötig gehalten, ihr zu sagen, dass sie ganz bezaubernd, klug und in vielen Dingen, die das Leben brauchte, unheimlich begabt war.

Der Tod ihrer Mutter hatte Juliettes Leben in ein Vorher und ein Nachher geteilt. Und im Nachher war sie nie wieder jemandem begegnet, der ihr das Gefühl gab, aus tiefstem Herzen geliebt zu werden. Was immer Besonderes an ihr war, schien seinen Weg nicht in die Augen anderer zu finden.

Mit dem Verlust der Mutter hatte sie das ganz normale, das kleine, das alltägliche Glück verloren. Dieser brutale erste Zusammenstoß mit der Wirklichkeit hatte ihr alles geraubt, was für das gesunde Heranwachsen eines achtjährigen Mädchens notwendig gewesen wäre.

Nie wirklich wahrgenommen worden, war es nicht verwunderlich, dass sie sich im Erwachsenenalter an der Seite eines Mannes stets fühlte, als verschmelze sie mit dessen Schatten. Inmitten anderer Frauen kam sie sich wie deren Negativ vor. Die Menschen in ihrem Leben waren all das, was Juliette nicht war: anziehend, interessant, selbstsicher, mutig und nahezu angstfrei.

Am Tag, an dem ihre letzte Liaison die Sachen packte, weil er sich in eine andere Frau verliebt hatte, und die Tür hinter sich zuschlug, war ihr, als schrumpfe sie zu einem winzigen, schwarzen Punkt, zu einem Loch im Boden ihres Lebens, durch das sie hindurchfiel.

Auch diese Liebe hatte sie einer Idee geopfert. Nun blieb sie hinter sich selbst zurück.

Seine abschließenden Worte waren wie aufgeworfene Blätter haltlos in der Luft geflattert und widerstandslos zu Boden gesunken. Was hätte sie ihm schon entgegensetzen können? Sein Urteil über ihre gemeinsame Zeit war gefallen wie eine wertlose Münze. Er war Schriftsteller. Oder besser gesagt: Er wollte einer werden. Sie war Lektorin in einem renommierten Verlag. Er hatte sie nur benutzt, um Kontakt zum Verleger zu bekommen. Den er jetzt hatte.

Juliette wollte die Frage nicht stellen, ob ihm je ernsthaft an ihr gelegen gewesen war. Seine Gleichgültigkeit in den vergangenen Wochen war Antwort genug.

Abfällig hatte er sie auf der Türschwelle von oben bis unten gemustert und gesagt: »Was hast du denn geglaubt? Schau dich doch mal an.«

»Aber«, hatte sie gestottert, »hätte es nicht gereicht …«

Er hatte sie unterbrochen und erniedrigend gezischt: »Dich einfach nur als Kontakt zu nutzen? Juliette, Juliette. Du begreifst auch gar nichts. Weil es so mehr Spaß gemacht hat. Und: Im Schlafzimmer war es ja dunkel.« Er riss seinen Mantel von der Garderobe, stieß ihr mit dem Finger gegen das Brustbein und sagte: »Du bist für mich wie irgendeine Frau, die zufälligerweise neben mir auf dem Bahnsteig steht. Ich habe dich kurz bemerkt, möglich, aber es ist mir so was von egal, ob du in den Zug einsteigst oder dich einfach auf das Gleis wirfst.«

Dann sprang er auf den Zug seines Lebens auf, während für sie der verlassene Perron den sicheren Tod bedeutete.

Ihre Seele im freien Fall.

Nichts als Kälte war in seinen Augen gewesen. Mit Mühe hatte sie versucht, ihre Ohren gegen das Gewicht seiner Worte zu verschließen. Hatte versucht, sich gegen die Wellen der Verzweiflung zu stemmen, die ihren Körper, ihre Seele durchfluteten und sie schließlich verschluckten.

Sie war allein zurückgeblieben. In ihrer kleinen Wohnung. Die ohne einen anderen Menschen nicht nur unbewohnt wirkte, sondern leer. Auf eine endgültige Weise.

Das Gesicht in den Händen vergraben, zitterte sie am ganzen Körper. Hockte auf dem Boden. Zwischen den Trümmern ihrer Träume.

Am Morgen noch schien alles in Ordnung gewesen zu sein, und dann plötzlich war der Tag auseinandergesprengt und hatte alles, was Juliettes Leben ausgemacht hatte, in Fetzen zerrissen. Und ihre ganze Vergangenheit war auf sie niedergestürzt, wie ein Haus, dessen zerklüftetes Fundament schließlich eingekracht ist.

War es je in Ordnung gewesen? Ihr Leben? Seit sie sich

erinnern konnte, war es immer nur ein Kampf. Der mit dem plötzlichen Tod ihrer Mutter an Juliettes achtem Geburtstag begonnen hatte und nicht enden wollte.

»Es ist tatsächlich so«, dachte Juliette, »dass eine große Katastrophe einen nicht vor den kleinen schützt. Obwohl sich das gerechter anfühlen würde.«

***

Die winterliche Nachmittagssonne sickerte durch die halb heruntergelassene Jalousie und tauchte den Raum in schwefelgelbes Licht. Ein Licht, das mit all seinem Gewicht auf ihre Schultern drückte.

Juliette kniff die Augen zusammen und kroch auf allen vieren zum Fenster. Sie zog sich am Fensterbrett hoch und wagte einen Blick hinaus, bevor sie das Rollo ganz hinunterließ. Es schneite unaufhörlich. Dicke, schwere Flocken fielen vom Himmel herab.

Noch sachte erkannte sie seine Fußspuren im Schnee. Wie schwarze Wunden im Weiß.

Sie öffnete das Fenster. Streckte ihre Hand hinaus, versuchte, ein, zwei Schneeflocken zu fangen. Und betrachtete ihre Handfläche. Nach dem Glück zu greifen war genauso, wie nach Schneeflocken zu greifen. Sobald man es hatte, löste es sich auf.

Endlich war es Nacht im Zimmer. Wie Samt fühlte sich die Dunkelheit an. Und die Stille schmiegte sich um Juliette wie ein Tuch aus feinster Seide.

***

Als sie am nächsten Tag erwachte, die Jalousien öffnete und im Fenster ihr sich spiegelndes Gesicht erblickte, sah sie eine alt aussehende junge Frau mit eingefallenen Wangen und erloschenem Blick, aus der das Leben entwichen war. Sie war verwelkt, noch ehe sie in voller Blüte stand.

Juliette erschrak über die Müdigkeit, über die Erschöpfung, die ihr in jede Gesichtsfalte eingeschrieben stand. Sie war wie eines dieser Pakete, auf denen rundherum schreiende Etiketten mit der Aufschrift *Vorsicht Glas! Zerbrechlich!* klebten und in denen die Scherben dennoch klirrten. Juliette wandte sich ab, zwang sich in ihre Kleider. Sie musste zum Verlag. Ihr Beruf war alles, was ihr geblieben war.

Weil ihr die eigene nicht gelang, flüchtete sie sich gern in die Geschichten der anderen. Wenn sie selbst schon kein eigenes erzählenswertes hatte, konnte sie wenigstens in den Leben anderer verschwinden.

Die Wochenenden verbrachte sie am liebsten in Bibliotheken. Sie waren für Juliette wie eine andere Welt. Eine Welt, mit deren Geschichten sie sich zu vervollständigen suchte.

Wie gern kröche sie beim Lesen der unzähligen Romane zwischen den schwarzen Zeilen hindurch und schlüpfte einfach hinein, in ein anderes Leben. In das gewöhnliche Leben von gewöhnlichen Menschen.

Und wenngleich sie am Ende eines Buchs oft allein inmitten einer stillen Leere zurückblieb, so kam es vor, dass eine Hoffnung zwischen den Zeilen herausraschelte, hauchfein. Eine Hoffnung auf die Möglichkeiten der Welt.

***

Die nachfolgenden Tage trieben fort in einer schmerzhaften Einsamkeit.

Mit jedem Blick in den Spiegel schien Juliettes Gesicht durchscheinender zu werden. Es wurde blasser und blasser. Undeutlicher. Bis eines Abends ein bloßes, mit wässriger Farbe ins Nichts gemaltes Oval übrig war.

Das, was sie jahrelang befürchtet hatte, mit Wänden und Tapeten, ja, sogar mit Fußböden zu verschmelzen, da sie kaum jemand je wahrnahm, war passiert. Sie war unscharf geworden. Ein Schmierfleck. Eine Frau, die aus dem Leben ausradiert und nur noch hauchzart sichtbar war.

Genauso unsichtbar hatte sie gelebt. Wenn sie ginge, würde sie die Leben anderer ebenso geräuschlos verlassen, wie sie sie betreten hatte, dachte Juliette.

Sie starrte aus dem Fenster. Es hatte zu schneien aufgehört. Nebel hatte die Straßen in ein Grau gekleidet, das alles verschluckte. Es war so still, dass Juliette das Verstreichen der Zeit kaum bemerkte.

Sie dachte an ihre Mutter, die, soweit sich Juliette erinnern konnte, immer von einer tiefen Traurigkeit durchwoben war. Von einer Sehnsucht, die stets aus ihren Augen gesprochen hatte. Eine, die Juliette von sich selbst kannte. Es war eine unnennbare, unstillbare, tiefe Sehnsucht, die brannte.

Plötzlich dachte Juliette an ihn. An ihre erste große Liebe. Damals. Im jungen Erwachsenenalter. Es war ihre einzige Liebe gewesen, wenn sie ehrlich zu sich war. Eine hingebungsvolle, tiefe Liebe. Doch er hatte nicht dasselbe empfunden. Liebe konnte man sich nicht befehlen.

Wie sollte ein anderer sie lieben können, wenn es nicht einmal ihr selbst gelang?

Was hatte sie in all den Jahren seit damals getan? Im Grunde war sie immer nur damit beschäftigt gewesen, das, was in ihrer Kindheit in Stücke zerbrochen war, wieder zusammenzusammeln.

Nicht alles konnte man reparieren. Aber manchmal konnte man die Scherben wieder zusammenfügen. Nicht so wie vorher. Aber anders. Und manchmal war das, was daraus entstand, sogar schöner. Das hatte ihr zumindest ihre Großmutter Geneviève weismachen wollen. Juliette sah das nicht so.

Es war der einunddreißigste Dezember. Juliette war inzwischen neunundzwanzig Jahre alt, und nichts hatte sich geändert. Die Zeit war ihr wie Sand aus den Taschen gerieselt.

Sie hatte nichts mehr zu verlieren. Und fasste einen Entschluss.

Auf dem Schreibtisch stapelten sich ungelesene Manuskripte auf der einen, Briefe und Rechnungen auf der anderen Seite. Bis sie in der Unordnung leere Papierbögen gefunden hatte, dauerte es eine Weile. Schließlich zog sie unter dem Poststapel welche hervor, setzte sich, griff nach dem Füllfederhalter, schnippte den Deckel weg und begann zu schreiben.

Und veränderte damit nicht nur ihre eigene, sondern auch die Geschichte eines anderen Menschen.

***

Nach Stunden fiel ihr der Füllfederhalter aus der Hand, und ein Tag, der nie richtig hell geworden war, wurde schließlich von der Dunkelheit verschluckt.

Juliette faltete die Briefbögen zusammen, steckte sie in ein Kuvert, klebte es zu und kritzelte Namen und Adresse darauf. Auf dem Weg ins Badezimmer ließ sie den Umschlag auf die Kommode am Eingang fallen.

Sie drehte den Hahn des Lavabos auf, formte mit den Händen eine Schale, ließ Wasser hineinlaufen und klatschte es sich ins Gesicht. Nur nachlässig trocknete sie sich ab, bevor sie den Kopf hob und in den Spiegel schaute. Es war seltsam. Je länger sie ihrem eigenen Blick standhielt, desto bleicher wurde ihr Gesicht. Verlor zunächst die Konturen und löste sich dann von den Rändern her immer weiter auf. Bis sie ganz verschwunden war. Und kein Spiegelbild mehr warf. Eine Frau ohne Widerschein, ohne Echo. Eine Frau ohne Gesicht. Eine Frau, die nicht existierte.

Für einige Sekunden krallte sie sich mit den Händen am Waschbecken fest, klappte dann die Türen des Spiegelschränkchens auf und nahm die Tablettendöschen heraus. Fast ein Jahrzehnt hatte sie sie gesammelt.

Wenn Juliette recht überlegte, beendete sie heute lediglich, was vor Jahren mit der ersten Kapsel begonnen hatte. Damals, als bereits ein winziges Stückchen ausgereicht hatte, um ihre Gedanken und Gefühle herrlich zu betäuben. Um sie benommen zu machen und in den Schlaf zu spülen.

Wie sehr hatte sie sich auf die braven Tabletten verlassen, die ihren Kopf behaglich einnebelten, sie am Denken hinderten, wenn das Leben zu schmerzhaft wurde, und sie in warmes, weiches Vergessen hüllten. Doch mit der Zeit hatte sie immer größere Mengen gebraucht, um die gleiche Beruhigung zu empfinden. Bis die guten Kapseln ihre magische Kraft scheinbar ganz verloren hatten und nur noch in exorbitanten Mengen in der Weise wirkten, wie Juliette es brauchte.

Da hatte sie mit dem Sammeln begonnen. Es war nicht schwer. Ihr Arzt hatte Monat für Monat das Rezept erneuert, ohne Fragen zu stellen. Anscheinend war das ganz gewöhnlich in der heutigen Zeit.

Sie drehte einen Deckel nach dem anderen auf und schüttete die Pillen in ihre Handfläche. Dann schloss sie den Schrank und blickte ein letztes Mal in den Spiegel. Nichts. Sie war bereits jetzt nicht mehr da.

Juliette hockte sich auf den Rand der Badewanne und betrachtete die Kapseln leicht verschiedener Farbe und Größe. Über die Jahre hinweg hatten sich die Hersteller geändert, der Wirkstoff war gleich geblieben.

Vermutlich würde sie nicht viele brauchen. Aber wer wusste das schon. Schließlich brachte sie sich zum ersten Mal um.

Während sie mit den Fingern über die Pillen strich, überlegte sie, ob sie danach einfach im Schlafzimmer zwischen die Laken kriechen sollte. Aber nein. Sicherer war es hier. Im Bad.

Kurz schloss sie die Augen. Hinter ihren Lidern tanzten die wenigen schönen Erlebnisse ihres jungen Lebens wie zaghafte Lichtpunkte, eilten aber immer rascher vorbei. Wurden schließlich von den viel größeren Schatten ihrer Tage verschluckt, die sie wieder zu sich selbst führten. Zu ihrer luftleeren Gegenwart.

Es half nichts, sich eine in weiter Ferne liegende, vielversprechendere Zukunft zu erträumen. Es hatte noch nie geholfen. Umhergeirrt war sie lange genug. Zu viele Jahre. Zu viel Vergangenheit, in der der Schmerz wie eine Schlingpflanze in ihr gewuchert war und ihre Seele langsam erwürgt hatte. Die Zeit hatte ihre Illusionen davongefegt. Juliette glaubte nicht mehr an das Glück, sich ein anderes Leben einrichten zu können als jenes, welches das Schicksal ihr ihrer Meinung nach zugedacht hatte.

Sie schlug die Augen auf und besann sich. Die eine Hand zu einer Faust geformt und die Pillen haltend, stand sie auf und ließ mit der anderen Hand Wasser in die Wanne einlaufen. So heiß, dass sie die Finger kaum hineinstecken konnte. Der Dampf stieg zur Decke hinauf und beschlug das Glas im Oberlicht. Juliette öffnete die Handfläche, betrachtete die vielen bunten Kapseln ein letztes Mal.

Sie hielt mich in der Hand. Oder hielt ich sie?

Noch ein letzter prüfender Blick in den Spiegel. Nichts als Leere. Sie war nicht mehr da.

Juliette schloss die Augen. Schluckte eine Tablette nach der anderen. Spülte sie mit wenig Wasser hinunter. Tauchte mit dem Fuß in die Wanne ein. Ließ sich dann, ganz langsam, Zentimeter um Zentimeter, hineingleiten. Bis ihr das Wasser bis zum Hals stand.

Sie legte ihren Kopf in den Nacken und blickte hinauf zum Fenster. Dort oben in der blauschwarzen, schweigenden Nacht hing einsam ein riesiger, ungewöhnlich leuchtender Vollmond. Und dann löste sich aus dem Silber des Mondes etwas heraus, eine Verschiebung von lichtgrau auf lichtgrau. Und dann sah sie sie, als sie ins Schwarz hineinsegelten. Kraniche. Und den feinen Glimmer ihrer Flügel im Silber des Mondlichts, der auf sie herabzuregnen schien. Bis der Mond verblasste. Es musste an der Gedämpftheit liegen, mit der die Kapseln ihr Hirn einhüllten, und die allem eine seltsame Unwirklichkeit verlieh.

Eine schwarze Schläfrigkeit kroch ihr durch die Adern, tröpfelte nach und nach in ihren Geist.

Sie starrte auf die Risse in der Decke. Es kam nicht mehr darauf an. Es war nie darauf angekommen. Bald würde es vorbei sein. Sie schloss die Augen.

Jean-Pierre

»Jean-Pierre?«, fragte der Assistenzarzt, der sich wie alle anderen im grünblauen Kittel, die Ärmel weit hinaufgeschoben, gerade Hände und Unterarme desinfizierte.

»Schon im OP«, sagte die Schwester der Notaufnahme. »Vermutlich schüchtert er gerade das Skalpell mit seinem Blick ein.«

»Das wird er heute nicht brauchen«, drang eine entfernte Stimme zu ihnen durch. »Unterkühlung. Junge Frau nach Suizidversuch. Nach Angaben der Rettung lange im Wasser getrieben, ehe sie herausgefischt wurde.«

Jean-Pierre stand wie immer vor allen anderen bereit, nicht selten, um seine Umgebung in den Dunst seiner Arroganz zu tauchen. Stets umwehte ihn ein gewisser Übermut. Für ihn, bereits als junger Mann leitender Oberarzt der Notfallstation, war es keine Frage, dass er schon bald in die Fußstapfen seines Freundes und Chefarztes Hermes schlüpfen würde.

Doch in dieser Nacht zeichneten Furchen seine Stirn. Dieses seltsame Geschehnis draußen auf der Straße – seine Atemnot, der Mond, die Kraniche – saß ihm noch in den Gliedern.

Jäh wurde er aus seinen Gedanken gerissen, als die Aluminiumtüren unter Hast aufgestoßen und die leichenblasse junge Frau mit lilafarbenen Lippen in den grün gekachelten, grell ausgeleuchteten Raum geschoben wurde.

Hektik verbreitete sich, Ärzte und Schwestern eilten herbei, Monitore wurden eingeschaltet, jeder nahm seinen Platz ein.

»Ausgangskörpertemperatur: vierundzwanzig Grad«, sagte einer der Sanitäter, »langsame, unmerkliche Atmung, weit geöffnete Pupillen, aber nicht starr. Puls schwach tastbar. Blutdruck kaum messbar. Jetzt fünfundzwanzig Grad.«

Jean-Pierres Blick glitt kühl über die Kollegen hinweg, als sähe er sie nicht. Er beugte sich über die Trage. Der Rumpf der bewusstlosen Frau war in Decken gewickelt.

Mathieu, ebenfalls Oberarzt und genauso wenig Freund weichgespülter Worte wie Jean-Pierre, hob die Frau sachte an.

»Nicht bewegen!«, schrie Jean-Pierre.

»Wenn ihr mich fragt, ist da ohnehin nichts mehr zu machen«, sagte Mathieu.

»Dich fragt aber keiner«, sagte Jean-Pierre. »Mir ist zumindest noch keiner gestorben!«

»Das kommt schon noch.«

»Ich bin ja nicht du.«

»Aber du bist auch nicht der, für den du dich hältst. Was, liebe Kollegen, ist wohl der Unterschied zwischen Jean-Pierre und Gott? Gott hält sich nicht für Jean-Pierre!«

Ein Raunen.

»Klappe!«, zischte Jean-Pierre, »weiter beatmen, und wärmt sie langsam zu den Extremitäten hin auf. Und noch mal: Nicht bewegen! Komm schon, komm schon«, sagte

Jean-Pierre mehr zu sich selbst, »hier wird nicht gestorben. Bei mir nicht.«

»Du siehst grauenhaft aus heute, Jean-Pierre. Ärger im Paradies?«, sagte Mathieu.

»Spar dir dein Mitgefühl und konzentrier dich auf das, wozu wir hier sind«, sagte Jean-Pierre.

»Noch segelst du im Strom von Hermes' Ruhm dahin, aber pass nur auf, dass du mit deinen Anstrengungen, so zu werden wie er, nicht in Zweitklassigkeit stecken bleibst.« Mathieu stieß ein schmutziges Lachen aus.

Überall flackerten Monitore.

Die Wachsamkeit dieses Raumes, mir das Licht auszulöschen, sobald ich mich auch nur millimeterweise näherte, war in jedem Winkel zu spüren, in jedem Gesicht zu sehen.

Allseits Blinken und Warnzeichen. Der Puls der jungen Frau verlangsamte sich, ihr Herzschlag zeichnete auf dem Bildschirm unregelmäßige Zacken aus Strom, die immer flacher wurden.

Ihre Zeit wurde dünner. Jean-Pierre sah in die Runde. Sah die Gedanken seiner Kollegen. Und dann blickte er sie an. Diese zarte, junge Frau. Die wie eine kaputte Puppe unter seinen Händen lag.

Er betrachtete ihren Körper, ihre durchscheinende Haut, durchzogen von Venen direkt unter der Oberfläche, wie die feinen Bänder in weißem Marmor.

Mit den Fingern hob er ihre Lider, sah in ihre Augen und damit in ein blassblaues Gewässer.

Plötzlich hatte er das Gefühl, dass sich etwas in ihrem gläsernen Blick veränderte. Dass sich etwas darin bewegte. Als ob vom Grund eines Sees etwas Helles aufblitzte, etwas

Ungeahntes auftauchte. Für einen Moment war ihm, als sei sie aus Glas, als könne er durch sie hindurch in eine andere Welt sehen. Er lächelte. Und dann, als plötzlich ein schriller Ton eine lange, gerade Linie unter ihr Leben setzte, durchfuhr ihn wieder dieser grässliche Schmerz. Wie ein Blitz. Erneut fühlte er dieses schreckliche Ziehen in der Brust bis zur Kehle hinauf, das ihm die Luft abzuklemmen schien.

Der Operationssaal mit einem Mal erstickend schwül. Jean-Pierres Glieder ermatteten, seine Arme schienen taub. Er wischte sich mit dem Handrücken den Schweiß von der Stirn. Zog seinen OP-Kittel aus. Ließ ihn auf den Boden gleiten. Öffnete den Kragen seines Hemdes. Ein Gefühl überkam ihn, das er nicht greifen konnte. Eine plötzliche Sehnsucht packte ihn, die Zeit anzuhalten. Eine unbegreifliche Angst vor etwas Unbekanntem, Furchtbarem, Unsichtbarem schnürte sein Herz ein, wie er es nie zuvor erlebt hatte.

Ihr Blick wurde leer. Schlagartig wurde es still. Sie starb, diese junge Frau, einfach so, mitten im Leben.

Und alle in diesem Raum glaubten, Jean-Pierres Vorgehensweise entscheide darüber, ob diese junge Frau am Leben blieb oder starb. Das jedoch entscheiden andere Kräfte. Nicht einmal ich kann den Plan ändern. Ich bin nur der, der sich nähert, wenn es sich dem Ende naht oder auf der Kippe steht.

Jean-Pierre stürzte aus dem Operationssaal, über den Korridor, durch die Empfangshalle der Notaufnahme, hinaus in die klirrend kalte Winternacht, die lautlos vom Himmel auf ihn zu fallen schien. Alle Sterne hatte sie verschluckt, selbst der Mond hing nur noch dort oben wie ein verschmierter Fleck, wie etwas, das war und nicht mehr ist, und schien noch immer auf ihn herunterzublicken.

Jean-Pierre hockte sich auf die eisig kalten Pflastersteine, griff sich an die Schläfen und schloss die Lider. Bis der Schmerz in ihm wich, dessen Spuren er von diesem Tag an noch lange nachsinnen sollte.

***

Mit salzigen Augen kehrte er zurück in die Notaufnahme. Inzwischen war beinahe eine Stunde vergangen. Alle Blicke auf ihn gerichtet, doch keiner wagte etwas zu sagen.

»Ich mache weiter«, sagte er.

Alle durchforschten sein Gesicht. »Womit?«, entfuhr es der Schwester.

Was war mit Jean-Pierre passiert? In ein fremdes Antlitz sahen die Kollegen hinein, suchten nach den vertrauten Zügen, doch fanden nichts ihnen Bekanntes. Hohn, Spott, ja, sogar der allzeit überhebliche Ausdruck und die Härte waren daraus verschwunden.

Schweigend streckte Jean-Pierre der Schwester die Hände entgegen, um sich neue Handschuhe überziehen zu lassen. Als sie sich nicht von ihrem Platz rührte, blickte er in die Runde.

»Was ist?« fragte er.

Hastig sahen die, die bereits mit dem Ausschalten und Säubern der Geräte beschäftigt waren, zu ihm auf. Die Blicke flogen zwischen der Schwester und Jean-Pierre hin und her. Bei jedem Geräusch zuckte er zusammen. Ihm war alles zu laut, zu hell. Er spürte, wie sich seine einst so ruhige, selbstbewusste Existenz aufzulösen schien und zerrann wie ein Eiswürfel im Sonnenlicht. Ein Brennen machte sich in ihm breit. Er hatte das Gefühl, innerlich zu durchglühen. Noch einmal schaute er in die Runde und begegnete Mathieus Blick. Einem bohrenden, beißenden Blick, der ihm Stöße des Misstrauens entgegenschlug, die Jean-Pierre komplett haltlos werden ließen. Seine Hände ermüdeten, und schließlich sackte er tiefer und tiefer in die Knie. Eine dumpfe Schwere breitete sich von seiner Brust bis zu den Füßen aus. Eine Kraftlosigkeit, der eine Ahnung entwuchs, die ihn beunruhigte, ohne dass er sie greifen oder deuten konnte. »Reiß dich zusammen«, sagte er sich. Doch es half nichts. Er spürte, wie ihm der kalte Schweiß den Rücken hinunterlief. Ein letztes Mal sah er sich um, sah die leere Trage, die zu einem Strich zusammenschmolz. Und dann zu einem kleinen schwarzen Punkt. Dem Punkt hinter seiner bisherigen Geschichte.

Die Wände drängten sich heran, alles um ihn herum dämmerte, kleine, leuchtende Punkte tanzten vor seinen Augen, und dann tauchte er in ein tiefes, unerbittliches Schwarz.

***

Nur langsam wich die Benommenheit von ihm. Er schlug die Augen auf und sah die leuchtenden Pünktchen allmählich verglühen. Stattdessen formte sich ein Bild von Hermes. Chefarzt Professor Hermes Dupont, sein väterlicher Freund und Lehrer, stand neben der Trage, auf die man ihn gelegt hatte, und schaute ihn an. Sein Blick eine einzige Frage.

»Jean-Pierre«, sagte er. »Wie fühlst du dich?«

Jean-Pierre zuckte mit den Schultern.

Hermes ließ sich auf der Kante der Trage nieder. Sein krauses Haar war kurz geschnitten, sein Vollbart akkurat gestutzt. Er trug eine kleine, runde, schwarz gerahmte Brille und steckte unter dem weißen Kittel in einem Anzug, der tadellos saß. Er hatte Jean-Pierre direkt nach dem Studium unter seine Fittiche genommen und ihn in der Notfallchirurgie ausgebildet.

Warm beschienen vom Ansehen, das von Hermes auf Jean-Pierre abgestrahlt war, fühlte sich der Jüngere von jeher zu Größerem berufen.

Die beiden hatten ein enges, herzliches Verhältnis. Hermes kümmerte sich um Jean-Pierre wie um einen Sohn. Was nicht selten den Neid der männlichen Kollegen auf Jean-Pierre zog. Die beiden standen sich ungewöhnlich nah, konnten sich mit Blicken verständigen, hatten eine gemeinsame Sprache aus Äußerungen und Andeutungen.

Doch heute wehte eine seltsame Kühle um den väterlichen Freund.

»Was war da los, Jean-Pierre?« fragte Hermes, während er seine Hosentasche betastete und ein schmales, silbernes Zigarrenetui herauszog.

Mit den Fingern klimperte er auf dem Etui herum, drehte es in seiner Hand.

»Was ist da passiert, in der Notaufnahme?«

»Ich weiß es nicht.«

»Jean-Pierre, verdammt!«

Langsam rieselten Flöckchen von Erinnerungen in Jean-Pierres Bewusstsein, und ein Schrecken durchzuckte seine Glieder. Im grellen Licht des Spitalzimmers wirkte er fahl und bleich. Seine Stirn von den Schatten dunkler Gedanken gezeichnet.

Und dann stand die ganze Situation wieder vor seinen Augen. Er fuhr hoch. »Ich bin für ihren Tod verantwortlich!«

»Wovon redest du?«

»Von der Frau! Verdammt! Ich habe versagt.«

Hermes legte eine Hand auf Jean-Pierres Arm: »Sie ist nicht tot.«

»Was sagst du da?«

»Mathieu konnte sie wiederbeleben. Knapp. Verdammt knapp. Und dann gehen mit dir noch die Nerven durch. In einem solch hauchdünnen Augenblick. Zwischen Leben und Tod. Noch ist sie nicht über den Berg. Die Unterkühlung war immens. Aber fürs Erste, Glück gehabt.« Hermes rieb sich mit der Hand übers Kinn. »Verflucht tauglich, der Kerl. Wenn Mathieu nicht gewesen wäre, wäre sie tot.«

»Verdammter Mist!«

»Das kann man wohl sagen. Mein Gott, Jean-Pierre!«

»Mathieu. Flink und strategisch wie der Läufer auf einem Schachbrett. Das war sein Hauptgewinn heute.«

»Jean-Pierre, mach nicht den Arzt zum Krankheitserreger.« Er atmete tief durch. »Du warst wie im Fieber. Nervös. Zerfahren. Außerstande, die einfachsten Handgriffe auszuführen.«

»Wer sagt das? Mathieu? Er will mich abschießen. Das versucht er doch schon lange. Und nun hat er die Gelegenheit dazu.«

»Ist es eigentlich nur die Angst, in den Augen deiner Mitmänner zu versagen, oder geht es noch um etwas anderes? Falls nicht, wäre dein Versagen tatsächlich eine große Leistung.« Hermes nahm eine Zigarre aus dem Kästchen, betastete sie mit den Fingerspitzen und zog sie, daran riechend, unter seiner Nase durch. »Ich brauche dir nicht zu sagen, dass meine Nachfolge damit alles andere als geregelt ist. Man wird mich fragen, warum nicht Mathieu?«

Jean-Pierre schlug die Augen nieder.

»Aber darum geht es jetzt nicht. Es geht um das Leben eines Menschen, um das Leben einer jungen Frau. Das in deinen Händen lag. Und fast zerbrochen wäre.« Er ließ seine Worte etwas sacken. »Warum bist du in einem derart heiklen, sensiblen Augenblick plötzlich aus dem Operationssaal gestürzt? Das sieht dir nicht ähnlich, Jean-Pierre. Das bist doch nicht du. In den Augen einiger Kollegen ist das nichts Geringeres als versuchter Mord!«

Ein drückendes Schweigen breitete sich aus. Keiner von beiden sagte ein Wort. Dann, nach langen stummen Minuten, tastete Jean-Pierre nach seinem Mitarbeiterausweis am Kittel, zog ihn ab und drückte ihn Hermes in die Hand.

»Jean-Pierre. Jeder kann mal die Nerven verlieren. Das passiert den Besten. Du bist ein herausragender Chirurg. Wirf jetzt nicht alles hin.«

»Ich habe versagt. Ich ziehe die Konsequenzen.«

»Triff jetzt keine übereilten Entscheidungen. Nimm dir ein paar Tage frei. Denk mal in Ruhe nach.«

»Es gibt nichts nachzudenken.«

»Du scheinst ein nicht unwesentliches Problem zu haben.«

»Welches sollte das sein?«

»Dein Privatleben, nein, das ganze Weltgeschehen scheint dir durch die Hände zu gleiten. Und du siehst keinen Anlass zu hinterfragen, was mit dir los ist?« Er knipste die Enden der Zigarre ab und steckte sie sich in den Mund.

»Ich als dein Zögling muss dich nicht erinnern, dass du hier nicht rauchen darfst.«

»Bei der schlechten Luft kann der gute Geschmack der Welt nicht schaden.« Hermes fuhr sich durchs Haar. »Jean-Pierre, das Beste ist ...«

»Was ist das Beste?«

»Du wirst dir eine Zeit Urlaub nehmen. Dann sehen wir weiter. Wir alle haben Menschen auf dem Gewissen. Auf die eine oder andere Weise. Du bist der beste Notfallarzt, der mir in all den Jahren untergekommen ist. Du bist wie ein Sohn für mich. Aber das erlaubt dir keine Sonderbehandlung und enthebt mich nicht der Verantwortung. Du machst eine Pause, klärst mit dir, was zu klären ist, und kommst zurück.«

»Ich komme nicht zurück, Hermes.«

Erneut dehnte sich Schweigen aus. Dann fragte Hermes in die Stille hinein: »Da ist noch etwas, worüber wir sprechen müssen. Ich drücke mich schon seit Wochen um dieses Thema. Aber wenn ich es jetzt nicht tue ... Was ist das mit dieser Affäre? Jean-Pierre, ich bitte dich. Die Frau des Krankenhausdirektors.«

Jean-Pierre versuchte, die Trockenheit in seinem Mund wegzuschlucken. »Du weißt davon?«

»Wer weiß nicht davon? Dir müsste eigentlich bewusst sein, dass unsere intimsten Geheimnisse wie unterirdische Flüsse unter den Böden des Krankenhauses dahinfließen. Die Leute tratschen. Wenn man sich zwischen den Kollegen umschaut, bist du zwar nicht allein damit, ich meine, mit dieser Frau, aber besser, du kratzt dein Feingefühl zusammen und besinnst dich.«

Jean-Pierres Kopf sackte zwischen seine Schultern.

»Bist du ernsthaft verliebt, oder ist das nur wieder eine Laune? Du brauchst nicht zu antworten. Ich fürchte, ich würde keines von beidem verstehen.«

»Es ist … es ist …«, unterbrach sich Jean-Pierre selbst.

»Herrgott, Jean-Pierre! Was ist nur mit dir los? Du musst doch deine Männlichkeit nicht wie eine Kuhglocke vor dir hertragen! An den Tagen spielst du den Gott in Weiß, und in den Nächten suchst du eine Frau nach der anderen auf wie eine Mücke das Licht. Du lebst drauflos, als gäbe es nur dich, als fehlten dir die feineren Sinne, die Welt um dich herum zu begreifen. Da steckt doch anderes in dir. Oder habe ich mich all die Jahre so in dir getäuscht?«

»Es ist nichts Ernstes.«

»Es ist nie etwas Ernstes. Deine Umschreibung für: Es muss nicht viel gelogen werden, verschweigen genügt.«

»Du hast gut reden. Du hast Virginie. Selbst nach Jahren schwärmen die Krankenschwestern noch von eurer Hochzeit.«

»Das will ich hoffen. War teuer genug.« Hermes trommelte auf die silberne Zigarrendose. »Jean-Pierre, du hast das große Glück, neben Intelligenz auch Attraktivität in die Wiege gelegt bekommen zu haben. Wann immer ich dich sehe, ist alles an dir perfekt. Nicht ein Härchen, dessen Lage nicht seine Bedeutung hat. Wahrscheinlich benutzt du auch noch eine besondere Seife, die dein schlechtes Gewissen abwäscht.«

Jean-Pierre drehte den Kopf weg und blickte zur Wand.

»Wenn du mit mir reden möchtest …« Hermes' Stimme wurde sanft, aber sein Gesicht blieb hart.

Jean-Pierre schüttelte den Kopf.

»Nun gut, mir war so, als hättest du mir etwas zu sagen. Sollte ich dich gekränkt haben, wäre ich beruhigt. Wer kränkbar ist, hat noch Gefühle.« Hermes legte die Zigarre ungeraucht zurück in die silberne Dose und steckte sie wieder in seine Hosentasche. Dann tätschelte er Jean-Pierres Oberschenkel und stand auf.

»Verzeih mir«, sagte Jean-Pierre und sah seinen Freund an, dem er sich seit jeher näher gefühlt hatte als seinem eigenen Vater. Ein seltsames Licht blitzte in Hermes' Augen auf, ein horchendes Licht. Oder waren es Tränen?

»Wie viele Leben willst du noch führen, bevor du das eine endlich richtig lebst? Geh nach Hause. Ruh dich aus«, sagte Hermes und verließ den Raum. Und als die Tür zufiel, war Jean-Pierre, als schlösse sich ein Kapitel seines Lebens.

***

Sobald es sein Zustand erlaubte, schlüpfte er in seine Sachen und verließ schleichend, den Kopf tief zwischen den Schultern, das Krankenhaus. Sein Gang so gebeugt, als sei in nur einer Nacht der Stolz seines ganzen erfolgsverwöhnten Lebens von ihm abgefallen.

Als er über die Zufahrt der Ambulanz zum Vordereingang gelangt war, dort, wo er seinen Land Rover parkte, riss ihn ein Seufzen aus den Gedanken.

»Du liebe Güte! Gibt es für alte Damen nicht noch höhere Stufen!«

Jean-Pierre drehte sich um, blickte in die Nacht hinein. In der Dunkelheit konnte er nur die gebrechliche Zierlichkeit eines alten Mütterchens ausmachen, doch die Stimme war unverkennbar.

»Grand-mère! Was machst du um Himmels willen mitten in der Nacht im Hôpital Universitaire?«

Er eilte auf sie zu, hakte sie unter und half ihr gemeinsam mit dem Nachtwächter, der aus dem Schatten des Eingangs herbeigeeilt war, die Treppen hinauf. Vor der Tür blieben sie stehen. Die kleinen Hände der alten Frau, die in weißen Ziegenlederhandschuhen steckten, wanderten zu ihrem Herzen, und sie stieß nochmals ein lautes Klagen aus: »Eine Zumutung! Hier muss man ja ein Gebirge besteigen, bevor man zu den Kranken kommt. Ist das eure Strategie, um die Betten zu füllen? Wer es einmal hineingeschafft hat, kommt nicht mehr heraus?«

»Grand-mère«, schmunzelte Jean-Pierre.

Resigniert ließ die alte Dame die Arme wieder sinken, richtete sich auf und demonstrierte mit einer wegwerfenden Handbewegung ihre mit Stolz getragene Last des Alterns. Sie löste sich aus dem Arm des Enkels, atmete tief durch und verteilte dann lächelnd Dankbarkeit nach beiden Seiten.

»Was tust du hier um diese Zeit?«, fragte Jean-Pierre.

»Was tust *du* hier um diese Zeit? Solltest du nicht längst zu Hause bei Frau und Kindern sein?«

»Die richtige Frau findet man nicht so leicht.«

»Weil du dich nur bei den falschen aufhältst.«

»Also, Grand-mère, was machst du hier?«

»Ich suche jemanden. Was denn sonst? – Dummer Junge.«

»Kann ich dir dabei helfen?«

Madame Girard warf einen scharfen Blick auf ihren Enkel und sagte dann: »Noch habe ich Augen im Kopf.«

Er blickte auf die kleine, feingliedrige alte Dame neben sich, in ein Gesicht, dessen Haut zwar zerknittert war wie hauchfeines Seidenpapier, aber dennoch durch einen zarten Puderschleier rosa schimmerte. Ihr zu einem französischen Twist gestecktes Haar war von einem zart gebläuten Weiß, wie man es oft von alten Damen kennt, die auf ihre Erscheinung besonderen Wert legen. Trotz ihres welken Alters wirkte ihre Gestalt wie die eines jungen Mädchens, und trotz der etwas hilflos wirkenden Zerbrechlichkeit wehte etwas Frisches, ja, beinahe Zynisches um die alte Dame.

»Also komm, Grand-mère, ich begleite dich«, sagte Jean-Pierre und hakte sie wieder unter.

Die jedoch löste sich von ihm und sagte: »Damit du mich rücksichtslos in irgendeinem Winkel abstellst wie ein lästiges Stück Gepäck?« Sie schüttelte den Kopf. Dann schlüpfte sie an ihm vorbei und verschwand durch die Tür in die Eingangshalle des Universitätsklinikums. Jean-Pierre und der Wachmann blickten sich ratlos an, dann zuckte Jean-Pierre die Schultern, drehte sich um und trat ins blauschwarze Dunkel der Nacht.

***

Zurück zu Hause schälte er sich aus seinem Mantel und warf ihn achtlos über die Armlehne eines Stuhls. Seinen Hut schleuderte er an die Garderobe, dann schlüpfte er aus seinen Schuhen. Wieder hatte Jean-Pierre die auf ihn gerichteten, fragenden, urteilenden Blicke der Kollegen vor sich. Das Gesicht der Patientin. Diese Augen. Diese Tiefe. Den Mond.

Das Blut schoss ihm in den Kopf und füllte ihn bis zum Platzen. Er stieß die Badezimmertür auf, beugte sich über das Waschbecken und klatschte sich eiskaltes Wasser ins Gesicht. Ohne sich abzutrocknen, hob er den Kopf und sah in den Spiegel. Das Wasser rann über seine Haut. Über die

Lider seiner Augen, die eine andere Farbe zu haben schienen als noch am Morgen.

Er griff nach einem Handtuch, rieb sich das Gesicht und feuerte es in die Badewanne. Dann hockte er sich auf die Fliesen und ließ den Kopf in die Hände fallen. Was war heute mit ihm passiert?

Immer wieder fielen ihm die Augen zu, und er glitt in die seltsame Welt zwischen Wachheit und Traum.

Schließlich stieß er sich mit beiden Händen vom Fußboden ab, stand auf und ging ins Wohnzimmer. Er nahm die Flasche Whiskey vom Barwagen, fischte mit der Zange ein paar Eiswürfel aus dem silbernen Kühler und ließ sie ins Glas plumpsen. Als er die bernsteinfarbene Flüssigkeit darauf goss, knackten sie leise. Jean-Pierre umfasste das Glas und trank es in einem Zug aus. Er trat ans Fenster, starrte in die Nachtschwärze hinaus und blickte den vereinzelten Lichtern der Autos nach, die vorbeiglitten.

Während er sein Glas abermals füllte, schritt er in seiner Wohnung umher und durchmaß die Räume. Aus jedem Winkel leuchtete der Wohlstand. Überall stand Plunder im Übermaß herum. Plötzlich störte er sich an jedem Stück. Warum nur hatte er all diese Sachen angeschafft? Weil er sein Vermögen nicht anders auszustellen wusste als in der Anhäufung von ebenso kostspieligen wie nutzlosen Sachen? Erst jetzt fiel ihm auf, wie kalt und austauschbar er seine Wohnung eingerichtet hatte. Dieses Fehlen einer Atmosphäre, eines Charakters irritierte ihn. Plötzlich hatte er das Gefühl zu ersticken. Er stieß ein Möbelstück nach dem anderen um, schleuderte eine fragile etruskische Statue aus Bronze – die er mal in einem Anflug von Sammlerduft auf einer Reise nach London bei Sotheby's ersteigert hatte – zu Boden, wo sie zerschellte. Schlug mit der Faust derart fest auf den Tisch, dass die Glasplatte zerbarst. Und dann ließ er sich erschöpft zwischen den Scherben seines bisherigen Lebens aufs Sofa fallen und schlief ein.

Der Morgen kam zu früh. Die Adern an seinen Schläfen pochten, stechende Schmerzen im Kopf, die ihm durch alle Glieder fuhren, als er sich aufrichtete.

Um wen trauerte er? Um den Jean-Pierre, der er bis gestern gewesen war? Um das Leben, das er bis zum Vortag geführt hatte? Oder war da auch ein Hauch Mitgefühl für diese Frau?

Jean-Pierre war in seine Gedanken eingesponnen wie ein Insekt in einem Netz. Außer den wild in seinem Kopf umherfliegenden Erinnerungsfetzen an die letzte Nacht hörte er nichts als das Ticken seiner Uhr.

Die Unruhe war bis in seinen Traum gesickert. Dort war sie plötzlich hinter ihm aufgetaucht. Diese junge Frau aus dem Spital. Im Spiegel hatten sich ihre Blicke getroffen. Und er hatte sich in den Tiefen ihrer Augen verloren – bis zum Grund eines Sees. Kein Traum. Nein. Eine Vision. Eine Erscheinung, die selbst jetzt noch den ganzen Raum um ihn füllte.

Er rieb sich den Schlaf aus den Augen, stand auf und begann aufzuräumen. Doch mit der wiederhergestellten Ordnung in der Wohnung kam nicht die Ordnung in seinem Kopf zurück. Es gelang ihm nicht, sich von den Erschütterungen des Vortags frei zu machen. Unablässig wanderten seine Gedanken zurück zu dem Augenblick in der Notaufnahme, als ihn plötzlich dieser ungeheuerlich brennende, stechende Schmerz durchzuckt hatte.

So lange seine Erinnerung in die Vergangenheit reichte, hatte er nie ein so wirkliches Gefühl empfunden. Und nun hockte die Angst vor dem Unerklärlichen in seiner Wohnung und rührte sich nicht aus den Zimmern. Sein einst vollkommenes, prunkvolles Heim wurde ihm erstmals in seinem Leben zur Qual. Und das künstliche Glück seines Daseins zeigte erste Risse.

Sein väterlicher Freund Hermes hatte recht. Er lebte so oberflächlich, tat so automatisch das Falsche, als ob ihm das Richtige gar nicht zur Verfügung stünde. Aber was war schon das Richtige?

Er war bei reichen Eltern aufgewachsen. Claude und Binette. Beide selbst verwöhnt vom Glück eines sorgenfreien, wohlhabenden Elternhauses, das ihnen, wenn Jean-Pierre es mit Hermes' Blick betrachtete, ebenso zu Kopf gestiegen war wie ihm selbst. Was er sich heute erstmals eingestand.

Statt ihm Bücher vorzulesen, wie es Hermes mit seinen Töchtern Mathilde und Lilou getan hatte, als die Mädchen noch klein waren, hatte Jean-Pierres Vater Claude eine gänzlich andere Tradition etabliert. Jean-Pierre war nicht mal fünf Jahre alt gewesen, als ihm Claude den ersten Smoking schneidern ließ. Nicht etwa für einen besonderen Anlass, sondern weil er es zur Mode machte, mit seinem Sohn jeden Samstagabend, beide in Smoking und Fliege steckend, die Pomade im Haar, vor dem Fernseher zu sitzen und James Bond anzusehen. Claude mit dem obligatorischen Glas Champagner in der Hand, Jean-Pierre mit der alkoholfreien Kinderversion. Damals hatte Jean-Pierre geglaubt, das sei das Leben. Wenn er jetzt daran dachte, wurde ihm zum ersten Mal das Absurde daran bewusst.

Und Binette? Binette war mit ihren Freundinnen um die Häuser gezogen und hatte sich all die Jahre in Ignoranz geübt. Sie war keine schlechte Mutter. Überhaupt nicht. Sie war einfach so wenig mütterlich gewesen wie nur möglich.

Das schrille Klingeln seines Telefons riss ihn aus den Gedanken.

»Ja?«

»Jean-Pierre?«

»Binette. Wenn man an den Teufel denkt«, murmelte Jean-Pierre vor sich hin.

»Was sagst du?«

»Nichts, Binette. Gar nichts.«

»Nenn mich nicht Binette. Ich bin deine Mutter.«

»Was willst du so früh?«

»Es ist elf Uhr morgens.«

Jean-Pierre stieß ein Stöhnen aus.

»Musst du nicht längst im Krankenhaus sein?«

»Wenn du das so genau weißt, warum rufst du dann um diese Uhrzeit an?«

Jean-Pierre sah seine Mutter vor sich. Wie sie mit ihren langen, fahrigen Armen in der Luft herumwirbelte, sich das blondierte Haar aus dem Gesicht strich. Ihr Mund, ein schmaler Strich, eingeklammert zwischen strengen Linien.

Einen Moment lang war es stumm in der Leitung.

»Deine Grand-mère!«, sagte Binette schließlich in die Stille hinein.

»Was ist mit ihr?«

»Sie sucht eine junge Frau. Es muss die Enkelin ihrer früheren Schneiderin sein. Du weißt schon, Geneviève Flamant, die im vergangenen Jahr gestorben ist.«

»Und was habe ich damit zu tun?«

»Nun, ich dachte, du könntest Margaux helfen.«

»Grand-mère helfen?«

»Ich weiß, Jean-Pierre.«

»Nein, Mutter, du weißt nicht. Du hast keine Ahnung. Grand-mère lässt sich nicht helfen.«

»Ich dachte, du könntest vielleicht nachschauen, ob diese junge Frau vergangene Nacht zu euch ins Universitätsspital eingeliefert wurde.«

»Wurde sie nicht.«

»Woher willst du das wissen?«

Jean-Pierre konnte förmlich sehen, wie sich die Sichellinien neben Binettes Mund tiefer gruben.

»Weil Grand-mère bereits Sherlock Holmes gespielt hat.«

»Sie hat was?«

»Sie war bereits im Spital. Gestern Nacht. Wir sind uns in die Arme gelaufen. Warum, um Himmels willen, sucht sie mitten in der Nacht die Enkelin ihrer verstorbenen Schneiderin?«

»Geneviève war mehr als eine Schneiderin für deine Grand-mère. Das weißt du. Mutter hat ihr am Totenbett versprochen, ein Auge auf das junge Ding zu werfen. Sie hat wohl sonst niemanden. Diese junge Frau. Ihre Putzfrau wohnt in der Wohnung direkt unter ihr. Sie hat deine Grand-mère verständigt, dass Genevièves Enkelin im Spital ist, sie wusste aber nicht, in welchem.«

»Und Margaux spielt Familie. Weil sie das so gut kann«, entfuhr es Jean-Pierre spöttisch.

»Jean-Pierre, lass das. Mutter ist, wie sie ist.«

»Wie du das hinnehmen kannst. Deine Mutter hat sich seit jeher mehr um andere gesorgt als um die eigene Familie.«

Binette schwieg.

»Sie wird Genevièves Enkelin schon finden. Wen Margaux finden will, den findet sie. Ich muss jetzt auflegen. Ich ruf dich an, einverstanden?«

Jean-Pierre beendete das Gespräch, bevor seine Mutter antworten konnte.

Und da war sie auch schon wieder, die Erinnerung an den grauenvollen Moment von gestern Nacht im Spital. Sie schien in seinem Kopf festzustecken wie ein Angelhaken, der sich nicht mehr herausziehen ließ. Jean-Pierre hatte versagt.

Ihm war nie ein Fehler unterlaufen, zumindest keiner, der anderen aufgefallen wäre. Er war ein Mann, der all die Jahre zufrieden in seiner luxuriösen, bequemen, windstillen Existenz gebettet gewesen war. In wohltemperiertem Glück. Und nun wurde er mit einem Mal von irgendetwas gepackt, aufs Heftigste durchgerüttelt und in eine ihm nie zuvor bekannte Verwirrung gestürzt. Und klemmte plötzlich in einem Schraubstock aus Angst und Unruhe.

Was tun, wenn plötzlich alles anders ist? Was tun, wenn man plötzlich auf sich selbst zurückgeworfen ist? Was tun, wenn alles, was einen bislang auszumachen schien, von einem abblättert und einen Kern freilegt, der einem selbst fremd ist?

Jean-Pierre rieb sich die Augen. Er fühlte sich miserabel. Vor dem Fenster eine blasse Sonne, gedämpft von einem Himmel, der nicht warm wurde.

Er wollte nicht mehr denken. Wollte sich betäuben. Er musste raus. Raus aus der Wohnung. Weg von sich selbst. Er brauchte irgendeine Form der Zerstreuung. Nur für einige Stunden Ruhe von sich selbst, von diesem plötzlichen Gefühl der Unsicherheit. Und von diesem seltsamen Gefühl der Trauer.

Er ging die Straßen entlang, sah sein Spiegelbild auf dem Glas abgedunkelter Ladenfenster dahintreiben.

Als er an den Blicken der Frauen, die ihm begegneten, spürte, dass sich nichts geändert hatte, dass er der magnetisierende Mann war wie zuvor, fielen allmählich die beklemmende Enge und Schwere von ihm ab. Ganz so, als schwebe er aus Gefängnismauern hinauf in einen weiten, offenen Himmel.

***

In den kommenden Tagen aß er wenig und trank viel. Der Alkohol legte sich wie ein Schleier über seine Nerven und machte das Wachsein ein wenig erträglicher. Immer wieder drängte sich die Erinnerung an seine letzte Nacht im Spital auf. Fast eine Woche war seitdem vergangen.

Jegliche Versuche, seinen Tagen einen neuen Sinn zu geben, scheiterten. Seine hochmütige Art, dem Leben zu begegnen, zerfiel. Er war bis ins Mark erschüttert.

Jetzt stand er in seinem Arbeitszimmer vor dem Regal und betrachtete die unzähligen Werke zur Notfallchirurgie. Die Bücher erfüllten den Raum mit einem ganz eigenen Geruch. Es war der Geruch seiner Vergangenheit. Der Geruch eines halben Lebens. Er zog ein Buch heraus, strich über den Deckel, klappte es an einer beliebigen Stelle auf und las darin, schlug es wieder zu und stellte es zurück. Nahm ein weiteres heraus, klappte es auf und wieder zu, auf und wieder zu.

Wie lange sollte er sich Zeit nehmen? Welche Dauer hatte Hermes im Sinn, bevor sich Jean-Pierre wieder im Spital oder an einem anderen Ort sehen lassen konnte? Zwei Wochen? Drei? Einen Monat? Konnte er überhaupt zurückkehren?

Die Wut auf sich selbst schien Jean-Pierre in Fetzen zu reißen. Schließlich griff er ein weiteres Buch, riss ein paar Seiten heraus, zerknüllte sie zu kleinen Kugeln, ging zum Kamin und warf sie hinein. Dann hockte er sich hin, zündete ein Streichholz an, und mit dem aufzuckenden Flämmchen entfachte er das Papier. Eine Weile blickte er in die züngelnde Flamme. Dann stand er auf und schleuderte alle Bücher aufs Parkett. Warf sie eines nach dem anderen ins Feuer. Kniete sich davor und starrte in die mit jedem Mal neuerlich aufzischende Glut und auf die Flamme, die mit Verlangen jede Seite seiner Ausbildung zum Arzt zerfraß.

Was tun, wenn man vor der Asche dessen hockt, was einen einst ausgemacht hat?

***

Hermes. Er hatte eine eigene Art, an die Tür zu klopfen. Einmal lang, zweimal kurz. Gleich dem Takt einer Ouvertüre.

Jean-Pierre lehnte am leeren Regal und rauchte eine selbst gedrehte Filterlose. Die Zigarette zwischen Daumen und Zeigefinger geklemmt, nahm er den letzten Zug und schnippte sie anschließend in die Asche seines bisherigen Lebens. Dann stand er auf, fuhr sich mit beiden Händen durchs Haar und ging zur Tür.

»Darf ich reinkommen?«, fragte Hermes und hielt Jean-Pierre einen Briefumschlag hin.

»Was ist das?«

»War vor ein paar Tagen in deiner Post in der Klinik. An dich persönlich adressiert, ohne Absender, aber mit Wachssiegel. Deine Sekretärin – Nadja, richtig? – scheint eine sehr aufmerksame Person zu sein. Sie sagte, jedes Jahr um etwa die gleiche Zeit treffe ein Brief mit Wachssiegel für dich ein. Nur dass dieser hier dicker sei als gewöhnlich.«

Jean-Pierre hob die Augenbrauen. »Ach ja? Kann mich nicht erinnern. Dann ist es nichts Wichtiges.« Er ließ den Brief achtlos auf die Kommode neben der Tür fallen und ging voran ins Wohnzimmer.

»Möchtest du etwas trinken? Gin?«

»Warum nicht«, sagte Hermes und ließ seinen Blick in der Wohnung umherschweifen. »Du hast ausgemistet? Wo sind all die Möbel?«

»Ich konnte nicht mehr atmen.«

»Und?«

»Ich habe sie auf die Straße gestellt. Zum Mitnehmen. Es verging keine Stunde, und alles war weg.«

»Kann ich mir vorstellen. Deine Designerware.« Er zog die Augenbrauen hoch.

»Egal«, sagte Jean-Pierre.

»Und deine Bücher?«, fragte Hermes, als er an der zweiflügligen Schiebetür zum Arbeitszimmer vorbeiging und das leere Regal erblickte.

»Verbrannt«, sagte Jean-Pierre und zog die Flügel zu.

Hermes verkniff sich weitere Kommentare und ließ sich im Wohnzimmer aufs Sofa fallen, das fast alleine im großen Raum stand.

Jean-Pierre nahm die Flasche vom Barwagen und goss ihm ein Glas Gin ein.

»Dein Hemd ist falsch zugeknöpft«, sagte Hermes, als er nach dem Glas griff. Jean-Pierre zuckte mit den Schultern, knöpfte sein Hemd im Gehen auf und wieder zu. Dann stellte er die Flasche zurück.

Hermes’ Augen, die ihn nie losließen. Sein Wesen, das jeden seiner Schritte bemerkte. Jeden seiner Gedanken zu lesen schien. Aber ihm Mitleid, Urteile oder Ratschläge zum Glück meist ersparte. Meist. Denn im selben Augenblick sagte Hermes: »Und was tust du so den ganzen Tag außer Bücher zu verbrennen und Möbel auf die Straße zu schmeißen?«

»Nachdenken.«

»Zu welchem Ergebnis bist du gekommen?«

»Zu gar keinem.«

Jean-Pierre sah aus dem Fenster und versuchte, seine wild umherspringenden Gedanken auf einen Punkt weit in der Ferne zu bündeln.

»Mach nicht die gleichen Fehler wie ich«, sagte Hermes nach einer Weile.

»Wie meinst du das?«, fragte Jean-Pierre, als er sich ihm gegenüber auf den einzig verbliebenen Armlehnsessel setzte.

»So, wie ich es sage.«

»Du und Fehler. Zwei Dinge, die sich gegenseitig ausschließen«, bemerkte Jean-Pierre eher beiläufig.

»Du kennst nicht die ganze Geschichte. Manchmal ist es besser, die Vergangenheit hinter sich zu lassen. Manche Zeiten fühlen sich ohnehin an, als gehörten sie zum Leben eines anderen.«

»Warum erzählst du sie mir nicht? Du weißt so viel über mich. Und ich so wenig über dich.«

»Manchmal ist es besser, nicht sein gesamtes Leben zu erzählen. Das bewahrt einen davor, verurteilt zu werden und in den Augen anderer für immer der zu bleiben, als den sie einen gebrandmarkt haben.« Er zündete sich eine von Jean-Pierres filterlosen Zigaretten an, drehte das Feuerzeug zwischen seinen Fingern. »Es gibt einen Moment im Leben, Jean-Pierre, an dem wir den Vater, die Mutter, die Großeltern oder Lehrer nicht mehr als unsere Vorbilder sehen, sondern als die Menschen, die sie sind. Sie verlieren ihren Glanz. Wir erkennen, dass auch sie nicht unfehlbar sind, dass auch sie nicht alle Fragen des Lebens beantworten können, und erschrecken darüber, wie sehr sie uns gleichen in ihrer Verwundbarkeit. Das ist ein Augenblick der Einsamkeit. Weil wir begreifen, dass wir den Sinn für unser Leben nur allein, in uns selbst finden können. Dass es dafür keinen äußeren Kompass gibt. Das möchte ich dir ersparen. Zumindest, was mich betrifft und solange du noch glaubst, ich verstünde die Welt besser als du.«

»Nun, du bist erfahrener. Und ich kann einiges von dir lernen.«

Die Filterlose zwischen die Finger geklemmt, nahm Hermes einen Schluck Gin. Dann sagte er: »Darf ich dir eine Frage stellen?«

»Ich muss sie ja nicht beantworten.«

»Warum bist du Arzt geworden? Für dich oder für die, die einen Arzt brauchen?« Er beugte sich vor und stellte das Glas zwischen seinen Füßen auf dem Boden ab.

»Ich verstehe die Frage nicht.«

»Das Leben wird sinnvoll, wenn man es einer größeren Sache widmet als sich selbst.«

»Zum Beispiel?«

»Anderen.«

»Was meinst du damit?«

»Ich will nicht grausam zu dir sein und dir deine Illusion rauben. Ich will dich lediglich anstoßen, endlich deinen Weg zu gehen. Was ich meine, ist: Sei nicht bloß ein Teil vom Leben anderer. Lebe selbst.« Hermes blickte den

Rauchkringeln nach, die er aus seinem Mund zur Decke blies.

»Ich lebe.«

»Natürlich lebst du. Aber du führst kein Leben. Du lässt dich treiben. Du sammelst Frauen wie Blumen, stellst aber nicht eine von ihnen in die Vase, gibst nicht einer frisches Wasser, und wenn sie dir welk erscheinen, wirfst du sie weg.«

»Ich verspreche ihnen nichts.«

»Aber trotzdem hoffen sie. Jede einzelne. Jede für sich. Und wenn sie dir lästig werden, machst du dich aus dem Staub.«

»Du übertreibst.«

»Wenn du wüsstest, wie gut ich dich verstehe. Wir flüchten uns von einem zum anderen Menschen, von einer zur anderen Frau, weil wir darin eine Chance sehen, uns selbst zu finden. Einen wartenden Teil unserer Seele, den nur dieser eine Mensch erkennen, ausgraben und wachrufen kann. Doch der Schlüssel liegt nie im Außen, sondern immer in uns selbst.«

»Jetzt wirst du aber pathetisch.«

»Findest du? Was würde ich dafür geben, nicht immer wieder aus Egozentrik oder Feigheit Mist zu bauen.«

»Du baust Mist?«

»Andere Geschichte. Nicht jetzt.«

»Wann dann?«

Hermes schwieg. Als die Stille zwischen ihnen fast unerträglich wurde, sagte Jean-Pierre: »Vor ein paar Tagen war die Welt noch in Ordnung.«

»Die Welt ist nie in Ordnung. Immer passiert irgendwem irgendwas. Jeder Mensch, und scheint er noch so unantastbar und vom Schicksal begünstigt, trägt Wunden in sich. Wir wollen das nur nie so genau wissen, weil wir mit uns selbst genug zu tun haben. Weil jeder sich selbst durch dieses komplizierte Leben navigieren muss.«

»Vielleicht gibt es für jeden ein Kontingent an Glück, und meines ist aufgebraucht. Eine einzige Nacht, und alles ist zerschlagen.«

»Dann sammle die Scherben auf, sortiere sie und setze sie wieder zusammen. Oder, besser, setze sie neu zusammen. Anders.« Hermes drückte die Zigarette im Aschenbecher aus. »Jean-Pierre, es gibt noch andere Leben, die du leben könntest. Sie sind nur eine Sekunde oder eine Kündigung entfernt. Ich weiß nicht, ob ich dich nicht einfach rauswerfen soll, damit du das begreifst und dich endlich aufmachst in dein richtiges Leben.«

»Nur um dir auf die Sprünge zu helfen: Ich habe bereits gekündigt. Das war pure Einsicht. Aufgeben ist keine Option. Nicht für mich.«

»Ich rede nicht vom Aufgeben. Oder vielleicht doch. Vom Aufgeben des falschen Lebens vielleicht.«

***

»Mach mal was ganz anderes«, riet Hermes ihm, als er sich verabschiedete, »etwas, das deine Seele erreicht.«

Jean-Pierre verdrehte die Augen. »Es gibt schlechtere Versionen meines Lebens.«

»Aber auch bessere«, sagte Hermes. »Du brauchst ein Leben, Jean-Pierre. Es muss nicht großartig sein, nur echt.« Er kramte in seiner Manteltasche. »Fast hätte ich es vergessen.« Er reichte Jean-Pierre einen Zeitungsschnipsel. »Für den Fall, dass du wirklich nicht ins Spital zurückkommen willst.«

Jean-Pierre faltete das Papier auseinander und las. Er zog eine Augenbraue hoch. »Aushilfsarzt in einem Heim für körperlich behinderte Kinder? Nicht dein Ernst.«

»Dachte, ein bisschen Realität könnte nicht schaden.«

»Ich habe gerade Realität genug.« Jean-Pierre zerknüllte den Zettel und ließ ihn in seine Hosentasche gleiten.

»Wenn du dich nicht änderst, wird deine Zukunft genauso aussehen wie deine Gegenwart.«

»Wäre das so schlimm?«

»Es wäre unerträglich!« Hermes klopfte ihm auf die Schulter. »Vielleicht solltest du mal alles loslassen. Mit dem Leben, mein Junge, ist es wie mit einer guten Zigarre. Wenn man zu fest daran zieht, verweigert es einem den Genuss.«

Die beiden stiegen die Treppen hinab zur Haustür, nickten sich zu, und bevor Hermes verschwand, klopfte er mit dem Handrücken auf den überquellenden Briefkasten und sagte: »Schreit auch nach Ausmisten.« Dann machte er sich aus dem Staub.

***

Flüchtig blätterte Jean-Pierre durch die Briefe, während er die Stufen hinauf zurück zur Wohnung stieg. Nachdem er die Tür hinter sich ins Schloss gezogen hatte, ließ er einen nach dem anderen auf den Holzboden fallen.

Das Übliche. Nichts, um das er sich jetzt kümmern musste. Bis der Umschlag mit geschwungenen Lettern auf der Kommode seine Aufmerksamkeit einfing, den Hermes mitgebracht hatte. Er nahm ihn in die Hand, drehte ihn um. Kein Absender. Erstaunt betrachtete er die fremde Schrift, betastete das Papier und löste schließlich das Kuvert.

Die Seiten knisterten, als er sie herauszog. Ein halbes Dutzend knittriger Blätter. Unzählige Male musste der Brief zerknüllt und wieder glatt gestrichen worden sein. Hastig geschrieben von unruhiger Frauenhand, wirkten die Sätze in blauer Tinte anfangs noch kräftig, dann immer zögerlicher, bis sie sich am Ende im Papier verloren und das Geschriebene nur noch zu erahnen war. Die Art und Weise, wie der Füllfederhalter über das Blatt geglitten war, ließen ihn mit einer solchen Intensität die Entschlossenheit, dann wieder das Zögern, vor allem aber die Sehnsucht der Adressatin spüren, dass ihm die Unbekannte schon durch den bloßen Blick auf ihre Zeilen unbegreiflich nahekam. Jean-Pierre ging ins Wohnzimmer und ließ sich in seinen Armlehnsessel fallen. Er breitete die Seiten vor sich auf dem Parkettboden aus, strich sie mehrmals glatt. Dann nahm er die erste in die Hand und begann zu lesen.

Jean-Pierre,

wenn du diesen Brief in Händen hältst, bin ich tot. Keine Sorge, eine Tote will nichts mehr.

Aber bevor ich gehe, muss ich ein Versprechen einlösen.

Mein letzter Hauch Leben wird kurz um dich wehen, dir eine für dein Leben wichtige Botschaft überbringen und im Nu wieder verschwinden.

Noch bevor der Morgen anbricht, werde ich mich im Rauch des Vergessens auflösen …

Juliette Vernon

***

Im lautlosen Licht saß Jean-Pierre da und strich mit zitternden Fingern über die letzte Seite des Briefs. Die Luft im Raum fühlte sich plötzlich schwerer an. Er hob den Kopf, blickte zum Fenster, durch das das Schweigen des frühen Abends hineinströmte.

Der Schatten einer Frau floss in und aus seinem Bewusstsein, aber wurde zu keinem Bild. Bloß zum Scherenschnitt einer Person. Und nur ganz zaghaft erinnerte er sich an ein Gefühl beim Anblick dieses verschwommenen Bildes, und doch erinnerte er sich nicht. Er sah auf den Boden neben dem Kamin, dorthin, wohin er all die zerknüllten Nachrichten geworfen hatte – die sie, wie er jetzt wusste, ihm zu jedem Neujahrstag geschickt hatte –, ohne sie je zu lesen. Verbrannt hatte er die Briefe, weil er nach der ersten Zeile geglaubt hatte, es handle sich um eine Verrückte. Vielleicht war sie das auch, eine Verrückte.

Als er den Brief erneut in die Hand nahm und auf die Zeilen blickte, wurde ihm zum ersten Mal bewusst, dass Menschen Bilder in uns erschaffen konnten. Bilder, die stark genug waren, unser Leben zu lenken und zu verändern.

Erinnerungsfetzen flogen wild in seinem Kopf umher.

Wer war diese Frau, die etwas erlebt hatte, das seine ganze Biografie wie einen Irrtum aussehen ließ?

Ein plötzlicher Gedanke durchzuckte ihn wie ein Blitz. War sie etwa die Frau aus der Notaufnahme, die so lange im Wasser getrieben war? Der Suizidversuch?

Nein, so viele Zufälle gab es nicht. Oder doch? Oder war das ... Schicksal? Noch bevor er den Gedanken zu Ende denken konnte, griff er zum Telefon.

Seine Sekretärin nahm nach ihm endlos erscheinendem Klingeln ab.

»Nadja.«

»Jean-Pierre?«

»Die junge Frau aus der Notaufnahme von vor einer Woche. War ihr Name Juliette?«

»Danke, dass du fragst. Mir geht es ganz hervorragend. Bis auf die Stapel deiner Post, die nicht enden wollen.«

»Entschuldige, Nadja. Siehst du schnell für mich nach? War ihr Name Juliette?«

»Einen Moment.«

Jean-Pierre hörte Papierrascheln durchs Telefon, Aktenordner wurden auf- und wieder zugeschlagen.

»Jean-Pierre, bist du noch da?«

»Hier.«

»Sie heißt Elodie. Elodie Vigneau.«

»Ganz sicher Elodie? Nicht Juliette? Juliette Vernon?«

»Elodie Vigneau. Warum fragst du?«

»Nicht wichtig.«

»Klingt anders.«

»Wurde in den vergangenen Wochen eine Juliette Vernon eingeliefert?«

»Augenblick. Vernon, sagst du?«

»Vernon. Juliette Vernon.«

Jean-Pierre hörte, wie Nadjas Finger über die Tastatur des Computers huschten. »Keine Juliette Vernon. Keine Juliette ohne Vernon und auch niemand, der sich Vernon schreibt. Nicht im System. Nie hier im Spital gewesen.«

»Wäre auch zu schön gewesen. Danke, Nadja. Bis dann.«

»Jean-Pierre?«

»Ja?«

»Alles in Ordnung?«

»Danke. Du bist ein Schatz.«

»Pass auf dich auf.«

Jean-Pierre hatte bereits aufgelegt.

Zweifellos. Die Frau, die diesen Brief geschrieben hatte – Juliette Vernon –, war tot. Nur wenn sie nicht mehr lebte, sollten ihn ihre Zeilen erreichen. Das hatte sie ihm im Brief unmissverständlich mitgeteilt.

Mit den Fingerspitzen strich er über ihre Worte. Und spürte wieder diesen Schmerz in seiner Brust. Der diesmal noch tiefer ging. Ein Knacks – und irgendetwas aus seinem Innern wehte hinauf. Wie ein Riss in seiner Realität, durch den er aus seinem bisherigen Leben glitt. Und etwas ihm Unbekanntes strömte in seine Welt hinein.

»*Glaubst du daran, dass Seelen einander spüren können?*«,

las er nochmals.

Das ist doch verrückt, völlig verrückt, sagte er sich. Noch vor Tagen hätte er diese Frau für eine Irre gehalten und darüber gelacht. Aber heute?

Es war, als ob er sich in Gegenwart dieses Briefs, in der gefühlten Gegenwart dieser Unbekannten selbst neu sehen konnte. Er schloss die Augen, um das Bild der Frau, das in seinen Kopf ein- und ausströmte, besser festzuhalten. Genau genommen waren es nur Umrisse einer Frau, einer jungen Frau, die sich mit der Erinnerung an die junge Frau in der Notaufnahme füllten.

Und dann, ganz plötzlich, tauchte eine Landschaft hinter seinen Lidern auf: ein See, schimmernd wie Smaragd. Aus dem Wasser aufragende, hintereinander geschichtete, von Grün bedeckte Inseln, in leuchtendem Dunst verschwimmend.

Hermes hatte ihm wieder und wieder von diesem Landstrich erzählt. Warum er jetzt gerade daran denken musste, wusste er nicht. Doch mit diesem Bild vor den Augen löste sich der Schmerz in seiner Brust nahezu auf.

***

Jean-Pierre trat hinaus in die nebelfeuchte Nacht. Vorbei an Straßenmusikern und Obdachlosen, an verwahrlosten Kindern, die ihm bettelnd die Hände entgegenstreckten. Zum ersten Mal blickte er sie an, diese Menschen, die für ihn nie zuvor sichtbar gewesen waren. Schaute in ihre Gesichter. In verdreckte, ausgehungerte, kaputte und müde Gesichter. Betrachtete ihre Kleidung, die starr vor Schmutz war. Und ihn überkam Scham. Scham, weil er zu den Privilegierten gehörte, weil er von klein auf auf der sicheren Seite stand. Und ihm wurde bewusst, wie fragil ein Leben war und wie wenig Fehlgriffe es benötigte, um auf die andere Seite zu rutschen.

Was war er ohne den reinweißen Arztkittel? Ohne den Ruf einer der besten Notfallchirurgen? Was blieb, wenn er beides abstreifte? Ein Mensch, der in sich zusammenfiel. Wie ein aufgeblasener Ballon, dem durch einen Riss die Luft entwich.

Und allmählich schlich sich in sein Bewusstsein, dass er all die Jahre nur an dieser Hülle gearbeitet und gefeilt hatte, diese Hülle, die man ihm einfach so wegnehmen konnte, die ihm mit einem Mal nicht mehr gehörte.

Er ging die lange Auffahrt hinauf. Der Kies knirschte unter seinen Sohlen. Hier und da goss eine Laterne Licht über den Weg. Auf dem Vorplatz blieb er stehen, neben dem Lichtfleck, der aus einem der oberen Fenster aufs Pflaster fiel. Und betrachtete das Haus aus beigefarbenen Steinen.

Virginie

Sie fragte sich gerade, ob es mutiger war zu bleiben oder zu gehen.

Virginie konnte ihn riechen, den verblassenden Frühling – mitten im Winter.

Was tat man, wenn man sich mit achtundvierzig Jahren am Ende seines Lebens fühlte? Wenn alles, was einen einst lebendig gemacht hatte, zu einem Ende gekommen war? Die Jugend unwiederbringlich vorüber, die Kinder auf ihrem eigenen Weg, die Ehe eingetrocknet.

Wenn man sich zu zweit einsamer fühlte als allein. Wenn Moral und Loyalität nichts als Treue zuließen. Selbst dann, wenn man nur noch nebeneinanderher lebte, nicht mehr zueinanderfand, Gespräche nicht mehr die Seele berührten. Wenn man sich nach Tiefe, nach Verständnis, nach einem Prickeln verzehrte. Was machte man mit dieser Sehnsucht?

Wie viele Menschen gab es wohl da draußen, die ähnlich empfanden? Wie viele kämpften wohl täglich gegen die Gleichgültigkeit anderer an?

Wie oft konnte man sich im einzigen, eigenen Leben neu erfinden? Wie viele Versionen eines Selbst waren möglich?

Seit Virginie klar denken konnte, lief sie ihrem Leben hinterher. Es galoppierte ihr davon, lief schneller als sie. Kaum glaubte sie einen Zipfel zu fassen, entwischte es ihr wieder. Mit allem, was sie tat, fühlte sie sich immer etwa zehn Jahre zu spät. Mit der Liebe, dem Kinderkriegen, dem Suchen danach, wer sie war.

Nun saß sie allein in diesem großen Haus und sah aus dem Fenster zu den Hügeln hinauf, die sich im letzten Dämmerlicht fein abzeichneten.

Sie lebte mit ihrem Mann Hermes in einer im viktorianischen Stil erbauten Villa, die im ersten Geschoss von einer Veranda aus weiß gestrichenem Holz umspannt wurde. Den Kiesweg zur Villa säumten von Frühjahr bis Herbst limettenfarbene Rispenhortensien. Der Garten war im Sommer voller Wildblumen, mit einem Blauregen, der an der Fassade entlangkletterte, einer kirchturmhohen Eiche und einer ausladenden Platane. Ein weißer Lattenzaun rahmte das fadenscheinige Glück ein wie ein Gemälde von Thomas Kinkade.

Ein solches Haus hatte Hermes sich immer gewünscht. Dazu eine Frau und ein, zwei Kinder. Kein außergewöhnlicher Wunsch. Und doch. Und doch hatte sie dieser Wunsch mehr gekostet als ihn. Und als sie bemerkte, dass sie sich diesen Wunsch nicht leisten konnte, wenn sie sich selbst nicht verlieren wollte, war es bereits zu spät. Da war sie sich bereits verloren gegangen. Und ihr Gesicht war hineingewachsen in die Maske der Frau, die sie nie sein wollte.

Hermes hingegen hatte alles, was er brauchte. Und immer dann, wenn sie im Gespräch mit ihm mühsam versuchte, die Wahrheit ihrer Ehe herauszuschälen, fand er ein brennenderes Thema, und in ihr starb die Hoffnung.

»Ich habe das Gefühl, du liebst mich nicht mehr.«

»Natürlich liebe ich dich«, sagte Hermes daraufhin. »Ich will mit dir sterben.«

»Leb doch erst mal mit mir, bevor du mit mir stirbst«, sagte Virginie.

»Virginie. Die Leute lieben uns. Wir sind ein tolles Paar.«

»Die Leute lieben Illusionen. Sie trennen sich nicht gern von der Illusion, dass es anderen besser geht als ihnen. Dass andere eine bessere Ehe führen. Und sie lassen einem wenig Raum, ihnen diese Illusion zu nehmen.«

Hermes lächelte nur und tat ihre Worte ab, als seien sie Ausdruck ihrer allmonatlich sensiblen Tage. Und in ihr stieg der alte Schmerz auf.

Was konnte sie tun? Jede Wirklichkeit verblasste hinter der Entschlossenheit eines Gehirns, die Realität zu leugnen. Zudem war es nicht nur Hermes' Beruf, täglich Katastrophen ins Auge zu sehen, sondern auch, große Dramen in kleine Wörter zu zerkrümeln, mit denen es sich leben ließ.

Und das konnte er meisterhaft. Aber sie konnte es nicht.

In ihrer Ehe fehlten schon lange amüsante und überraschende Momente.

»Was ist?«, hatte er gefragt, als er eines Abends ins Spital aufbrechen wollte und sie ansah. Virginie schwieg. Hermes seufzte, ging zu ihr und setzte sich neben sie aufs Sofa. Er ahnte, was jetzt kommen würde, legte eine Hand auf ihren Rücken und sagte: »Du bist eine wunderbare Frau.« Dann stand er auf. »Ich muss los. Die Kollegen warten auf mich.«

»Sicher«, sagte Virginie und hielt den Blick abgewandt.

»Begreifst du das denn nicht, Liebes? Das ist mein Leben.«

»Dann teil dein Leben mit mir, verdammt! Wenn ich nicht nur ein schönes Schmuckstück bin!«

»Virginie, zwing uns nicht in einen Begriff von Ehe, dem keine Realität entspricht.«

»Wie könnte ich? Wir führen überhaupt keine Ehe.«

»Ich bin vielleicht nicht der beste Ehemann.«

»Das ist untertrieben. Es vergeht kaum ein Tag, an dem du nicht an irgendetwas herumkritisierst. Du siehst mich nicht mehr. Nur alles, was dich stört.«

»Momentan bin ich gestresst.«

»Momentan bist du am nettesten, wenn du weg bist.«

Hermes sagte zärtlich: »Ich liebe dich, Virginie.« Dann fiel die Tür hinter ihm ins Schloss.

Ein andermal hatte sie ihm stolz ihren neuen Lederrock zeigen wollen. »Und, wie findest du ihn?«, hatte sie Hermes gefragt. Der hatte, ohne von seinem Schreibtisch aufzublicken, geantwortet: »Gut.«

»Du schaust ja gar nicht!«

Hermes hatte den Kopf gehoben und gesagt: »Erinnert mich an die Schürze unseres Metzgers. Bring ihn zurück und rette mit dem Geld lieber ein paar Leben in Afrika.«

Wie viele Ehekrisen hatte sie in den vergangenen Jahren durchlebt, von denen ihr Mann nicht einmal mitbekam, dass sie sie hatte. Hermes war nie ein Mann großer Zuneigungen gewesen. Aber nun, in der in die Jahre gekommenen Ehe, unterlief ihm überhaupt keine noch so verhaltene Zärtlichkeit mehr. Sein Konsum an Rücksicht für seine Interessen hingegen war schamlos. Wenn er abwesend war, für Kongresse verreist und für Tage nicht zu Hause, kam Virginie das eigene Leben ehrlicher vor.

Nur die Arbeit als Wissenschaftlerin und Professorin an

der Universität lenkte sie ab. In diesen Stunden dachte sie nicht an all die Möglichkeiten ihres versäumten Lebens. An all das in ihr, das ungelebt geblieben war. An all die Schmetterlinge, die sie nicht gefangen hatte. An ihren Garten, der verblich. An die Jahre, die vertrockneten wie welke, gefallene Blätter. Wenn sie arbeitete, war sie ganz bei sich.

Wie die Gezeiten des Meeres war ihr Leben bisher verlaufen, die ihre Träume angeschwemmt und wieder mit sich fortgerissen hatten. Und sie hatte nicht gewusst, ob sie sich in die Wellen stürzen und ihre Wünsche festhalten sollte oder ob sie dabei untergehen würde.

Untergegangen war sie nicht. Aber sie hatte eine Grenze überschritten. Mit Léo. Eine Grenze, die sie von Hermes trennte und mit Leo verband. Eine Verrückung, die beide – sie und Léo – zum Leben erweckte. Eine, die ihre Geschichte umschrieb.

Virginie hatte sich mit einer Heftigkeit in diese neue Leidenschaft geworfen, die etwas Verzweifeltes hatte. Das war ihr bewusst. Doch mit Erstaunen stellte sie gleichsam fest, welch ein Zufall es war, dass dieser Mensch in ihr leeres Leben getreten war. Und Glück hineinwehte, in den offenen Spalt ihres Herzens.

Ganz plötzlich lag der feine salzig-süße Geschmack von Neubeginn auf Virginies Lippen. Und obwohl sie die Momente der Gewöhnlichkeit liebte, die Ruhezeiten zwischen den Wendepunkten ihres Lebens, belebte sie diese Veränderung. So verstörend sie auch war.

***

Die Glocke riss sie aus ihren Gedanken.

Jean-Pierre wartete einen Moment, drückte dann nochmals auf die Klingel. Im Flur ging das Licht an, und Virginie öffnete ihm mit vorgelegter Kette. Mit müden Augen blickte sie durch den Spalt. »Jean-Pierre? Alles in Ordnung?« Sie löste die Kette und öffnete die Tür. »Hermes ist noch im Spital. Er kommt sicher bald. Möchtest du auf ihn warten?« Jean-Pierre nickte. Virginie hatte sich Hermes übergroßen Bademantel übers Nachthemd geworfen. Ihr langes, blondes Haar fiel ihr zerzaust über die Schultern.

In der Eingangshalle unter dem gigantischen Spiegel stand auf einer Konsole aus Marmor eine Vase mit frischen weißen Lilien. Jean-Pierre mochte Lilien. Ihr Duft schien die Luft zu reinigen, ließ sie frischer wirken.

»Was trinken, Jean-Pierre? Einen Whiskey vielleicht?«, fragte Virginie.

»Sehe ich so schlimm aus?«

»Ich fürchte, ja.« Sie legte die Hand auf Jean-Pierres Schulter. »Die Lage muss ernst sein, sonst wärst du nicht unangemeldet hier aufgekreuzt. Erst recht nicht um elf Uhr abends.«

Virginie hatte ein unerhörtes Gespür für Menschen. Nahezu jeden Blick, jede Haltung konnte sie deuten. Und fand noch dazu die richtigen Worte, um den anderen genau das zu sagen, was sie brauchten. Manchmal kam das Jean-Pierre etwas geisterhaft vor. Doch meistens genoss er, nicht viel sagen zu müssen, um verstanden zu werden. In seinen Augen war sie mehr Psychologin als Wissenschaftlerin, denn auch wenn sie in ihrer Forschung vorankam, so war sie doch in die Biologie noch nicht so tief vorgedrungen wie in die menschliche Seele, wo es ihr gelang, jeden Riss zu finden, so tief er auch verborgen lag.

Jean-Pierre schritt gedankenversunken über das glänzende Parkett des Korridors. Ein prachtvolles Haus. Innen noch schöner als außen. Ein Haus, das über jeden Zeitgeschmack erhaben schien. Auch das war Virginie. Das Haus war sie.

Er verschwand in Hermes' Arbeitszimmer und knipste die Stehlampe an. Im Lichtbalken flirrte der Staub. Ein kostbarer Teppich auf dem lackierten Holzfußboden. Schwere Bilderrahmen an der Wand mit den Werken berühmter Künstler. Ein durchdringender Geruch nach Tabak und Papier. Jean-Pierre ließ sich aufs Sofa vor dem Kamin fallen und schloss für einen Moment die Augen. Jetzt, da er nach langem Umherirren erstmals wieder saß, spürte er, wie die Müdigkeit in seine Glieder kroch. Als er die Augen wieder aufschlug, sah er sich um. Unzählige Male hatte er schon in diesem Zimmer, auf diesem Sofa Hermes gegenübergesessen. Unzählige Male hier auf ihn gewartet.

Die alten Zweifel flackerten in ihm auf. Einer vagen Eingebung gehorchend, erhob er sich und ging zu Hermes' Schreibtisch hinüber. Er betrachtete die Familienfotos, die darauf standen. Die beiden Töchter von Hermes und Virginie – Mathilde und Lilou, die fern von zu Hause an verschiedenen Universitäten studierten. Mathilde Kunst. Lilou Literatur. Dann Hermes. Und Virginie. Nichts als lachende Gesichter. Eine vollendete Idylle, schoss es ihm durch den Kopf, als Virginie gerade die Tür öffnete und mit einem Glas Whiskey eintrat. Sie ging zu Jean-Pierre hinüber, reichte ihm das Glas, stellte sich neben ihn und warf ebenfalls kurz einen Blick auf die Fotos. Als hätte sie Jean-Pierres Gedanken gelesen, sagte sie: »Das perfekte Leben. In das man nie hineinkommt. Das Leben aus Fotoalben. Ich kenne niemanden, der Fotos von schlechten Tagen aufstellt. Keiner rahmt schlechte Augenblicke ein.«

Sie sahen sich an.

»Danke, Virginie.«

»Ihr solltet reden. Du und Hermes.«

»Wir tun nichts anderes.«

»Ihr redet nicht. Ihr schweigt laut.«

Virginie hielt kurz inne, dann sagte sie: »Wie in der Musik hat jede Beziehung ihre eigene Tonart, ihren eigenen Rhythmus, ihre eigene Frequenz, das ist mir bewusst. Auch verstehe ich, dass jede Freundschaft ihre Lieblingsthemen und Tabus hat. Doch ihr beide redet über alles andere als über das Eigentliche.«

»Worüber sollten wir reden?«

»Frag ihn.«

Das Telefon klingelte.

»Ich bin gleich wieder da«, sagte Virginie und legte ihre Hand auf Jean-Pierres Arm. Dann schlüpfte sie durch die Tür in den Korridor.

Gedämpft drang ihre Stimme zu Jean-Pierre hinüber.

»Wie lange wird es dauern? Jean-Pierre ist hier. Nein, ich weiß nicht. Es geht ihm nicht gut. Ihr müsst reden, Hermes, hörst du?«

Ein Moment Stille.

»Das weiß ich, Hermes. Aber du kannst das nicht dein ganzes Leben vor dir herschieben. Er hat ein Recht auf die Wahrheit.«

Wieder Stille.

»Sag ich ihm. Bis morgen.«

Auch wenn der seit Jahren immer wieder durchscheinende Verdacht, Hermes verberge etwas vor ihm, auf brüchigen Gründen stand – denn die bloße Tatsache, dass ein langjähriger Freund nicht alles teilte, berechtigte nicht gleich zu Spekulationen –, kroch mit einem Mal der Gedanke in Jean-Pierres Kopf, es gäbe etwas in Hermes' Leben, das er wissen müsse. Warum sonst Virginies Anspielungen? Was verschwieg Hermes? Auf welche Wahrheit hatte er ein Recht? Auf die Wahrheit, die in Juliette Vernons Brief stand? Aber, war das nicht absurd?

Virginie kam mit der Flasche Whiskey zurück und goss ihm nach.

»Hermes hat noch einen Notfall. Er wird die halbe Nacht operieren müssen. Er sagte, er melde sich morgen bei dir. Soll ich dir ein Taxi rufen?«

Jean-Pierre sah sie an. Wie schön sie war. Anmut umwehte sie. Und diese Eleganz in ihrem Ausdruck, in ihrer Haltung. Hermes hatte großes Glück, eine solche Frau an seiner Seite zu haben.

»Alles in Ordnung, Jean-Pierre?«

Jean-Pierre nickte. »Entschuldige, Virginie, ich habe nur nachgedacht.« Er trank den Whiskey in einem Zug aus und stellte das Glas auf Hermes' Schreibtisch. »Ich danke dir. Ich werde mich jetzt auf den Weg machen.«

Virginie sah ihn fragend an. »Taxi?«

»Nein, nein, danke, Virginie. Die kalte Luft wird mir guttun.« Er küsste sie auf beide Wangen, dann ging er gedankenverloren an ihr vorbei und schritt durch die Haustür in die eisige Nachtluft. Das Schloss klickte leise, als die Tür hinter ihm zufiel.

Es begann zu schneien. Erst sachte, dann kräftiger. Der Schnee in diesem Winter fiel launisch. Mal stark, mal schwach. Nun schlug er ihm eisig entgegen. Geräuschlos, doch so stark, dass er sich im wirbelnden Weiß plötzlich verloren fühlte. Oder waren es all die Geheimnisse, die plötzlich aus jeder Himmelsrichtung auf ihn hinabzufallen schienen?

TEIL III

Da stand ich nun. Länger als anständig. Beide Hände tief in die Manteltaschen geschoben, irgendwie befangen. Als könne sie mich sehen. Obwohl ich wusste, dass das nicht sein konnte. Nicht mehr. Denn sie war zurückgekehrt. Ihre Geschichte war noch nicht zu Ende.

Vor ein paar Jahren hatte ich sie schon einmal in wirklicher Verzweiflung angetroffen. Es war ihr erster Versuch, meine Bekanntschaft zu machen. Doch glücklicherweise flog ihre innere Stimme, die zuvor wochenlang nicht lockergelassen hatte, im letzten Moment unverrichteter Dinge davon – wie eine enttäuschte Mücke. Und auch ich verschwand wieder und hoffte, mit der Zeit würde schließlich doch noch etwas vom Geheimnis des Lebens an Juliette hängen bleiben.

Ich verstehe, dass ich für manche Menschen eine Sehnsucht bin, denn anders als allseits gefürchtet, bin ich ein sympathischer Kerl. Mit mir kann man Pferde stehlen. Sie wissen, was ich meine. Und auch zu einem gemeinsamen Glas Wein sage ich nicht Nein. Bisher hat noch jeder, der mich kennenlernte, gesagt, ich sähe besser aus als mein Ruf. Ängste hätte es ihnen erspart, ja, jegliche Unruhe und Sorgen wären von ihnen abgefallen, hätten sie bereits zu Lebzeiten gewusst, dass man mir eine gewisse Unwiderstehlichkeit nicht absprechen kann. Stattdessen habe dieses absurde Bild eines Skeletts, das die meisten bis zum Ende in ihren Köpfen herumtrügen, den Gedanken an mich unerträglich gemacht.

Vielleicht ist es an der Zeit, mich Ihnen vorzustellen. Keine Sorge, nicht aus der Nähe, vielmehr als Idee vorausgeschickt, dass am Ende keine schwarze Trostlosigkeit wartet, sondern – ich untertreibe jetzt ein wenig, damit Sie mir nicht alle gleich die Tür einrennen – eine recht angenehme Sache.

Ohne mich zu sehr zu rühmen, würde ich mich als sportlichen Typ bezeichnen. Obwohl ich beim Einsammeln der Seelen nicht selten außer Atem komme. Denn wie im Leben ist auch im Tod nicht alles planbar. Wenn sich beispielsweise jemand außerhalb seines Lebensplans auf den Weg macht und an der Grenze steht. – Wie Juliette.

Sie war einfach zu früh dran. Viele der markanten Stationen auf der Landkarte ihres Lebens hatte sie nicht einmal im Entferntesten gestreift.

Dennoch hatte sie mich diesmal mit einer Entschlossenheit zu sich gerufen, die mich schmerzte, und ich trat, mit dem vorsichtigen, leisen Gang eines in meinem Fall zu früh Gekommenen, ein. Kam ihr nah. Selbstverständlich nicht zu nah. Wenn jemand noch eine Lebensgeschichte zu entfalten hat, wahre ich den Abstand. Dem Himmel sei Dank, wirken in diesen Fällen andere Kräfte des Universums, damit geschehen kann, was geschehen muss.

Manche schreiben auf der Erde kürzere Geschichten, andere längere.

Doch Juliettes hatte gerade erst begonnen.

Juliette

Da lag sie. In einem Bett der Psychiatrie. All ihre Lebensmüdigkeit war in die dunklen Ringe unter ihren Augen gekrochen, in den aschfahlen Ton ihrer Haut. Im klinischen Licht des Zimmers wirkte sie toter, als sie war. Eine junge Frau, von der das ganze Leben abgefallen war. Ein Dutzend Schatten über sie gebeugt, die stille Urteile fällten.

Es waren Rufe aus dem Diesseits ins Jenseits, die sie zurückholten, wie kurze Berührungen, flüchtig und warm. In den Tod wird man hineingeboren wie ins Leben. Ich hatte meine Fingerspitzen von ihrem Haar und meinen Blick von ihrem Gesicht gelöst und war verschwunden. Wenn sie später die Augen aufschlug, hätte sich das Licht des Jenseits, das mit meiner langen Anwesenheit in ihr Zimmer gesickert war, längst verflüchtigt wie ein Traum. Und wenn ihr Leben nun den richtigen Lauf nahm, würde ich sie bis zum Ende ihrer Tage nicht wiedersehen. Oder zumindest nur aus weiter Ferne.

Im Überwachungsraum nebenan stand Léo, der Psychiater. Ein angenehmer Bursche. Ein Mensch. Ein Skeptiker, der auch sich selbst nicht alles glaubte.

Sein leicht gewelltes Haar in der Farbe von Walnussholz trug er kurz geschnitten und aus der Stirn frisiert. Seine Augen waren von einem intensiven Oliv, das je nach Lichteinfall mal heller und mal dunkler wirkte. Er hatte tief sitzende, gerade Augenbrauen und ein markantes Kinn. Er war von großer, schlanker Statur und stets umgeben von einer zutiefst menschlichen Aura.

Bevor Léo nah genug ans Glas herantrat, um Juliette genauer anzuschauen, drehte er sich um und blickte aus dem Fenster. Der unendlich weite Himmel über ihm hatte sich noch nicht entschieden, ob er blau oder schwarz werden wollte.

Léo wandte sein Gesicht wieder der jungen Frau zu, die dort hinter der Scheibe im Bett lag. Schlank, aber nicht knochig. Zart. Er sah ihr an, dass sie nichts auf die leichte Schulter nahm, schon gar nicht sich selbst. Ein kalkweißes Gesicht, auf dem ein Schatten lag. Wie auf den meisten Gesichtern. Ein Schatten, der mit ihnen wuchs, mit ihren Erlebnissen.

Léo spähte in den Raum, in dem der Staub im grellen Licht der Lampen tanzte. Das Stimmengewirr der Ärzte und Schwestern, die um Juliettes Bett wirbelten, drang gedämpft zu ihm herüber. Er stand zu weit von ihnen entfernt, als dass er sie hätte verstehen können. Ihre Worte verschwammen zu einem undeutlich flackernden Geräusch. Aber es war auch nicht wichtig. Die Meinung über seine Patientin bildete er sich ohnehin lieber selbst.

Er steckte in einem blütenweißen Kittel, der ihm heute besonders schwer erschien.

Ein kühler Luftzug strich über seine Stirn, als sich die Tür des Überwachungsraums öffnete und die Kollegen von Juliettes Visite zurückkamen.

Léo nutzte den Moment und huschte durch die Tür nach nebenan zu Juliette, die jetzt allein war. Er beugte sich über sie, hob ihre Lider an und leuchtete in die Pupillen. Als er ihre Augen sah, konnte er sich nur schwer von ihnen lösen. Etwas in ihrem Blick wie ein Sog, der ihre Welt aufblitzen ließ. Und ihm war, als schaue er auf den Grund eines Sees. Und fiele fast hinein. Er glich dem See von damals. Dem in seiner Jugend. Und für einen Augenblick glaubte er den Ort zu erkennen, zu dem sich sein Bruder Jacob einst aufgemacht hatte.

***

Juliette erwachte vom Rauschen des Regens. Ihr Körper fühlte sich schwer und taub an. Ganz so, als ob er nicht zu ihr gehörte. Im Zimmer war es stockdunkel. Der Raum war ihr fremd. Als sich ihre Augen an die Finsternis gewöhnt hatten, erkannte sie die schwachen Umrisse eines Stuhls, eines Schranks und eines Fensters. Ein leises Surren, dessen Ursprung nicht auszumachen war, erfüllte den Raum. Irgendwo öffnete sich eine Tür und schloss sich wieder. Stimmen weit entfernt. Die Gedanken in ihrem Kopf flogen hin und her, ohne dass sie einen davon zu fassen bekam. Sie hob den Arm, drehte die Hand. Sie konnte beides sehen. Sie war noch da.

Die Zimmerdecke über ihr wie ein grauer Himmel mit tief hängenden Wolken voller Schnee. Von irgendwo draußen tauchte ein Lichtstrahl auf, streifte über den Plafond, wanderte wie ein langer, suchender Finger an der Wand entlang und glitt, bevor er nach ihr greifen konnte, ins Nirgendwo. Ihre Lider wurden wieder schwer und schlossen sich.

Immer wieder erwachte sie kurz. Das Licht war anders. Es war fremd. Es war klarer. Alles wirkte deutlicher, heller als zuvor. Doch noch ehe sie darüber nachdenken konnte, sank sie wieder in einen Traum.

***

Ihre Lider flatterten. Zögernd tauchte sie nach einigen Tagen vom Grund eines tiefschwarzen Schlafes auf. Sie blinzelte in den inzwischen hell erleuchteten Raum hinein. Blickte ins Gesicht eines Arztes. In den hässlichen Beweis für das Scheitern ihres Vorhabens. Nicht nur das Leben missglückte ihr. Auch der Tod.

Wie eine letzte Beleidigung des Lebens hatte ihr die Putzfrau mit ihren fleischigen, feuchten Händen abwechselnd auf beide Wangen geklatscht und eine Ambulanz gerufen.

Die Putzfrau. In deren Wohnung das Badewasser durch die Decke gesickert war.

Ihre Putzfrau. Die poröse Stelle ihres gut durchdachten Plans. Das Leben hatte diese Launen.

In einem hygienisch weißen Kittel stand er vor ihr. Makellos und nach Desinfektionsmitteln riechend. Seinen Blick auf sie gerichtet. Mit Augen, durchscheinend wie Murmeln, hart und glatt wie Glas. Urteilend. Verurteilend. Ohne auch nur einen Hauch ihres Lebens zu kennen. Dr. Serge Michot sah sie an, als schulde sie ihm eine Antwort auf eine Frage, die sie nicht erriet. Was wollte er hören?

Die Stille wich zurück und entblößte all die Trümmer ihres Lebens. Mit einem Mal packte sie wieder diese Angst. Diese Angst, am Leben zu sein und am Leben bleiben zu müssen. Verstand denn niemand, dass es Menschen gab, die nicht zum Leben passten?

Sein Händedruck war zu fest. Der Arzt zog sich einen Stuhl an Juliettes Bett, setzte sich, legte die Fingerspitzen aneinander und ließ seinen Atem darübergleiten. Er betrachtete sie mit einem Blick, dessen Stoß tief in sie zu dringen und sie irgendwo drinnen im Herzen zu verwunden schien.

»Wie wäre es«, begann er, »wenn Sie mir mal erzählen, was Ihrer Meinung nach am Leben nicht in Ordnung ist?«

»Wie meinen Sie das?«, stammelte Juliette mit heiserer Stimme.

»Nun, Sie scheinen nicht gerade am Leben zu hängen. Umgekehrt das Leben aber ganz offensichtlich an Ihnen.«

Was für ein schrecklicher Mensch, dieser Arzt. Große Güte, eine schlimmere Strafe nach gescheitertem Suizidversuch gab es nicht, dachte Juliette und starrte zur Decke hinauf.

Dr. Michot streckte seine Beine aus und verschränkte die Hände im Nacken. »Gibt es dort oben irgendetwas, was Ihnen weiterhilft, Mademoiselle Vernon?«

Juliette antwortete nicht und schloss die Augen.

»Sie können mir glauben, ich bin es leid, Menschen zu retten, die so fest entschlossen sind zu sterben«, sagte Dr. Michot, sein Gesicht von einer Erhabenheit, die einen frösteln ließ. »Selbst wenn hier jemand stirbt, macht es keinerlei Eindruck. Wer also hofft, mit Suizid zu imponieren, stirbt völlig umsonst. Das Schicksal einer Psychiatrie.«

Er erhob sich, rückte den Stuhl zurück an die Wand und stolzierte zur Tür. Das Schweigen durchschreitend, quietschten seine Gummisohlen auf dem Linoleumboden wie gefräßige Tiere. Seine Hand bereits an der Türklinke, rief sie ihm nach.

»Verschwenden Sie nicht Ihre Zeit mit mir. Ich bin niemand.«

Dr. Michot drehte sich zu ihr um: »Wer niemand ist, kann alles sein. Ich schicke Ihnen den Seelendoktor vorbei.« Dann öffnete er die Tür, und bevor er sie hinter sich schloss, sagte er: »Und glauben Sie nicht alles, was Sie denken.«

Als er verschwunden war, dauerte es eine Weile, bis sich die Stille wieder glättete, wie sich ein See erst wieder ebnete, lange nachdem ein Stein hineingeworfen wurde.

***

Die nachfolgenden Tage verschwammen in Gleichförmigkeit. Sie spürte Gesichter vorbeigleiten, doch meistens war sie allein in einem stummen Raum. Als habe die Schneedecke, die über der Stadt lag, auch sie in eine wattige Stille gepackt.

Ab und zu steckte der Psychiater Léo Aubertin seinen Kopf ins Zimmer, kreiste das ein oder andere Mal um ihr Bett herum und lächelte sie an. Manchmal sagte er etwas. Ganz leise und so behutsam, als wolle er sie mit seinen Worten streicheln.

Juliette jedoch antwortete auf keine seiner Fragen. Was sollte sie schon sagen? Was wollte er? Was wusste er schon?

Manchmal wenn er kam, stellte sie sich schlafend. Ein wenig, mag sein, aus purem Trotz gegen seine ewige Fragerei, und auch, weil sie müde war. Zu müde für Gedanken. Noch müder für Worte. Doch er ließ sich nicht abwimmeln. Er gab sie nicht auf.

***

Einige Wochen danach war es draußen bereits wärmer geworden. Kein Schnee mehr. Manchmal Regen. Der Januar war fast vorüber, und der Winter zog sich allmählich in seinen Schlaf zurück. An klaren Tagen wärmte die Sonne sogar ein wenig durch die Fensterscheibe.

»Heute war es recht schön draußen«, sagte Léo, seinen Kopf in den Türspalt gesteckt, »kaum Wolken und nahezu warm.«

»Davon habe ich gehört«, sagte Juliette, ohne den Blick zu heben.

»Darf ich reinkommen?«

»Machen Sie doch sowieso.«

Léo trat ein und ging zum Fenster, öffnete die Jalousien. Licht flutete das Zimmer. Juliette kniff die Augen zusammen.

»Kommen Sie, Juliette, sehen Sie sich an, wie herrlich das ist! Die Natur kriecht aus allen Ecken hervor.«

Sie schloss die Augen. »Verdünntes Geplauder über das Wetter brauche ich nicht.«

»Davon gehe ich aus, Juliette, denn eigentlich bin ich hier, um Ihnen zu helfen, diejenigen Gefühle zu entsorgen, die Sie genauso wenig brauchen.«

Unter den kupfernen Locken, die ihr ins Gesicht fielen, zuckten ihre geschlossenen Lider. Sie öffnete die Augen und sah ihn an: »Was verstehen Sie schon von meinen Gefühlen? Mein ganzes Leben lang versuche ich, das, was ich nicht brauche, loszuwerden. Ich bin wie eine Zwiebel, die Sie schälen können, Haut um Haut abstreifen, um dann im Inneren doch nichts zu finden. Keinen Kern.«

»Ich mag dieses Bild. Wenn ich es auch in Ihrem Fall für falsch halte.« Er setzte sich auf die Bettkante. »Ich kann verstehen, dass das Letzte, was man braucht, wenn man sterben möchte, ein Psychiater ist, der einem das Leben schmackhaft machen will. Der Alltag ist ermüdend. Es ist schrecklich anstrengend, jemand zu sein. Und es tut unglaublich gut, niemand mehr sein zu müssen. Das eigene Leben verlassen. In der Leere verschwinden. Sich auflösen.«

»Glauben Sie, ich durchschaue Sie nicht? Sie tun so, als könnten Sie nachempfinden, was mich bewegt. Damit ich rede. Doch eigentlich sind Sie Psychiater geworden, weil Sie selbst einen Haufen Probleme haben und sich inmitten all der anderen seelischen Wracks besser fühlen als an der Seite von Leuten, die ihr Leben im Griff haben. Stimmt's?«

»Fragen Sie nicht, dann muss ich Sie auch nicht anlügen.«

»Ich frage Sie aber.«

»Sie haben recht. Ich wollte mir selbst helfen. Einst habe ich dieses Arbeitsfeld gewählt, weil ich glaubte, es gäbe hier ein gutes Gefühl abzuholen. Eines, das mich vergessen lässt, was war, und das mich zu einem glücklichen Menschen werden lässt. Zu Beginn meiner praktizierenden Tätigkeit gehörte ich definitiv zu der Sorte Mensch, die in ihrem Beruf nichts verloren hat. Aber inzwischen ist es anders.« Léo Aubertin hielt kurz inne. »Durch die Arbeit mit meinen Patienten habe ich gelernt, dass es nicht darum geht, dem Repertoire gute Gefühle hinzuzufügen, sondern schlechte loszuwerden. Dass eine Therapie nicht dazu da ist, den Blick auf die Vergangenheit so zu korrigieren, dass es sich besser mit ihr leben lässt, sondern dazu, sich seiner eigenen Geschichte zu stellen und darum zu trauern, damit ein Danach kommen kann. Ich musste erst begreifen, dass man sich selbst nie auf die Schliche kommt, solange man sich immerzu nur als Opfer begreift.«

Er stand auf, trat zum Fenster. Über der Stadt brach der Himmel auf, und die Abendsonne flutete die Dächer mit einem nahezu unwirklichen goldenen Licht. Alles war still und friedlich. Seine Silhouette wie ein Scherenschnitt. »Vielleicht sind Sie fertig mit der Welt, Juliette. Aber die Welt ist noch nicht fertig mit Ihnen. Sie können sich aus allem raushalten, Körper und Seele abschotten gegen alles und jeden. Aber dann werden Sie es nie erleben, das unverhoffte, überraschende Glück. Das Glück, das auf jeden wartet. Denn genauso wie den Schmerz tragen Sie Ihr ungelebtes Leben in sich, Juliette. Und nun schenkt Ihnen das Universum vielleicht die letzte Chance, das Mögliche im Unmöglichen zu finden.« Er drehte sich zu Juliette um, und die beiden sahen einander lange in die Augen.

»Sie glauben, Sie verstehen mich«, sagte Juliette. »Der Einzige, der mich kennt, ist der Tod.«

»Ich weiß. Er ist Ihr Anwalt. Andernfalls wären Sie längst gestorben.«

Léo durchquerte den Raum und huschte auf leisen Sohlen hinaus.

***

Wenige Tage später verließ Juliette erstmals das Zimmer. Es war spät am Abend, und im Gang war es still. In einen übergroßen Morgenmantel gehüllt, schlich sie über den Linoleumboden des Korridors und warf hier und da einen Blick in jene Zimmer, deren Türen einen Spalt offen standen. Sie sah in die Gesichter von Menschen, sah sich in deren Blicken gespiegelt und begriff, dass sie war wie sie: innerlich leer. Sie war wie all die anderen Depressiven dieser Station: ohne Zukunft, ohne Träume.

In jedem Raum ein anderes Schicksal. Wie dumm hatte sie sich angestellt, um hier zu landen? Was hatte mit den Pillen nicht funktioniert?

Am Ende des Flurs entdeckte sie Léo, den Psychiater, dessen Blick sich im Gesicht einer schönen Frau verloren hatte. Sie mochte Mitte vierzig sein. Die beiden sprachen auf seltsam intime Weise miteinander, bis sie Juliette erblickten und auseinanderwichen. Die kurze Szene hatte Juliette genügt, sich ein Bild zu machen, das die beiden in ihrer Vorstellung als Liebespaar zusammenbrachte.

»Mademoiselle Vernon, ich meine, Juliette«, sagte Léo, »schön, Sie außerhalb Ihres Zimmers zu sehen.« Und bevor Juliette ihm antworten konnte, sagte er: »Darf ich Ihnen Virginie Dupont vorstellen? Sie ist Wissenschaftlerin im Bereich der Epigenetik. Wir arbeiten zusammen an einer Studie. Mademoiselle Vernon, Madame Dupont.«

Virginie sah Juliette mit einer Zärtlichkeit an, die Juliette tief im Innern rührte. Wann hatte sie jemand zum letzten Mal mit einer so mütterlichen Empfindsamkeit angesehen? Nach dem Tod ihrer Mutter vor einundzwanzig Jahren niemand mehr. Außer vielleicht ihre Großmutter Geneviève, bevor auch sie gestorben war.

»Freut mich sehr«, sagte die schlanke, blonde Frau, reichte Juliette die Hand und lächelte sie mit ihren warmen, dunklen Augen an. »Nennen Sie mich Virginie.«

»Danke. Ich bin Juliette.«

»Dann bin ich einfach Léo.«

»In Ordnung, einfach Léo«, sagte Juliette.

Virginie lachte. Ihr Haar war glatt und glänzte seiden, sie hatte schmale Hände mit ebenso schlanken, langen Fingern. Ihre Nägel waren perfekt gefeilt und in einem Lindgrün lackiert, das auf die Farbe ihres Kleids abgestimmt war. Die Pumps aus Lackleder in Minzmakrone, nur einen feinen Ton dunkler. Ganz ohne Aufdringlichkeit, von tadellosem Stilgefühl, war bei diesem Äußeren nichts dem Zufall überlassen. Nicht zu wenig. Nicht zu viel. Die perfekt dosierte Weiblichkeit. Und das Lächeln dieser Frau war so fühlbar wie ihre ganze Erscheinung.

Wenn ich jemals mutig gewesen wäre, wäre diese Frau mein Vorbild gewesen. Aber ich war niemals mutig, dachte Juliette.

Das Leben von Virginie schien echter als ihres, und es schien Juliette anzuziehen wie die Gravitation eines Sterns. Wie wurde man zu einer solchen Frau? Die durch und durch sie selbst war?

Sie versuchte, Léos Blick auf Virginie einzufangen, und fand Begehren in seinen Augen. Juliette – inzwischen neunundzwanzig – war noch nie so von einem Mann angesehen worden. Sie fragte sich, wie lange man brauchte, um zu so einer Frau, zu einer solch eleganten, sinnlichen Erscheinung zu werden.

Später sollte sie von Virginie lernen, dass es weniger eine Frage der Zeit war, sondern eine Entscheidung, welche Art Frau zu sein man beschloss.

Jean-Pierre

Da stand er nun. Vor dem Heim für körperlich behinderte Kinder. Und wusste selbst nicht, was er da machte. Von der Fassade schälte sich die Farbe, die Fenster uralt, mit Scheiben voller Schlieren. Die Trostlosigkeit des Gebäudes machte ihn fassungslos.

Er stieß die schwere Eingangstür aus Eichenholz auf. Mit einem Knarren gab sie nach. Sie schien Ewigkeiten nicht geölt worden zu sein, vermutlich, dachte Jean-Pierre, damit die quietschenden Angeln jeden Besucher verrieten und die Alte hinter der Scheibe am Empfang in der übrigen Zeit ihre Aufmerksamkeit voll den Groschenromanen widmen konnte, die vor ihr lagen.

Sie hob ihren kleinen, vergilbten Kopf und blickte Jean-Pierre über ihren Brillenrand hinweg an: »Vierter Stock, von der Treppe aus links, das Zimmer am Ende des Ganges«, sagte sie, ohne dass Jean-Pierre sich gerührt hatte. Sie wirkte auf ihn wie eine ausgeknipste Tischleuchte. Bevor er etwas erwidern konnte, hatte sie ihr Gesicht wieder in ihr Buch getaucht. Jean-Pierre verdrehte die Augen und ging an ihr vorbei.

Die Tür stand offen. Er stand im Türrahmen und spähte hinein. Sie saß am Schreibtisch und hob den Kopf. Die beiden schauten einander an. Einen endlosen, seltsamen Augenblick lang.

Jean-Pierre erkannte sie sofort. Die junge Frau, die mit nicht mal dreißig Jahren die ärztliche Leitung des Heims innehatte. Oder war das nur eine Illusion? Er studierte jedes Detail ihres Gesichts und verglich es mit seiner Erinnerung. Kein Zweifel. Sie war es.

Er sagte nichts. Selbst wenn er gewollt hätte, hätte er keine Worte für diese Begegnung gefunden. Sein Mund stand offen, doch es kam nichts heraus.

In der ungewöhnlichen Stille zwischen ihnen hörte Jean-Pierre seine Gedanken und sein Gewissen erwachen.

Sie konnte nicht ahnen, wer er war. Nein, das konnte sie nicht. Wie auch?

Wie betäubt stand er in der Tür.

»Wollen Sie nicht hereinkommen?«, fragte die asketische junge Frau schließlich und widmete ihre Aufmerksamkeit wieder der Akte auf dem Schreibtisch. Ihre viel zu männliche Kleidung stand im eklatanten Gegensatz zu ihrer Hagerkeit.

Zögerlich trat Jean-Pierre ein. Sein Blick blieb an verblassten Zeitungsausschnitten hängen, die an eine Pinnwand geheftet waren. Eine Neujahrskolumne, gesammelt über die vergangenen fünf Jahre.

»Nun kommen Sie schon. Ich beiße nicht.« Sie erhob sich und streckte ihm den Arm über den Schreibtisch entgegen. »Elodie Vigneau.«

Er drückte ihre Hand so sanft, als sei sie zerbrechlich wie Glas. Nach einem Augenblick ungläubiger Erstarrung brachte er ein brüchiges »Jean-Pierre Picard« heraus. Dann rückte er seine Gesichtszüge gerade und lächelte sie an. Ihre Lippen zuckten nur kurz, dann setzte sie sich wieder und deutete auf den Stuhl ihr gegenüber.

»Die Stelle ist befristet.«

»Das weiß ich.«

»Eine Schwangerschaftsvertretung.«

»Ja.«

»Sie waren Oberarzt der Notfallchirurgie im Universitätsspital?«

Jean-Pierre nickte.

»Und jetzt hier? Eine Art Selbstfindung?«

»Nein. Nein«, sagte Jean-Pierre und schüttelte den Kopf.

»Soll mir egal sein. Sie haben die Stelle. Aber auch nur, weil es keine Mitbewerber gibt«, sagte Elodie und schob sich eine Haarsträhne hinters Ohr, die ihr ins Gesicht gefallen war. Eine im Gegensatz zu ihrer sonstigen Erscheinung beinahe viel zu weibliche Geste.

Elodie war nicht auf den ersten Blick schön. Auch nicht auf den zweiten. Dennoch konnte man ihrem Gesicht mit dem feinen hellen Teint eine gewisse Grazie nicht absprechen. Wenn sie sich nur besser herrichten würde, dachte Jean-Pierre. Sie hatte glattes Haar, irisierend wie feinster Kupferstaub, das zu einem strengen Bob geschnitten war. Ihre Augen schimmerten wässrig, wie die Ränder von Fensterglas. Ihre Lippen waren schmal, aber nicht ohne Sinnlichkeit. Sie hatte eine Art aufzublicken und sich zu bewegen, die man nur bei wenigen Frauen fand. Ihr müdes, aus Gründen, die er nur vermuten konnte, bitteres Lächeln erweckte bei Jean-Pierre Neugierde nach der Erfahrung, die dahinterlag. Sie sprach leise und mit vielen Pausen.

Zuweilen wirkte sie maskulin, ganz so, als erlaube sie sich keinen Zipfel Weichheit. Auch lag ein Ernst in ihrer Stimme, der Jean-Pierre immer wieder etwas unsicher machte.

Diese Frau hatte ein Geheimnis, das ihn, auf ihm noch unergründliche Weise, anzog.

Juliette

Ihre Mutter hatte sie nicht erst an dem Tag verlassen, als sie starb. Sie war schon viel früher verschwunden. Ihr Blick stets in die Ferne gerichtet, als warte sie auf jemanden. Als suche sie jemanden. Weit entfernt, am Horizont.

Er war allseits spürbar gewesen, der Schmerz, den ihre Mutter mit sich getragen hatte. Ganz so, als habe man etwas aus ihr herausgeschnitten, als fehle ihr etwas. Was auch immer es war, es hatte auch eine Kerbe in Juliette hinterlassen.

In der Nacht, in der sich Juliettes Mutter das Leben genommen hatte, war Juliettes Herz eine Klippe hinabgestürzt. Und noch immer befand es sich in diesem Sturz. Im freien Fall.

Den Toten, denjenigen, die die Grenze überschritten hatten, ging es gut. Die eigentlich Sterbenden, das waren die Überlebenden.

Mit Juliettes Mutter war auch ihre Kindheit gestorben. Der Tod hatte ihr Leben leer gefegt. Und weil die Abwesenden mächtiger sind als die Anwesenden, entwuchs dieser Leere eine Sehnsucht, die unheilbar schien. Alles, dachte Juliette, ließ sich besser aushalten als das Nichts. Der einst weite Raum, der sie umgab, ausgedehnt durch die Liebe der Mutter, war zu einer Enge zusammengeschrumpft, die ihr die Brust einschnürte.

Bei ihrem Vater hatte sie keinen Trost, sondern nur noch mehr Schmerz gefunden. Er hatte sie zu einem Gehorsam gezwungen, der jede Möglichkeit, etwas anderes zu werden als das, was er aus ihr machte, ausschloss.

Jedes Mal, wenn sie, zaghaft wie eine Schnecke, ihre Fühler ausgestreckt hatte und ihr wahres Ich zeigen wollte, hatte er sie kleingemacht. Vielleicht, um sich selbst größer zu fühlen. »Wenn ich dich so ansehe, sehe ich nichts. Du vermittelst rein gar nichts, Juliette!« Er hatte stets so laut gesprochen, dass sie ihre eigenen Gedanken nicht mehr hörte, dass ein Zittern in der Luft lag, ein wütendes Beben. Noch immer wehrte sich alles in ihr, wenn sie Menschen dieser Art begegnete.

Juliette hatte eine Rolle zu spielen gelernt, die den anderen passte, aber nichts mit ihr zu tun hatte. Und war nie wieder sie selbst geworden.

Es stimmte nicht, dass unser Leben allein von unseren Entscheidungen abhing. Es waren auch all die Entscheidungen, Schicksale und Wunden unserer Eltern, Großeltern, Urgroßeltern. Sie durchdrangen uns. Waren eingeschrieben in unsere Gene. Unsere Narben waren die Narben unserer Geschichte, die weit vor unserer Geburt begonnen hat. Unsere Aufgabe war es, trotz dieses Erbes unseren Weg zu finden.

Doch: Konnte man Geschichte aufhalten? Konnte man die eigene Geschichte aufhalten?

Seit dem Verlust der Mutter liebte Juliette bloß auf allerkleinster Flamme, gerade groß genug, dass sie etwas entzünden konnte, aber klein genug, dass sie sich nicht an ihr verbrannte.

Männer kamen und gingen. Ihre Zärtlichkeiten, selbst ihre Leidenschaft, rührten sie nicht tief genug an. Sie streiften ihr Leben nur leise. Kein Wunder, dass sie nach kurzer Zeit wieder daraus verschwanden. Was konnte sie schon geben?

Juliette starb ein Leben lang. Nur in den Büchern, im Leben der Romanfiguren, fand sie die Liebe, die ihr nie davonlaufen konnte.

Jean-Pierre

Dreißig Augenpaare schauten ihn erwartungsvoll an. Befangen stand Jean-Pierre da, ganz vorn in der Aula des Behindertenheims. Steif wie eine Kerze. Er ließ seinen Blick im Saal umherschweifen. Und sah die Kinder an wie Fehler.

Er hatte die Welt, zu der diese Kinder gehörten, noch nie in seinem Leben betrachtet. Gehbehinderte Kinder, Kinder, denen aufgrund einer Amputation Gliedmaßen fehlten, und Kinder, denen man die Behinderung auf den ersten Blick gar nicht ansah, ohne offenkundige motorische Einschränkungen. Viele im Rollstuhl, manche mit Gehtrainern. Alle etwa zwischen sechs und zwölf Jahren alt.

Außen wie innen machte alles in diesem Heim den gleichen Eindruck von Verschleiß und Abnutzung. Alles schien einen neuen Anstrich und Reparaturen nötig zu haben. Alles, außer die strahlenden Gesichter dieser Kinder.

Die Neugierde in ihren Augen.

Sie warteten. Er schwieg.

Nie hätte er zugegeben, dass ihn diese Kinder einschüchterten.

»Hallo«, sagte er so gefasst wie möglich in den Raum hinein, im Grunde an niemanden gerichtet. »Es ist schön, euch kennenlernen zu dürfen.«

»Wir denken noch darüber nach«, sagte ein Mädchen mit feuerroten Haaren, das in der letzten Reihe saß, und alle lachten.

Irritiert hob er die Schultern, als wolle er die Absurdität dieses Momentes abschütteln. Es war seltsam. Er fühlte sich, als seien die Scheinwerfer der Welt auf ihn gerichtet.

Was konnte einer wie er – der alles im Leben ohne größere Schwierigkeiten erreicht hatte – bei diesen Kindern schon falsch machen?

»Alles«, sagte eine Stimme neben ihm, als hätte sie seine Gedanken gelesen. »Alles kann man bei diesen Kindern falsch machen. Denn sie sehen mehr als wir.« Er drehte seinen Kopf und erblickte Elodie, die inzwischen neben ihm stand. »Aber sie verurteilen uns nicht so schnell wie andere. Die meisten von ihnen haben keine Erwartungen.«

Wenn er doch nur verschwinden könnte, jetzt, in diesem Moment, sich einfach auflösen und weg sein von diesem Ort. Seine Augen, mit denen er bis heute auf eine nahezu perfekte Welt geschaut hatte, vor alledem hier verschließen. Am liebsten hätte Jean-Pierre kehrtgemacht und wäre aus dem Saal gelaufen. Hätte seine Sachen gepackt und wäre gegangen. Zurück ins Universitätsspital. Zurück in sein altes Leben. Was wollte er hier?

Irgendetwas hielt ihn.

Er wandte sich wieder den wartenden Gesichtern zu. Sah sie erstmals richtig an, diese Kinder. Und mit einem Mal wurde ihm klar, was ihn so verunsicherte: Diese Augen hatten mehr gesehen als seine. Ihre Seelen wussten mehr vom Leben als er. Sie hatten in ihren jungen Jahren schon mehr Leid erfahren als er mit vierunddreißig. Was konnte einer wie er diesen Kindern schon geben?

Jean-Pierre schluckte trocken und blickte zu Boden. Dann stand das kleine Mädchen mit den feuerroten Haaren auf und kam auf ihn zu. Es war dünn und für sein Alter recht klein. Die Augen wirkten lebendig und müde zugleich. »Du musst keine Angst vor uns haben«, flüsterte die Kleine. Er sah in ihre smaragdgrünen Augen und glaubte, vor glühender Scham zu schmelzen und nur eine Pfütze aus flüssigem Wachs zu hinterlassen. Ein seltsames, ein neues Gefühl durchrieselte ihn beim Anblick dieses kleinen Mädchens.

»Es ist nur so«, stammelte er, »ich habe nicht mit euch gerechnet, ich meine …«

»Wir auch nicht mit dir«, unterbrach ihn das Mädchen. »Wenn wir schon rechnen, rechnen wir mit Wundern.«

Jean-Pierre musste schmunzeln, und zum ersten Mal begriff er, dass es Menschen gab, die der Welt ihr Gewicht nahmen. So ein Mensch war dieses kleine Mädchen.

»Ich bin Lola«, sagte sie. Dann drehte sie sich um und ging lautlos wie ein Augenzwinkern zu ihrem Platz zurück.

Die Kinder schauten ihn noch immer an, als kenne er alle Geheimnisse der Welt.

»Nun ja«, sagte er, »ich bin Jean-Pierre, euer neuer Arzt.«

»Und wer sind Sie?«, fragte ein Junge.

»Das sagte ich ja gerade. Ich bin Arzt.«

»Er will wissen, *wer* du bist, nicht, *was* du bist«, sagte ein anderes Kind, das im Rollstuhl saß. Die Kinder kicherten hinter vorgehaltenen Händen.

»Ah, Entschuldigung.« Jean-Pierre überlegte kurz. »Da müsste ich erst mal drüber nachdenken.«

Glucksen. Lautes Gelächter. Dann begann ein wirres Geplauder, und der Raum, in den sich noch vor Sekunden eine Vielfalt rollender Transportmittel gedrängt hatten, füllte sich mit einem Geräusch, als sei er von mechanischen Insekten besiedelt, die auseinanderstoben und durch verschiedene Ausgänge der Aula hinaussurrten.

Wie angewurzelt stand Jean-Pierre in der leeren Halle. Dann sagte Elodie: »Nun, das war fürs Erste nicht das Beste.« Sie rieb sich mit den Fingerspitzen die Schläfen. »Sagen Sie, liegt es an mir, oder warum werde ich das Gefühl nicht los, dass Sie hier in etwas hineingeraten sind, das nicht Ihre Idee war? Das passt einfach nicht zu einem Mann wie Ihnen.«

»Wie ist denn ein Mann wie ich?«

Elodie schwieg.

»Warum ist sie hier, die kleine Rothaarige?«

»Lola?«

»Sie kommt mir gar nicht behindert vor.«

»Ist sie auch nicht. Sie ist anders. Hier sind alle anders. Nicht behindert. Ich mag dieses Wort nicht. Sie leidet an der Juvenilen amyotrophen Lateralsklerose.«

»Fortschreitende Degeneration der Motoneurone. Bei ihr offensichtlich die chronische Form«, kommentierte Jean-Pierre sachlich.

»Nach und nach werden ihre Muskeln keine Impulse mehr von den Neuronen erhalten, das Gewebe wird abgebaut. Die Muskeln werden schwächer, schwinden, atrophieren. Glücklicherweise ist es bei Lola ein langsamer Verlauf. Bisher ist nur der linke Arm betroffen. Aber das ändert nichts an der Tatsache, dass sie daran sterben wird. Eher früher als später. Zehn Jahre. Zwanzig vielleicht.«

»Stephen Hawking ist sechsundsiebzig Jahre alt geworden.«

»Stephen Hawking wäre mit einem natürlichen Verlauf der Krankheit weitaus früher gestorben. Er wurde einunddreißig Jahre künstlich beatmet, lebte mit einer Organersatztherapie. Das schafft nicht jeder. Dazu braucht man enorme Kraft, einen unbändigen Lebenswillen und Menschen, die einen lieben.«

»Lolas Eltern?«

»Haben sich das Leben genommen.«

»Beide?«

»Der Vater liegt auf dem Friedhof. Die Mutter lebt nicht mehr.«

»Gott«, sagte er, »da hat man ja fast ein schlechtes Gewissen, wenn es einem gut geht.«

»Mitten in unserer Welt gibt es diese unsichtbare Welt. Menschen, die mit sich allein sind. Mit ihren Ängsten, Sorgen, mit ihrer Verzweiflung. Und irgendwann beginnt man sie zu sehen, diese Menschen. Wenn man einer von ihnen geworden ist«, sagte Elodie und verließ den Raum.

Jean-Pierre blickte ihr nach, ohne ein Wort zu sagen.

Juliette

Wieder dieser Psychiater.

»Ich habe begriffen: Sie reden noch immer nicht mit mir. Dann erlauben Sie mir, Juliette, dass ich mit Ihnen rede«, sagte Léo und ließ sich durch Juliettes Gleichgültigkeit nicht hindern, seinem Beruf nachzukommen.

Er zog wie üblich einen Stuhl heran und setzte sich neben Juliettes Bett. Sie wandte ihren Blick ab, drehte sich zum Fenster und starrte auf einen unbestimmten Punkt in der Ferne.

»Ich kann auch mit Ihrem Rücken sprechen«, sagte er scherzend, doch Juliette reagierte nicht. Léo seufzte.

»Auch wenn Sie mir das vielleicht nicht abnehmen, Juliette«, sagte er schließlich, »aber eine meiner wenigen Stärken ist, dass ich nicht gut lügen kann. Daher dürfen Sie mir glauben, wenn ich sage, dass ich weiß, wie es ist, wenn man in sich selbst verloren geht. Zwar weiß ich nicht, welches Leben da draußen auf Sie wartet, und kann Ihnen nicht versprechen, dass es besser wird, aber ich weiß, dass *ein Leben* auf Sie wartet. Und dass es dieses Leben verdient, von Ihnen betrachtet zu werden. Vielleicht auf eine neue Weise. Ihre Chronik ist noch nicht fertig. Von allen Möglichkeiten Ihres Selbst haben Sie nur einen Bruchteil gelebt. Nur Sie können Ihre Geschichte umschreiben mit einem Ende, das Ihnen wahrhaftig entspricht.« Er hielt kurz inne und zupfte nervös an seinem weißen Kittel herum. Dann sagte er: »Was immer Ihnen passiert ist, Sie sind nicht mehr das Kind von damals und auch nicht mehr die junge Frau, die Sie noch vor einem Jahr waren. Sie müssen keine Angst davor haben, wieder in Ihr altes Leben zu fallen. Wir alle wachsen. Wir entwachsen unserer alten Haut. Schlüpfen aus ihr heraus. Werden zu anderen. Täglich. Auch wenn wir es nicht merken. Keiner bleibt, wie er war. Wir dürfen daher weder uns selbst noch andere in unsere Vorstellungen von uns einsperren.«

Léo stand auf, schritt zur Tür. Als er bereits die Klinke umfasst hielt, drehte er sich noch einmal um und sagte: »Nur das Ende entscheidet.« Dann ging er hinaus.

***

Am nächsten Tag kam er zurück. Juliette schloss die Augen, als er seinen Kopf zur Tür hereinsteckte. Er setzte sich.

»Wie ich sehe, wünschen Sie, dass ich mit meinem Monolog fortfahre«, sagte er, lehnte sich im Stuhl zurück und verschränkte die Arme hinter dem Kopf. »Auch gut. Ich rede ohnehin gern, wie Sie sicher schon bemerkt haben. Und in Ihrem Fall erschöpfe ich einfach das Kontingent an Wörtern, das ich mir für die tägliche Unterhaltung mit Ihnen gesetzt habe.«

Juliettes Lider zuckten leicht, doch sie behielt die Augen geschlossen.

»Juliette«, sagte Léo, »nicht immer erinnern wir die Kräfte, die uns geformt haben. Ablehnungen, Demütigungen, Verluste oder Schicksalsschläge, um nur einige zu nennen. Wir leiden nicht selten unter namenlosen Ängsten, denen wir durch Verdrängung, Alkohol, Pillen oder durch was uns das Leben sonst noch anbietet, die Schärfe nehmen wollen. Leider schafft das meist nur kurzfristig Erleichterung. Die Traurigkeit, die wir empfinden, ist nicht selten eine alte Traurigkeit. Ein Schmerz durchdringt uns so sehr, dass er nicht Teil der Vergangenheit bleibt, sondern unsere Gegenwart und auch unsere Zukunft bestimmt. Aber Sie sind jetzt eine erwachsene Frau. Sie sind Ihrer Vergangenheit nicht mehr hilflos ausgeliefert. Sie haben eine Wahl. Sie haben die Wahl, sich aus der Schleife der Wiederholungen zu befreien. Sie haben die Wahl, sich für ein neues, für ein besseres Leben zu entscheiden.«

Ganz sachte erhob er sich vom Stuhl und verließ auf leisen Sohlen den Raum.

***

Draußen auf dem Flur lehnte Dr. Serge Michot an der Wand, die Beine übereinandergeschlagen, den Blick auf eine Akte gesenkt. Ohne den Kopf zu heben, fragte er: »Und, Léo, wie ist es bisher gelaufen?«

»Im Grunde gar nicht.«

»Nun kommen Sie schon. Wie fanden Sie sie?«

»Wie ich sie fand? Ich bin nicht sicher, ob ich sie überhaupt gefunden habe.«

Dr. Michot schaute auf, zog eine Augenbraue in die Höhe und lachte derb. »Ha! Sie will also nicht gefunden werden. Dann verschwenden Sie besser nicht Ihre Zeit mit dem Suchen!« In seiner Stimme schwang Hochnäsigkeit mit. Er sah Léo mit seinen kalten, funkelnden Augen an.

Léo trat dicht an ihn heran. Er bohrte ihm den Finger in die Brust und sagte: »Ziehen Sie meine Patienten nicht mit in Ihren Abgrund. Ist das klar? Wenn Sie noch einen Rest Eier haben, suchen Sie sich einen anderen Job.« Dann zog er den Finger zurück. »Und noch etwas. Sollten Sie weiterhin so abfällig über die Kranken sprechen, reiß ich Ihnen den Hintern auf!«

Mit erhobenen Händen und einem verächtlichen Grinsen wich Dr. Michot zur Seite, entwand sich Léo und ging hallenden Schrittes den Gang hinunter.

Léo nahm ihm den Beruf nicht ab. Er hatte ihm nie den Arzt abgenommen. Serge Michot hatte zu keiner Zeit die Form von Dunkelheit durchlitten, die er oder andere Menschen durchlebt hatten. Schon gar nicht eine solche wie die Patienten einer Psychiatrie. »Man sollte ihn rauswerfen«, fluchte Léo vor sich hin. »In Michots Gegenwart muss sich einer ja kränker fühlen, als er ohnehin ist.«

Im Ärztezimmer ließ er sich in einen Armlehnstuhl fallen und rieb sich die Schläfen. Léo wusste, ein guter Therapeut musste empfänglich sein für die Gefühle seiner Patienten, aber er durfte sie sich nicht zu eigen machen. Doch irgendetwas an Juliette Vernon konfrontierte ihn so sehr mit seinem eigenen Leben und seiner Vergangenheit, dass er diese Grenze nicht wahren konnte. Etwas umgab diese Frau, das er von sich selbst nur allzu gut kannte. Es war nicht die Anwesenheit von etwas, sondern die Abwesenheit. Das Fehlen eines Teils. Eine Woge der Traurigkeit überkam ihn, eine alte, tief sitzende Trauer, die er bis heute nicht hatte überwinden können. Und genau das war es, was ihm Sorge bereitete.

***

»Ich frage Sie nicht, wie es Ihnen geht. Sie wissen es, und ich sehe es Ihnen an«, sagte Léo, als er am nächsten Tag Juliettes Zimmer betrat. Regen prasselte an die Scheiben.

Wieder zog er einen Stuhl heran und setzte sich neben Juliette ans Bett. »Therapeuten sollten die Grenze zwischen sich und ihren Patienten nicht verwischen. Aber ich halte nichts von Grenzen, vor allem dort nicht, wo sie beeinträchtigen, anstatt zu ermöglichen. Daher würde ich Ihnen heute gern etwas über mich erzählen. Wenn Sie das nicht möchten, schütteln Sie einfach den Kopf. Ein Zeichen von Ihnen, und ich bin raus hier, in Ordnung?«

Juliette wandte sich Léo erstmals zu, sah ihn an und nickte. Auch wenn sie sich seinen Monolog bisher aus purer Höflichkeit angehört hatte, interessierte sie nun doch, was er zu sagen hatte. Besser als die Totenstille in ihrem Kopf war es allemal.

Léo atmete hörbar ein und aus, dann verknotete er seine Hände und besah seine Finger. »Aufgewachsen«, sagte er schließlich, »bin ich mit einem permanenten Gefühl des Nichtgenügens, der Unruhe, der Angst. Noch heute vermute ich, dass diese Empfindungen in der Beziehung zu meinen Eltern begründet waren, in deren Nähe ich mich nie angenommen fühlte und nicht so geliebt, wie sie meinen Bruder Jacob liebten. Meinen Zwillingsbruder. Wenn man nahezu identisch aussieht, die andere Variante des Selbst jedoch mehr geliebt wird, ist das noch schlimmer, als wenn es auf unterschiedliche Äußerlichkeiten zurückzuführen wäre, das können Sie mir glauben.« Er hob den Kopf und sah Juliette an. Sie nickte. Dann erzählte er weiter.

»Die unvorhersehbaren und unbegründeten Wutausbrüche meines Vaters mir gegenüber, die völlig außerhalb meiner Kontrolle lagen, durchlöcherten mich wie Nadeln einen Ballon, dem daraufhin alle Luft entweicht. Sobald mein Vater in der Nähe war, verwandelte sich mein Alltag in ein Minenfeld. Eine harmlose Bemerkung oder abweichende Meinung reichten, und er zog den Gürtel aus den Schlaufen und konfrontierte mich mit meinem Schicksal. Meinen Bruder hingegen betrachtete er mit zärtlichen Blicken. Lobte alles, was Jacob tat oder bleiben ließ. Mein Bruder genoss das nicht, im Gegenteil. Wir gehörten zusammen.« Léo fuhr sich mit der Hand durchs Haar. »Ich wusste nicht, was ich falsch machte«, fuhr er fort. »Wenn ich meiner Mutter fragende Blicke zuwarf, zuckte sie nur mit den Schultern und drehte sich weg. So sehr ich mich auch bemühte, auf die Frage nach dem Warum fand ich nie eine Antwort.« Léo hielt inne, stand auf und ging zum Fenster. »Lange irrte ich im eigenen Leben umher«, sagte er mit in die weite Ferne gerichtetem Blick. »Es war grausam zu sehen und mir einzugestehen, dass ich von meinen Eltern nicht so geliebt wurde, wie ich es brauchte. Bis ich begriff: Herkunft kann man sich nicht aussuchen. Zugehörigkeit schon.« Er drehte sich zu Juliette um. »Damals, als mir niemand außer Jacob auch nur ansatzweise Aufmerksamkeit schenkte – ich war definitiv so unsichtbar, wie ich mich fühlte –, sah ich nur einen Ausweg.« Nochmals hielt er kurz inne. »Weder war ich mutig genug, mir mit der Pistole meines Vaters in den Kopf zu schießen, noch war ich alt genug, um an eine ausreichende Menge von Schlafmitteln zu gelangen, die zum selben gewünschten Ergebnis geführt hätten«, sagte er mit niedergedrückter Stimme. »Doch ich wollte verschwinden. Unbedingt. Einfach aus dem Leben fliehen. Weil ich die Welt, so wie ich sie damals sah, nicht mehr ausgehalten habe.« Er machte eine kurze Pause, blickte zu Boden. »Ich empfand nur Ausweglosigkeit«, sagte er schließlich. »Bis der Winter kam. Es gab einen See in der Nähe unseres Hauses. Er wurde von einem entfernten Wasserfall gespeist. Unzählige Male hatte uns unsere Mutter davor gewarnt, ihn gleich nach den ersten Frostnächten zu betreten. Die Eisschicht sei noch viel zu dünn. Sie würde brechen, und wir würden ertrinken. Jacob und ich. Und dann, eines Februartages im Morgengrauen, der Nebel hing zum Schneiden dick in den Bäumen, tat ich es. Das Eis des zugefrorenen Sees knisterte, als ich darauf trat. Langsam setzte ich einen Schritt vor den anderen. Überall unter mir knackte es. Lange würde es mich nicht tragen. Mehrmals rutschte ich aus. Mein Herz klopfte laut in meiner Brust. Unter meinen Füßen das Krachen des Eises und das Rauschen des Wassers. Als ich ungefähr die Mitte des Sees erreichte und etwas fester auftrat, zersprang die Eisschicht in unzählige Teile. Wie Glas, das zu Boden fällt. Das Wasser schwappte darüber, fraß ein riesiges Loch ins Eis und riss mich in die Tiefe. Plötzlich schoss ein Drang nach Leben in mir hoch, als habe die schonungslose Kälte all meine Sinne geschärft, meinen Geist geweckt und mich aus der mir eigentümlich gewordenen Lebensstarre gerissen. Ich strampelte mit Armen und Beinen, schrie um Hilfe, bevor mein Kopf unter Wasser sank und ich in die Tiefe gezogen wurde. Mein Zwillingsbruder Jacob war ganz in der Nähe. Jacob, meine bessere Hälfte, wie ihn die anderen nannten, denn er übertraf mich tatsächlich in allem, was einem Teenager wichtig war. Er war groß und gut gebaut, während meine dürre Gestalt an einen vom Unwetter durchgeschüttelten Ast erinnerte. Sein Teint glatt in der Farbe feuchten Sands, während meine Gesichtshaut sich noch immer nicht von den pubertären Einschlägen erholt hatte und eher der Schale einer Kartoffel mit Schorfbefall glich. – Wir waren gerade mal siebzehn Jahre alt.«

Léo schluckte laut, bevor er weitersprach.

»In der Kindheit hatten wir einander geglichen wie ein Ei dem anderen. Und die, die uns zum ersten Mal sahen, schauten zwischen uns hin und her und suchten unter den Ähnlichkeiten die Verschiedenheiten. Lautlos schätzten uns die Leute ab, um schließlich zu dem Schluss zu kommen, dass sie uns nicht unterscheiden konnten. Doch mit den Jahren schien an Jacob alles nur schöner zu werden, während ich zu seinem Schatten wurde. Ich hasste es, den anderen dabei zusehen zu müssen, wie sie mich mit einer Variante meines Selbst verglichen, die in ihren Augen besser geraten war. Was mich früh begreifen ließ, dass es ganz kleine Dinge sein konnten, die bestimmten, wer man war.« Léo atmete geräuschvoll ein und aus. »Als Jacob mich hörte, schlug er bei Vater und Onkel Alarm, wartete jedoch nicht auf die beiden, sondern rannte zum Ufer des Sees. Er erspähte das Loch in der Mitte und verstand sofort. Kroch über das Eis, brach hier und dort mit der Faust oder dem Knie ein, doch erreichte schließlich den Krater, der mich vollständig zu verschlucken drohte. Jacob sprang ins eisige Wasser und bekam mich irgendwie zu fassen, noch bevor ich den Grund erreichte. Er stieß seine Hände in meine Achselhöhlen, drehte sich auf den Rücken und hievte mich so auf seine Brust, dass ich atmen und den klarblauen Himmel über mir sehen konnte. Inzwischen waren Vater und Onkel herbeigeeilt, lagen bäuchlings auf einer zwar nicht stabilen, aber noch ausreichend festen Eisschicht und streckten Jacob die Arme entgegen. Er tastete sich mit seinen Händen an meinem Körper entlang, von den Achselhöhlen über Hüften und Oberschenkel, und schob mich über seinen Kopf hinweg zu den beiden Männern, die mich schließlich an den Armen packten und aus dem Wasser zogen. Ich fiel auf sie. Und eine Weile lagen wir so da. Vater und Onkel auf dem Rücken, ich mit dem Gesicht zwischen ihren Oberkörpern. Jacob indessen kämpfte gegen den Sog des Wassers. Doch es wollte ihn unbedingt haben. Beim Versuch, sich mit beiden Händen auf dem Eis abzustützen, um sich aus dem Wasser zu ziehen, brach er immer wieder ein. In diesem Augenblick muss sich seine sonst durch nichts zu erschütternde Zuversicht von ihm gelöst haben, denn die bloße Angst verschluckte ihn. Ich schaute unter mich, traf seinen Blick, hörte seine Gedanken in meinem Kopf. *Nicht sterben … Nicht jetzt … sterben.* Sah seinen Kampf. Sah, wie das Wasser die Zukunft von seinem Leben zerrte. Und über ihm dieser unendlich blaue Himmel. Der sich weiter und weiter von ihm entfernte.«

Léos Stimme zitterte, als er mit seiner Erzählung fortfuhr.

»Er durfte nicht sterben. Nein, das durfte einfach nicht sein! Nicht so. Ich glaubte, wenn ich es nicht laut aussprach, würde es auch nicht passieren. Und hielt den Atem an, als ob ich damit auch die Zeit zum Stillstand zwingen und das Schlimmste verhindern konnte. Aber das Schlimmste geschah. Gelähmt vor Schock, konnte ich keines meiner Glieder bewegen. Jacobs erschrockener, flehender Gesichtsausdruck vor meinen Augen. Dann sah ich nur noch seinen Kopf, eingehüllt in einen Schleier aus Luftbläschen, wie er tiefer ins Wasser sank. Als Vater und Onkel begriffen, was passierte, war es bereits zu spät. Jacob war ertrunken, nachdem er mich gerettet hatte. Als meine Mutter herangeeilt kam, sah ich, wie ihr Gesicht zwischen zwei Herzschlägen alterte, und hörte, wie ihre Seele zerbrach.« Léo schloss die Augen. »Sie brauchten Stunden, um Jacobs Leiche aus dem Wasser zu bergen. Danach lag er totenstill da, der See. Und schimmerte matt vom Dämmerlicht der herannahenden Nacht. Vom Wasser zog Jacob bereits am nächsten Tag in die Erde um. In ein Grab, in dem ich hätte liegen sollen. Und mein Vater blickte zu mir hinüber und sagte vor sich hin: ›Es war der Falsche.‹ Ich hatte meinen Bruder getötet. Auch wenn ich die Frage, warum ich an diesem Tag aufs Eis gegangen war, unbeantwortet ließ, so las ich doch jedes Mal beim Blick in die leeren Augen unserer Mutter, dass sie alles wusste. Und dass sie von nun an für immer eingewebt bleiben würde in diesen messerscharfen Schmerz.« Léo hielt kurz inne. »Monatelang hing der Himmel schwer über dem See, selbst das Schilf regte sich nicht. Als ob die Luft geronnen wäre und die Umgebung in eine lautlose Bewegungslosigkeit getaucht hätte. An jedem einzelnen Tag stand ich am Ufer des Sees, blickte auf die sich vor mir ausbreitende schwarzblaue Fläche und in die dunkle Tiefe hinunter. An unserem Geburtstag im April – es war mein und wäre sein achtzehnter gewesen – zog ich mir Socken, Hose und Hemd aus und watete zum ersten Mal wieder ins Wasser. Als ich nicht mehr stehen konnte, ließ ich mich in die Kälte gleiten und schwamm bis zur Mitte des Sees, an die Stelle, an der Jacob ertrunken war. Als ich ins tintenschwarze Wasser hinunterblickte, fielen die ersten Tropfen aus einem düsteren Himmel. Prasselten zunächst gleichmäßig auf die Wasseroberfläche, wurden immer dicker und schwerer, und schließlich zu langen Schnüren, die die Schwärze der Wolken mit der des Sees verbanden.

Es mag seltsam klingen, doch das eisige Wasser umhüllte mich wie ein warmer Mantel. Vielleicht legte sich auch bloß der Schmerz der Kälte über den meiner Seele und betäubte für einen Moment meine Trauer. Irgendwann hörte es auf zu regnen. Die Wolken schoben sich einen Spaltbreit auseinander, ein Sonnenstrahl fiel durch das Loch im Himmel und traf auf die Stelle im See, die meinen Bruder verschluckt hatte. Für den Bruchteil einer Sekunde fühlte ich so etwas wie eine Ahnung von Ewigkeit in mir aufsteigen. Ein Gefühl der Unendlichkeit. Und so etwas wie Gewissheit, dass nichts wirklich stirbt, sondern nur in einen anderen Zustand übergeht. Aber zugleich wurde mir bewusst, dass uns diese Ahnung nicht der Verantwortung enthob, unser Leben jeden Tag aufs Neue in die Hand zu nehmen und es, wie das der anderen, zu einem guten zu machen. Selbst wenn es uns noch so schwerfiel und sich noch so grausam anfühlte. Noch heute bricht es mir das Herz, wenn ich mich daran erinnere, mit welcher Zärtlichkeit mich Jacob stets angesehen hatte. Aus Augen, die versprachen, dass er mich bis ans Ende meines Lebens beschützen würde.«

Léo hob den Kopf und öffnete die Augen. Tränen glitzerten darin wie Glassplitter. Mit den Handrücken wischte er sie weg. Dann ging er auf Juliette zu. In ihrem Gesicht versuchte er zu lesen, was seine Geschichte mit ihr machte, und sagte: »Wenn man sich selbst oder einen anderen tötet, bringt man viel mehr Menschen um, als einem bewusst ist. Nämlich all diejenigen, die den Toten geliebt haben. Damit wird man nie fertig. Die wenigsten überwinden den Verlust. Meist verändert sich nur der Schmerz. Einige sterben daran von innen. Meine Mutter hat den Tod meines Bruders nie verkraftet. Und ich bin über keinen von beiden je hinweggekommen. Nicht über den endgültigen meines Bruders, und auch nicht über den schleichenden meiner Mutter, deren Seele seit damals im Sterben liegt. Noch immer drängen sich jede Nacht Splitter von Bildern dieses Februarmorgens in meine Träume.«

Stille senkte sich über den Raum. Léo strich Juliette über den Arm. Die Vertrautheit dieser Geste rührte sie.

»Ich komme morgen wieder«, sagte er schließlich.

Juliette nickte und lächelte ihn zum ersten Mal an.

***

Nach Léos Geschichte war Juliette urplötzlich klar geworden, dass sie nicht allein war. Dass das Schicksal zwar über einen herfallen konnte, es einem jedoch auch unter die Arme griff und beim Aufstehen half, wenn man es zuließ. Ihr wurde bewusst, dass die letzten Jahre eine Sackgasse gewesen waren. Dass ihr Leben nirgendwo hinführte, wenn sie nicht versuchte, ihre Vergangenheit als Teil ihrer Geschichte zu akzeptieren. Dass sie – wenn sie das nicht tat – früher oder später von einer dunklen Kraft tiefer und tiefer hinabgezogen würde, bis sie schließlich in einem schwarzen Loch verschwand.

Denn: Wie sollte sie das Glück finden, wenn sie sich selbst in den Straßen des Lebens verlor? Erst musste sie sich selbst finden. Dann würde sie auch all das finden, was sie zum Glücklichsein brauchte.

Manchmal, das begriff sie jetzt, war es nicht das Entscheidende, bereits zu wissen, wohin man gehen sollte, sondern nicht zu bleiben, wo man war.

Am Tag, an dem sie im Bett der psychiatrischen Klinik aufgewacht war, hatte sie geglaubt zu wissen, wie ihre

Geschichte endete. Stattdessen hatte sie erfahren, wie sie begann.

Und zögerlich fing Juliette an, sich zu erinnern: Wer sie als Kind gewesen war. An ihr Leben vor den Jahren der Finsternis, vor dem Tod der Mutter. Und – noch ganz unmerklich: an ihre Träume.

Jean-Pierre

»Was machst du?«, fragte Lola wenige Tage nach seiner Vorstellung in der Aula. Sie stand in Jean-Pierres Untersuchungszimmer und sah sich um.

»Arbeiten«, sagte Jean-Pierre. Über den Rand seiner Lesebrille schaute er das Mädchen kurz an, konzentrierte sich dann aber wieder auf die Akten, die sich über seinem Schreibtisch verteilten.

»Ich will auch mal Ärztin werden.«

»Aha«, brummte Jean-Pierre ungläubig, ohne nochmals zu ihr aufzublicken.

Lola ging im Zimmer umher. Bei der Arzttasche, die aufgeklappt auf einem Stuhl stand, machte sie halt. Sie spähte hinein und betrachtete Blutdruckmessgerät, Stethoskop, Otoskop, Untersuchungsleuchte, Ohrthermometer, Zuckermessgerät. Das Spirometer zog sie heraus und fragte: »Was ist das?«

»Leg das wieder hin!«

Lola drehte es in ihren Händen: »Was macht man damit?«

»Du sollst das wieder hinlegen, habe ich gesagt!«

Lola zuckte mit den Schultern und ließ das Spirometer zurück in die Tasche gleiten.

»Raus hier!« Jean-Pierre zeigte mit ausgestrecktem Arm zur Tür. »Such dir eine Ecke im Haus, wo du mich nicht störst. Und mach die Tür hinter dir zu.«

Lola beachtete Jean-Pierre nicht. Stattdessen schlenderte sie weiter im Zimmer umher. Mit der Hand fuhr sie am Regal entlang und strich mit den Fingern über die Buchrücken. Ein Buch nahm sie heraus und klappte es auf.

»Stell es wieder hin«, sagte Jean-Pierre.

Lola schob es zurück zu den anderen Büchern und setzte ihre Inspektion fort.

»Wozu braucht man denn das hier?« fragte sie und hielt einen seltsamen Kopfhörer mit Sensoren in die Luft.

»Hinlegen, sofort! Das ist ein Elektroenzephalograf. Damit misst man die Gehirnaktivität.«

Er stand auf, nahm Lola das Gerät aus der Hand und legte es zurück.

»Waaas macht man damit?«

Jean-Pierre nahm die Brille ab. »Die Hirnströme messen. Da drin«, sagte er und tippte Lola mit dem Zeigefinger auf die Stirn. »Hör mal«, er sah sie eindringlich an, »ich habe keine Zeit für Plauderei. Ich muss mich einarbeiten. Mich mit der Krankengeschichte eines jeden Kindes vertraut machen.«

»Warum?«

»Herrgott!«, sagte Jean-Pierre und schlug mit der Faust auf die Untersuchungsliege. »Kannst du nicht einfach verschwinden? Geh zu deinen Freundinnen. Spielen.«

»Das ist langweilig.«

Jean-Pierre seufzte. Er ging zurück zum Schreibtisch, klappte die dort liegenden Akten zu, ordnete sie zu einem Stapel, den er sich unter den Arm klemmte, und trat an Lola vorbei hinaus auf den Korridor.

Das Mädchen heftete sich an seine Fersen. Jean-Pierre drehte sich zu ihr um: »Geh mir nicht auf die Nerven, Kleine, verzieh dich!«

»Ich wette, du bist auf dem Weg zu Elodie. Stimmt's? Gefällt sie dir?«

Jean-Pierre blieb stehen. »Verflucht!« Er wirbelte zu ihr herum.

Lola sah ihn mit weit geöffneten Augen an.

»Warum habt ihr Erwachsenen nie Zeit? Und überhaupt, warum ist bei euch alles immer verflucht?«

Diese schrecklichen Kinder, dachte Jean-Pierre. Was um Himmels willen hat mich nur dazu bewogen, an einem solchen Ort einen Job anzunehmen! Er schnaubte.

»Wenn du noch einen Mucks machst, ziehe ich dich an deinen süßen kleinen Ohren die Treppen hinunter zu den anderen Nervensägen. Und ich sage dir, du wirst danach aussehen wie Yoda. Aus *Star Wars*. Du kennst doch *Star Wars*, oder?«

»Okay. Ich bin still. Ich bin still«, sagte Lola und sprang von einem Bein aufs andere, als habe sie das Gleichgewicht verloren.

»Fang jetzt gleich damit an!«, zischte Jean-Pierre.

Lola presste ihre Hände fest auf die Ohren.

»Jean-Pierre Picard. Ein zuckendes Flämmchen im Unwetter des eigenen Lebens«, hörte er Elodies Stimme, die inzwischen aufgetaucht war. »Nur weil Sie offensichtlich eine Krise haben, müssen Sie ja nicht andere in eine stürzen.«

Jean-Pierre lachte laut auf und ging hallenden Schrittes an ihr und dem Mädchen vorbei. Gleichsam mit dem Wissen, dass Elodie recht hatte.

***

Noch immer hatte er keine Gelegenheit gehabt, mit Hermes über diesen Brief zu sprechen. Irgendwie hatte er den Eindruck, sein Freund ginge ihm in letzter Zeit aus dem Weg. Oder bildete er sich das nur ein? Wir sehen bekanntlich nur das, was bereits in uns ist.

Nach einem intensiven Arbeitstag wieder zu Hause, öffnete Jean-Pierre das Fenster einen Spaltbreit und legte sich aufs Bett. Er schob die Hände unter den Kopf, blickte zur Decke. Die Tatsache vor Augen, dass sein Leben aus den Fugen geraten war. Wie lange würde es dauern, bis das trübe Licht der Bedeutungslosigkeit erste Schatten werfen würde? Er schob seine Gedanken dahin, wo sie hingehörten, und schlief ein.

In der Nacht blies ein Windstoß herein und blätterte in den Seiten von Juliette Vernons Brief. Eine davon wehte vom Schreibtisch hinunter aufs Parkett, direkt vor Jean-Pierres Bett. Es war die Neujahrskolumne, die Juliette jährlich für eine Zeitung schrieb und die sie dem Brief an Jean-Pierre beigelegt hatte.

Jedes Jahr hatte sie ihm zu Neujahr eine Kopie ihrer aktuellen Kolumne geschickt, ohne dass er sie je gelesen hatte. Das waren die alljährlichen Briefe mit Wachssiegel gewesen, die im Spital für ihn eingetroffen waren und von denen seine Assistentin Nadja gesprochen hatte. Er hatte die Briefe zwar mit nach Hause genommen, doch alle hatten ihren Weg ungelesen ins Feuer seines Kamins gefunden. Die aktuelle Kolumne hatte er zwar gelesen, aber auch nur, weil sie sich ihm förmlich aufgedrängt hatte. Immerhin war sie dem Brief von Juliette beigelegt, dessen Botschaft ihn so durcheinandergebracht hatte.

Als Jean-Pierre am Morgen die Augen aufschlug, fiel sein Blick auf das Blatt Papier am Boden. Etwas regte sich in seinem Bewusstsein. Was dort stand, hatte er vor Kurzem irgendwo in einem Zeitungsausschnitt gelesen. Doch wo? Er glaubte, sich nicht zu erinnern.

Doch in Wirklichkeit – das weiß ich gewiss – klopfte die Erinnerung bereits an die Tür seines Bewusstseins. Jean-Pierre war bloß noch nicht so weit, um dem Leben mit all seinen Wundern und Überraschungen ins Gesicht zu sehen.

Schließlich nahm Jean-Pierre das Blatt in die Hand und las erneut:

Vom Suchen und Finden

Wenn wir auf die Welt kommen, stecken unzählige Möglichkeiten von Leben in uns, und je nachdem, zu wem wir werden, zu wem uns unsere Umgebung formt, finden wir uns am Ende im einen oder im anderen wieder.

Entscheidend jedoch, ob wir zu dem Menschen heranreifen, der in uns angelegt ist, mit all seinen Besonder- und Verrücktheiten, ist, dass wir nicht im Lauf unserer Kindheit und Jugend von anderen so zerbrochen werden, bis nichts mehr von uns übrig bleibt, und schließlich nach ihren Vorstellungen, nach ihrem Wunschbild, wieder zusammengesetzt werden, sodass wir am Ende uns selbst fremd sind.

Oft wird uns erst im Erwachsenenalter bewusst, dass wir nie das Leben haben werden, das uns entspricht, solange wir uns nicht selbst unter viel Leid und Schmerz wieder zersplittern, um dann ganz zaghaft zu versuchen, das eigene Wesen wieder so zusammenzusetzen, dass es stimmig ist mit unserem Kern.

Finden können wir uns erst, wenn wir wissen, wo unsere Einzelteile liegen. Wenn wir uns auf den Weg zu unserer persönlichen Bauanleitung machen. Die uns zeigt, wie wir zu dem Menschen werden, der wir sein wollen. Der wir eigentlich sind.

Erst wenn uns das gelingt, schlagen wir nicht mehr hier die falsche Richtung ein und nehmen dort nicht mehr den falschen Weg.

Jean-Pierre ließ das Blatt wieder zu Boden segeln. Wo, zum Teufel, hatte er diese Kolumne noch gelesen? Was hatte es mit diesen Texten auf sich?

Juliette

Fünf Wochen waren inzwischen vergangen, seit sie ihrem Leben das Ende setzen wollte, das nicht gekommen war. In ihrem Zimmer stand Juliette am Fenster, das fest mit dem Rahmen verschraubt war und sich nicht öffnen ließ, und blickte hinaus in das melancholische erste Blau des Morgens.

Es war dieses Lachen, jenes von Virginie, das in ihr haften geblieben war. Dieses Lachen, aus dem das Leben leuchtete. Aus dem die Liebe sprach. Nun sah sie sie, diese wohldosierte Frau, dort unten im Garten, in eine Decke eingehüllt auf einer Bank sitzen. Und Juliette fühlte sich von ihr magisch angezogen.

Auf der Station surrte es vor Geschäftigkeit. Die beste Gelegenheit, um sich ohne Aufpasser nach draußen zu schleichen.

Als Juliette die Tür zum Garten aufstieß, schlug ihr das Tageslicht so grell entgegen, dass sie die Augen zusammenkneifen musste.

Virginie erblickte sie bereits von Weitem, diese zierliche, unsichere junge Frau mit dem kupferfarbenen Haar, deren Handgelenke zerbrechlich wie Kristall wirkten. Sie war von einer unschuldigen, dunklen Schönheit, diese Frau, die bei gemeinschaftlichen Abendessen nicht selten von anderen Mitpatientinnen ausgegrenzt und immer ein wenig verspottet wurde. Irgendetwas an ihr verleitete dazu, dachte Virginie. Ohne dass sie hätte sagen können, was es war, an welcher Stelle dieser Missklang lag, der dazu führte, dass Juliette zurückgewiesen wurde. Sie erschien Virginie so liebenswert, diese Neunundzwanzigjährige, die ihre Tochter hätte sein können.

Doch als Juliette ihr an diesem Morgen in die Augen sah, begann Virginie zu verstehen, warum das Mädchen abgelehnt wurde. Juliette wich nicht aus, wenn sie auf Mitpatientinnen traf. Sie schlug die Lider nicht nieder. Sie konfrontierte die anderen mit ihrem Blick, aus dem diese abgrundtiefe Leere sprach. In dem sich die anderen gespiegelt sahen.

Für Juliette hatte es auch Vorteile gehabt, draußen in der Welt von jeher unsichtbar gewesen zu sein. Auch wenn es manchmal demütigend war. Das begriff sie jetzt. Denn sie hatte alles und jeden ungestört beobachten können. Ganz ohne Sorge, aufzufallen.

In der Psychiatrie hingegen kehrte sich alles, was draußen galt, um. Alle hatten sie bemerkt.

Der Himmel war wolkenlos, azurblau und kalt wie Eis. Und doch brannte er Juliette in den Augen, als sie ihren Kopf in den Nacken legte und in die unendliche Weite hinaufblickte.

»Ein schöner Tag, nicht wahr?«, rief Virginie Juliette zu.

»Zu hell«, antwortete Juliette.

»Wenn man sich nicht gut fühlt, lastet das ganze Gewicht der Sonne auf einem. Ich kenne das.« Virginie deutete auf den freien Platz neben sich. Juliette setzte sich. Eine Weile schwiegen die Frauen. Dann sagte Virginie: »Ich mag die Nacht lieber. Sie ist zarter als der Tag. Stiller, friedlicher. Sie legt sich um uns wie ein Tuch aus Samt. Nur in der Ferne hören wir ein unmerkliches Rauschen, das manchmal dem Meer ähnelt, aber einfach das Leben ist.« Sie hielt kurz inne, strich sich eine blonde Haarsträhne aus dem Gesicht und sagte: »Manchmal stelle ich mir vor, dass in diesem weichen Blauschwarz der Nacht all jene bei uns sind, die wir verloren haben.«

Juliette nickte stumm.

»Wie geht es Ihnen?« fragte Virginie.

»Wie soll es einem gehen, wenn im Leben nichts nach Plan verläuft – nicht mal der Tod. Ich scheitere auf allen Ebenen.«

»Im Leben zu scheitern ist die Regel. Alles andere ist die Ausnahme, nicht umgekehrt. Jedes Scheitern ist möglicherweise das Ende von etwas Falschem und der Anfang von etwas Richtigem. Ich finde den Alltag auch wahnsinnig ermüdend. Aber dann sage ich mir: Was, wenn der Tod genauso enttäuschend ist wie das Leben? Dann doch lieber meine Geschichte so zu Ende bringen, wie ich sie gern lesen würde.« Juliette sah sie an. »Juliette«, fuhr Virginie sachte fort, »es ist in Ordnung, sich nicht gut zu fühlen. Schleppt nicht jeder von uns einen Koffer mit zerbrochenen Träumen, Enttäuschungen und Niederlagen mit sich herum? Das Leben ist eine anstrengende Angelegenheit.«

»Sie sehen gar nicht so aus, als schleppten Sie einen Koffer mit sich herum.«

»Und ob! Glauben Sie mir, je älter wir werden, desto voller und schwerer wird er.«

»Aber wie schaffen Sie es, so großartig auszusehen, ich meine, man sieht Ihnen die Last gar nicht an.«

»So schwer ist das nicht. Die Leute sehen, was sie sehen wollen. Ich bin einfach gut darin, mir Geschichten über mich auszudenken. Was ich denke, bin ich. Und das glauben die Leute. Die Menschen träumen nämlich gern.« Sie lächelte. »Im Ernst. Es ist wichtig zu wissen, wer man ist. Wir treffen nur dann die richtige Wahl, wenn wir wissen, wer wir im Leben sein könnten. Fast jeder verirrt sich früher oder später und tastet in dunklen Zeiten nach Halt und Orientierung. Aber wir dürfen nie aufgeben, nie aufhören, den unsichtbaren Faden wiederzufinden, der uns von Wegmarke zu Wegmarke führt.«

»Wie?«, fragte Juliette.

»Niemand – außer Ihnen, Juliette – weiß, über welche Möglichkeiten Sie verfügen und was Sie imstande sind, daraus zu machen. Es gibt das perfekte Leben, und es gibt das perfekte Leben für Sie. Und diese beiden können weit auseinanderliegen. Lassen Sie sich nicht davon täuschen. Haben Sie keine Angst davor, Sie selbst zu sein.«

»Ich wüsste nicht, was ich der Welt zu geben hätte. Ich habe keine großen Fähigkeiten.«

»Große Begabungen entstehen, wenn man viele kleine Talente zusammenfügt.«

Juliette dachte eine Weile nach. Dann sagte sie: »Ich beneide Sie um das, was Sie sind.«

»Ich war nicht immer die Frau, die Sie jetzt vor Augen haben. Auch ich saß im Sumpf. Ich musste eine ungeheure Wandlung durchmachen, um die zu sein, die ich heute bin. Und ich bin überzeugt: Wenn wir uns auf den Weg machen, finden wir uns. Und wenn uns das gelungen ist, sehen wir in allem auch die Schönheit. Und die anderen sehen die Schönheit in uns.«

Juliette genoss die Unbefangenheit im Gespräch mit Virginie, in dem nichts schöngeredet oder überzuckert wurde. Mit ihr konnte sie zwanglos übers Wesentliche sprechen ohne all diese Small-Talk-Zipperlein, die sie nicht ausstehen konnte.

Und außerdem teilte Virginie eine Wirklichkeit mit ihr, die bisher noch keiner mit ihr geteilt hatte.

Wie jeder hatte auch Virginie eine Herkunft. Sie hatte eine, die der von Juliette ähnelte. Eine Herkunft, die einen so tief durchdrang, dass man sie nie ganz loswurde. Egal, wie alt man war. Denn unser Anfang war nie da, wo wir ihn vermuteten. Wir alle setzten die Geschichte unserer Eltern, Großeltern, Urgroßeltern fort.

Virginie erzählte Juliette von den Mädchen ihrer Schulklasse, die jeden Tag in anderen schönen Kleidern gesteckt hatten. Mädchen, die ganz natürliche Anführerinnen waren. Idole, denen man blind folgte, weil man ihnen unbedingt gleichen wollte. Die aber ohne Ausnahme alle im Lauf des Lebens verschwanden, verschmolzen mit dem Hintergrundrauschen des Lebens. Von denen man nichts mehr hörte und nie erfuhr, was und ob überhaupt etwas aus ihnen geworden war. Denn lebenstauglicher waren diejenigen, die kämpfen mussten.

***

Noch immer sah Juliette sie genau vor sich, ihre Mutter. Wie sie ihren Lidstrich auftrug, die Wimperntusche, den Lippenstift. Noch immer roch Juliette den Duft ihres Parfums.

Juliette erzählte Virginie, dass sie es geliebt hatte, ihrer Mutter beim Ankleiden zuzusehen, wenn sie im Begriff war, mit dem Vater auszugehen. Was selten genug vorgekommen war.

Wie sehr sich ihr die Details eingeprägt hatten. Die Seidenstrümpfe. Das mit Spitzen verzierte Unterkleid. Pullover und Rock aus fein gewebter Wolle.

Juliette, damals kaum acht Jahre alt, hatte nicht gewusst, hatte nicht wissen können, wie zerbrechlich das alles war.

Was sie auch nicht gewusst hatte, war, dass sich nach dem Tod der Mutter nichts mehr richtig anfühlen und sie nicht im naturgemäßen Sinne erwachsen werden würde.

Juliette erzählte, wie sich ihre Mutter nach und nach von ihr entfernt hatte. Wie sie von einem zum anderen Tag nicht mehr aufstand, sich nicht mehr wusch und kaum noch aß.

Sie erzählte, wie sie die Hand nach ihr ausgestreckt hatte, sie jedoch nicht mehr erreichen konnte. Und wie sie eines Abends beim Gutenachtkuss gespürt hatte, dass sich etwas ereignen würde, was nicht mehr rückgängig zu machen sei.

Aus einer Ahnung heraus war sie in jener Nacht aus dem Bett gekrochen und zum Dachboden hinaufgeklettert. Zum Rückzugsort der Mutter, wenn es mal wieder Streit mit dem Vater gab.

Sie erzählte, wie sie ihre Mutter dort entdeckte, die Mündung der Pistole unters Kinn gepresst. Von dem Schuss, der plötzlich durch die Stille peitschte und Juliettes Leben in Stücke riss.

Und von einem Mitternachtsblau, das plötzlich blutrot wurde.

Sie erzählte vom Schreien der Großmutter, von den Flüchen des Vaters, vom betretenen Schweigen der beiden Brüder. Sie erzählte von gedämpften Unterhaltungen, von Trauerkarten, von einer tiefschwarzen Beerdigung und von einem großen Loch. Von einer Zeit ihrer Kindheit, die auf ein winziges spitzes Korn in ihrem Herzen zusammengeschrumpft war, das sie noch heute bei jeder Bewegung schmerzte. Sie erzählte von Erinnerungen, die so grell waren, dass man sie kaum anschauen konnte – wie stark überbelichtete Filme.

Sie erzählte, wie ein achtjähriges Mädchen an der Unmöglichkeit verzweifelte, zu diesem letzten Tag zurückkehren zu können, um dafür zu sorgen, dass alles einen anderen Verlauf nahm.

Wie es versuchte, alle Erinnerungen an die Mutter im Kopf einzufrieren, damit es sie nie würde vergessen können. Und davon, dass sich das kleine Mädchen noch Jahre später fühlen sollte, als sei es mit dem Tod der Mutter aus dem eigenen Lebensatlas herausgefallen.

Juliette schilderte den Moment, in dem sie begriffen hatte, dass sie nun alles Zukünftige ohne ihre Mutter erleben sollte, und dass der Abstand zwischen ihnen für den Rest ihres Lebens mit jedem weiteren Tag größer werden würde.

Sie erzählte, wie sie in den nachfolgenden Jahren wieder und wieder diesen blutroten Augenblick durchlebte: Das Klicken des Metalls am Abzug. Der Knall. Das Umherfliegen aller mit ihrer Mutter geteilten Erlebnisse in ihrem Kopf.

Dass immer dann, wenn sie ihre Gedanken wandern ließ und deren Wege nicht kontrollierte, der Schuss zurückkehrte und sie jedes Mal erneut in Stücke riss.

Und sie erzählte von ihrem Vater, der den Rest ihrer Kinderpersönlichkeit zerbrochen hatte, bis nichts mehr von ihr übrig war. Der sie dann nach eigenen Vorstellungen wieder zusammensetzte, sodass sie noch immer nicht wusste, wer sie eigentlich war.

Sie sprach von der Eigentümlichkeit, dass die, die uns im Kern trafen, selbst Jahre später noch Macht über uns und unser Selbstbild hatten.

Als Juliette schließlich verstummte, strich ihr Virginie zärtlich mit der Hand durchs Haar. Lange schwiegen die Frauen. Dann sagte Virginie in die Stille hinein: »Es gibt Ereignisse, die sind wie ein glühender, reißender Strom aus Lava. Sie verschlucken unser bisheriges Leben und verdampfen alles, was an Hoffnung, Kraft und Zuversicht in uns ist. Und doch müssen wir versuchen, wieder aufzutauchen und unsere Geschichte zu Ende zu bringen.« Sie sah in die Ferne. »Auf eigenartige Weise, so scheint es mir, ist alles, was uns im Leben widerfährt, bereits bei unserer Geburt mit angelegt. Als steuere unser Lebenszug auf unsichtbaren Schienen, die uns unweigerlich zu unserer Bestimmung navigieren. Als beinhalte unser Anfang bereits unser Ende in sich.«

Sie nahm Juliette in den Arm. Beide legten den Kopf in den Nacken und blickten in den nun von Wolken durchzogenen Himmel.

Ab und an brach die Sonne durch, vage, wie ein Lächeln.

»Glücklich ist der, der die Fähigkeit besitzt, gleichzeitig existierendes Unglück für eine Zeit lang auszublenden«, sagte Virginie.

Jean-Pierre

In seinen Trenchcoat gehüllt, trat er aus dem Haus, ging die Allee entlang. Die Luft so kühl und frisch, als habe sie noch niemand geatmet. Eine Stille wie auf einem Gemälde.

Inzwischen war es Ende Februar. Der Winter hatte sich zurückgezogen, und der Frühling kroch tastend aus der Erde.

Hermes war ihm lange genug aus dem Weg gegangen. Was war nur mit ihm los? War er derart enttäuscht von Jean-Pierre, weil er in der Notaufnahme versagt und alles hingeworfen hatte? War es nicht Hermes selbst, der ihm geraten hatte, mal etwas ganz anderes zu machen? Oder gab es da wirklich eine Wahrheit, die Hermes zu verdecken suchte?

Virginie hatte recht. Die beiden mussten reden. Sie hatte Jean-Pierre zum Sonntagsfrühstück eingeladen, um ihrem Mann etwas auf die Sprünge zu helfen. »Glaub mir«, hatte sie am Telefon zu Jean-Pierre gesagt, »ich kenne Hermes besser, als er sich selbst kennt. Es ist gut, wenn du kommst. Alles hat seine Zeit. Schweigen. Und auch Reden.«

Hermes war noch zur Morgenvisite im Spital, als Jean-

Pierre eintraf. »Ich mache mich schnell noch ein wenig hübsch«, sagte Virginie. »Fühl dich wie immer zu Hause.«

Mit diesen Worten sprang sie die Treppe hinauf und verschwand im ersten Stock.

Jean-Pierre betrat Hermes' Arbeitszimmer. Er ließ seine Finger an den Buchrücken entlanggleiten, zog hier und dort eines heraus, blätterte darin und steckte es wieder zurück. Wie von einer tiefer liegenden Ahnung getrieben, fesselte Hermes' Schreibtisch seinen Blick. Mit der Handfläche strich er über das lackierte, mit Intarsien verzierte Kirschbaumholz. Glatt und kräftig fühlte es sich an. Es roch nach Politur und Wachs. Ohne nachzudenken, drehte Jean-Pierre den Schlüssel im Schloss des mittleren Schubfachs und zog es auf. Gewöhnliches fand sich dort: ein in abgegriffenes Leder eingefasster Kalender, ein Tintenfass, Briefmarken, Zündhölzer. Jean-Pierre nahm den Kalender heraus und blätterte darin. Er klappte ihn wieder zu und legte ihn in die Schublade zurück. Dabei stieß er mit der Oberkante des Kalenders gegen etwas. Irgendetwas blockierte. Er zog die Schublade ganz auf und spähte hinein, konnte aber nichts erkennen. Schließlich griff er hinein und tastete mit den Fingern bis an den hinteren inneren Rand. Dort steckte etwas fest. Sachte rüttelte er daran und zog ein brüchiges, altes Foto mit vergilbten, eingerissenen Rändern heraus, das im Begriff war, sich allmählich aufzulösen. Er betrachtete es. Von Fingerabdrücken etwas seifig, strahlte ihn aus dem Sepia einer längst verwehten Zeit ein blutjunges Paar an.

Plötzlich lief ihm ein Schauer über den Rücken. Die Frau, groß, schlank und schwarzhaarig, sah ihn mit seinen eigenen Augen an – als blickte er in einen Spiegel. Die Ähnlichkeit war verblüffend. Und noch ehe er die Gedanken, die sich ihm aufdrängten, bündeln konnte, begriff Jean-Pierre, dass dieses Foto sein Schicksal neu ordnen würden.

***

Hermes erkannte Jean-Pierres Silhouette gegen das Gleißen der Morgensonne, als er sein Arbeitszimmer betrat. Der Freund stand mit dem Rücken zu ihm vorm Fenster und starrte ins Leere. Lichtbalken mit schwebenden, schimmernden Staubflöckchen fielen in den Raum. Hermes blinzelte in die Helligkeit hinein.

»Jean-Pierre!«, sagte er erfreut.

Jean-Pierre rührte sich nicht und schwieg.

»Jean-Pierre, alles in Ordnung?«

Jean-Pierre drehte sich zu Hermes um und hielt ihm mit ausgestrecktem Arm das Foto hin. Sein Gesicht eine einzige Frage. Hermes nahm es in die Hand, senkte den Blick, zog die Augenbrauen hoch und sah das Foto dann so sehnsüchtig an, als sei es die Rückfahrkarte in das Licht einer vergangenen Zeit.

Er hob den Kopf, löste die für ihn unüblich nachlässig geknotete Krawatte und gab Jean-Pierre das Foto zurück. Sein Gesicht war von Sorgen gezeichnet. Er zog ein Stofftaschentuch aus seiner Hose, setzte die Brille ab und polierte die runden Gläser. Er trat noch einen Schritt näher an Jean-Pierre heran, stellte sich vor das Fenster neben ihn, blickte hinaus und setzte die Brille wieder auf.

»Darf ich es erklären?«

»Nein, darfst du nicht.«

Hermes nickte. Er nahm das Zigarrenetui aus der Innentasche seines Jacketts, drückte die Sprungfeder und nahm eine Zigarre heraus. Er steckte es zurück in die Tasche, knipste die beiden Enden der Zigarre ab, griff nach einem Päckchen Streichhölzer, das auf dem Tisch lag, und zündete sie an. Durch den blauen Rauch hindurch wirkte sein Gesicht noch fahler als zuvor. Dann schritt er durch das Zimmer mit einem Unbehagen, das ihn bis zur Zigarrenspitze zu durchglühen schien. Ein erdrückendes Schweigen lag im Raum.

»Verdammt, wer ist die Frau neben dir?«, fragte Jean-Pierre schließlich. »Ist das Sarah?«

»Woher kennst du ihren Namen?«

»Es ist also Sarah. Ist Sarah meine Mutter?«

»Wir waren jung. Zu jung«, sagte Hermes.

»Soll das der Versuch einer Entschuldigung sein für etwas, das sich nicht entschuldigen lässt? Erzähl mir bitte eine brauchbare Wahrheit«, sagte Jean-Pierre.

»Ich kann deinen Zorn verstehen.«

»Wie gut für dich.«

Hermes ließ sich aufs Sofa fallen. Schwer atmete er ein und aus.

Dann erzählte er: Von einem jungen Liebespaar mit einem großen Traum. Von einer geplanten gemeinsamen Zukunft, die unter keinem guten Stern stand. Von einer Schwangerschaft, die zu früh kam. Von einem übermächtigen Vater, der den neunzehnjährigen Hermes, Sohn mittelloser Eltern, nicht als Mann für seine siebzehnjährige Tochter Sarah duldete.

Er erzählte davon, wie dieser Vater die eigene Tochter neun Monate in die gut abgeriegelte Villa einsperrte, bis sie ihr Kind zur Welt brachte. Einen Jungen namens Jean-Pierre. Von Menschen, die das eigene Enkelkind nach der Geburt zur Adoption freigaben und die Tochter zum Studieren in ein anderes Land verbannten.

Er erzählte davon, wie er an der Macht dieser Menschen verzweifelt war. Von den Tagen und Nächten, an denen er das Haus bewachte. Und schließlich von dem einen Tag, an dem sein Sohn Jean-Pierre fortgebracht wurde und er mit dem Motorrad das Auto verfolgte, in dem Sarahs Vater saß und den kleinen Säugling – den eigenen Enkel – den Adoptiveltern übergab: Claude, damals einundvierzig, und Binette, damals einunddreißig Jahre alt.

Er erzählte von seiner Ohnmacht, Jean-Pierre aus den Händen dieser wohlhabenden, einflussreichen Leute zu befreien. Von einem gebrochenen Herzen. Vom Verlust seiner großen Liebe Sarah. Und vom Aufgeben einer letzten Hoffnung.

Hermes erzählte ihm nicht nur Jean-Pierres wahre Geschichte, sondern auch seine eigene. Er erzählte von dem Baby Hermes, einem Findelkind, in ein bloßes Leintuch eingeschlagen, auf der Türschwelle zweier Schwestern abgelegt, die sich um Probleme wie dieses kümmerten. Er erzählte von liebevollen, aber armen Adoptiveltern. Von dem jungen Mann Hermes, der sich für seinen eigenen Sohn etwas anderes gewünscht hatte als das, was ihm selbst widerfahren war, und der alles dafür tun wollte, dass sich seine Geschichte nicht wiederholte. Aber gegen die Launen des Schicksals nichts tun konnte. Er erzählte, dass seit der Geburt seines Sohnes Jean-Pierre kein Tag verstrichen war, ohne dass er ein Auge auf ihn geworfen hatte – wenngleich auch manchmal aus der Ferne. Er erzählte davon, wie er Jean-Pierres Universitätsprofessor überredet hatte, Jean-Pierre zur Ausbildung als Notfallchirurg zu ihm ans Universitätsspital zu schicken. Und davon, dass Angst nichts mit Feigheit zu tun hatte. Lügen hingegen schon.

Hermes hielt einen Moment inne, steckte die Zigarre in seinen Mundwinkel und blickte in das schmerzverzerrte Gesicht von Jean-Pierre.

»Willst du mir damit sagen, dass mein wahres Leben all die Jahre in dieser Schublade steckte?« Jean-Pierre streckte den Arm aus und deutete mit dem Finger auf den Schreibtisch. »Du hast mich im Stich gelassen.«

»Ich habe alles versucht, um deine Geschichte zu ändern. Was immer meine Geschichte war, die ich bis heute nicht vollends kenne – ich wollte nicht, dass sie sich bei dir wiederholt.«

»Und meine Mutter? Sarah? Warum hast du nie nach ihr gesucht?«

»Und wie ich gesucht habe! Sie schrieb mir ein einziges Mal. Dann jedoch verstummte jegliches Zeichen von ihr. Auf keinen meiner Briefe habe ich je eine Antwort erhalten. Meine Nachforschungen ergaben, dass sie zuerst irgendwo in den USA studierte, dann jedoch die Universität mehrmals wechselte. Deine Großeltern waren inzwischen verstorben. Heimlich hatten sie Sarahs Fortgehen geplant. Ich hatte mit allem gerechnet, aber nicht damit, dass sie für immer aus meiner Welt verschwinden würde.«

Jean-Pierre schüttelte den Kopf. »Man kann jeden finden, wenn man nur will. Verdammt, du hast nicht richtig gesucht!«

»Jahre habe ich versucht, sie zu finden. Selbst dann noch, als ich bereits mit Virginie verheiratet war und wir unsere erste Tochter bekommen hatten. Deine Mutter hat keine Spuren hinterlassen, Jean-Pierre, außer in meinem Leben!« Er stand auf, öffnete das Fenster und schnippte seine halb aufgerauchte Zigarre hinaus. »Als ich begriff, dass nur der gefunden wird, der gefunden werden will, habe ich aufgehört zu suchen.«

Inzwischen hatte sich Jean-Pierre in den Armlehnstuhl beim Schreibtisch fallen lassen und die Augen geschlossen. Leise flackerten Erinnerungen hinter seinen Lidern auf. »Wenn man die Wahrheit nicht kennen würde, würde man denken, ihr seid Vater und Sohn«, hatte seine ehemalige Assistentin Nadja bei einer der Weihnachtsfeiern im Universitätsspital gesagt. Hermes und Jean-Pierre hatten sich daraufhin angeschaut, und Jean-Pierre hatte etwas in Hermes' Augen, in seinem Blick bemerkt, das er dort vorher nie gesehen hatte.

Gedankenverloren schüttelte er jetzt den Kopf.

»Woher kennst du ihren Namen? Sarah?« fragte Hermes in die Stille hinein.

»Vielleicht lasse jetzt ich Jahrzehnte verstreichen, bevor ich dir das erzähle. Du hattest ja auch keine Eile.«

Hermes sah seinen Sohn an. Und er sah, wie die Welt für Jean-Pierre ringsum Risse bekam. Ganz lautlose Risse, aus denen nach und nach alles entwich, an das er jemals geglaubt hatte.

»Verdammt, wir kennen uns seit einer Ewigkeit!«, fluchte Jean-Pierre nach einer Weile und schlug mit der Faust so heftig auf den Schreibtisch, dass die Bilderrahmen darauf erzitterten.

»Manchmal kommt es mir so vor, als entferne man sich vom Augenblick der Geburt an mit jedem Jahr immer etwas weiter von sich selbst. Da sind die Umstände, die selbst gewählten und die uns zugestoßenen. Da sind die anderen Menschen. Da ist man selbst. Und irgendwann hat man sich so weit vom ureigenen Kern entfernt, dass man nur noch mit viel Kraft und Mühe zurückfindet«, sagte Hermes, der noch immer am offenen Fenster stand, beide Hände auf den Sims gestützt, und in die Ferne blickte.

Schließlich schloss er das Fenster, ging zur Kommode, die neben dem Sofa stand, öffnete eine Schublade und nahm eine Schachtel mit Dias heraus. Eines nach dem anderen hielt er gegen das Licht wie Münzen. Schließlich behielt er eines in der Hand. Zwischen zwei Fingern. Sein Schweigen fast zum Greifen. Dann reichte er es Jean-Pierre. Es zeigte eine Großaufnahme von Sarah.

»Warum hast du mir all die Jahre die Wahrheit verschwiegen?«

»Damit du nie erfährst, wie weit ich von dem Mann entfernt bin, für den du mich gehalten hast.«

»Jetzt komm mir nicht mit einer Erklärung, die eine Zumutung ist. Wann hattest du vor, es mir zu sagen?«

»Nie.«

»Na, wenigstens eine ehrliche Antwort«, sagte Jean-Pierre.

»Ich wollte dir nicht die Wahrheit sagen. Vielleicht, weil ich fürchtete, dass unsere Freundschaft dann zu Ende sei, dass ich dich verlieren würde. Und auch, weil ich nicht wollte, dass du je mit Claude und Binette haderst. Mit guten Menschen. Mit den Menschen, die dir ein Zuhause gegeben und mich von einer großen Sorge befreit haben.« Er kratzte sich am Kinn. »Liebe ist nicht nur ein Gefühl, Jean-Pierre, sondern vor allem auch eine Entscheidung. Das musste ich in all den Jahren lernen. Ich musste entscheiden, ob ich meinen Gefühlen zu dir Priorität einräume oder deinem, Claudes und Binettes Wohlbefinden. Ich habe mich für Letzteres entschieden. Nicht nur, das gebe ich zu, aus Rücksicht auf euch, sondern ebenso als Schutz für mich.«

»Du hast mich all die Jahre glauben lassen, wir seien beste Freunde! Dabei war es nur dein verdammtes schlechtes Gewissen, das du beruhigen wolltest! Weißt du, was du bist, Hermes? Du bist ein Riesenarschloch!«

Hermes atmete geräuschvoll durch die Nase ein. »Ich weiß, Jean-Pierre, sie ist notwendig, die Schuld der Eltern. Sie rechtfertigt vieles, was im eigenen Leben schiefgelaufen ist.«

Jean-Pierre stieß sich mit beiden Händen von den Armlehnen des Stuhls ab. »Du bist so selbstgefällig, Hermes! Du bist ein solcher Heuchler!« Dann stürzte er auf ihn zu und schlug ihm mit der Faust ins Gesicht. Hermes wankte und prallte gegen das Bücherregal. Schützend hielt er beide Hände vors Gesicht, fuhr sich mit dem Handrücken unter der blutenden Nase entlang. »Na wenigstens teilst du dich mir mit«, sagte er.

»Manche können das. Sich aufrappeln, den Staub abklopfen und vergessen. Krone richten und weiter. Hermes kann das«, sagte Jean-Pierre.

»Jean-Pierre, ich bitte dich, lass uns vernünftig reden. Du bist alles für mich.«

»Du!« schrie Jean-Pierre und zeigte mit dem Finger auf ihn. »Du kannst mich mal mit deinem ganzen Scheiß hier!« Dann stürmte er aus dem Zimmer. Er zog die eichene Haustür derart heftig ins Schloss, dass die Scheiben darin erzitterten.

Hermes

»Das wird jetzt etwas brennen«, sagte Virginie, als sie Hermes' Nase mit Desinfektionsmittel betupfte.

»Sagst du einem Arzt«, murmelte Hermes.

»Dann war der Morgen mit Jean-Pierre offensichtlich nicht so gut.«

»Gemütlich wie auf einem Minenfeld.«

»Ich hätte gar nicht gedacht, dass er derart zuschlagen kann.«

Hermes stöhnte auf. »Jetzt will er sicher nichts mehr mit mir zu schaffen haben, er ist ein unabhängiger junger Mann«, sagte er betroffen.

»Er ist trotzig. Nicht unabhängig. Trotz ist das Gegenteil von wahrer Unabhängigkeit. Du wirst schon sehen, Jean-Pierre kriegt sich wieder ein, und dann wird er ganz anders über alles denken.«

»Du hast ihn nicht gesehen.«

»Ich sehe dein Gesicht.«

»Eben. Er wird nichts scheuen, um sich mein schlechtes Gewissen zu sichern.«

»Auch wenn du dir gern selbst leidtust, Hermes: Was erwartest du?«

Schweigend zuckte er die Schultern.

»Alle Entscheidungen, die wir treffen, holen uns irgendwann ein«, sagte Virginie mehr zu sich selbst. Sie schraubte die Jodflasche zu und stellte sie auf den Tisch.

»Wie ist es dir damals ergangen, als du erfahren hast, dass dein Vater nicht dein leiblicher Vater, deine Mutter nicht deine leibliche Mutter ist? Und wie sich alles zugetragen hatte?«, fragte sie schließlich.

»Ich habe mich gefühlt wie ein vom Blitz getroffener Baum, der innen ausbrennt, während er äußerlich noch unversehrt scheint. Und geglaubt, ich könne keinem weiteren Unwetter im Leben standhalten. Ein weiterer Sturm, und ich würde brechen.«

»Eben. Und wie, glaubst du, muss sich Jean-Pierre fühlen? Sein Zusammenbruch in der Notaufnahme, eine Patientin, die ihm fast weggestorben wäre, Mathieus Getratsche in der Klinik. Alles ein großes Scheitern für ihn. Seine Kündigung. Und dann steckst gerade du ihm das Inserat für eine Interimsstelle in einem Heim für körperlich behinderte Kinder zu und sagst ihm damit durch die Zeilen: Werde ein besserer Mensch.«

»Keine gute Idee? Ich meine, das mit dem Inserat.«

»Der Zeitpunkt war vielleicht nicht der beste.«

»Und jetzt erfährt er noch, dass ich sein leiblicher Vater bin«, stöhnte Hermes.

Virginie legte die Wattetupfer beiseite und verklebte die Wunde mit Steristrips. »Fertig«, sagte sie. »Für ein, zwei Wochen werden dir vielleicht nicht die Schwestern hinterherpfeifen, aber danach bist du wieder der Alte.«

»Mhm«, brummte Hermes.

»Schatz, du machst dich verrückt. Ich höre deine Gedanken bis hierher. Jean-Pierre wird sich wieder beruhigen.«

Hermes seufzte. Er wusste nicht, ob er so tief in die Seele eines anderen Menschen blicken wollte. Ob er das überhaupt konnte. Es gelang ihm ja nicht einmal bei sich selbst.

Jean-Pierre

Jean-Pierre fühlte sich leer und geistlos. Alles, was er für das wirkliche Leben gehalten hatte, war nichts als ein gewaltiger Irrtum. Eine Fälschung. Er versuchte, die Bedeutung der Wahrheit zu erfassen. Doch es gelang ihm nicht.

Er ging ins Schlafzimmer. Neben dem Bett auf dem Parkett verstreut lagen die Seiten von Juliettes Brief. Er schob die Blätter zusammen, die er in den vergangenen Wochen so oft gelesen hatte, brachte sie in die richtige Reihenfolge und las den Brief einer seiner Vermutung nach toten Frau erneut.

Jean-Pierre,

wenn du diesen Brief in Händen hältst, bin ich tot.
Keine Sorge, eine Tote will nichts mehr.

Aber bevor ich gehe, muss ich ein Versprechen einlösen.

Mein letzter Hauch Leben wird kurz um dich wehen, dir eine Botschaft überbringen und im Nu wieder verschwinden.

Noch bevor der Morgen anbricht, werde ich mich im Rauch des Vergessens auflösen.

Wahrscheinlich erinnerst du dich weder an mich noch an die Nacht, in der wir miteinander geschlafen haben. Aber das ist unwichtig. Wichtig allein ist die Vision, die ich in jener Nacht hatte. Du wirst es vielleicht als bloßen Traum abtun. Aber auch das ist jetzt nicht von Bedeutung. Mein Anliegen ist es nicht, dich davon zu überzeugen, dass es mehr war als das. Ich möchte lediglich meinen Auftrag erfüllen, solange ich noch kann.

Bevor ich die Erscheinung mit dir teile, die ich in jener Nacht hatte, möchte ich dir von einem Leben erzählen, das du nie kanntest. Von einem Leben, das auf einen einzigen Augenblick ausgerichtet war: auf den Moment, in dem man mich sieht. In dem man mich erkennt. Doch man hat mich nicht gesehen. Und man hat mich nicht erkannt.

Du und ich, wir sind uns vor langer Zeit über den Weg gelaufen. Für dich war unsere Begegnung ein kurzer Zusammenstoß, der weder mit Gefühlen noch mit Hoffnungen verbunden war, wie ich viel zu spät begriff. Für mich war es einer der wenigen besonderen Momente in meinem Leben.

Dieses Bild, wie du mich in jener Nacht anschautest, hat sich so tief in mein Gedächtnis eingegraben, dass es mir Mühe macht, mich anders an dich zu erinnern.

So viele Jahre sind vergangen. Wenn wir uns heute begegneten, würde ich dich vermutlich nicht einmal wiedererkennen.

Ich blicke in einen Nachthimmel, sternengetupft. Und wenn ich so hinaufschaue, frage ich mich, ob auch du gerade diesen umwerfend großen, leuchtenden Mond siehst, der die Finsternis bescheint, ohne ihre Schwärze beseitigen zu können.

Ich sah dich zum ersten Mal auf dem Campus.
Du kamst vom Collège de France als Vertretung für Professor Raynaud, der aufgrund seiner Krebserkrankung nicht mehr lehren konnte. Dein Ruf war dir vorausgeeilt. Noch ehe du eintrafst, legte sich ein Nimbus um dich, eine Sphäre von Bewunderung und Geheimnis.

Und als ich dich sah, wusste ich, warum. Du hattest eine solche Leichtigkeit an dir, warst so durchdrungen von Selbstvertrauen, sahst die Welt in einer Art und Weise, wie sie mir noch nie zuvor in jemandem begegnet war.

Augenblicklich kannte dich jeder. Jean-Pierre Picard. Und alle sahen dich.

Es gab eine Einstandsparty, zu der das gesamte Institut eingeladen war, ich ebenfalls, weil ich als Nebenverdienst Texte für eure Semesterkataloge verfasste. Ich hatte mich an einen der hinteren Stehtische verkrochen und vergeblich darauf gewartet, dass sich jemand zu mir stellte. Doch ich blieb allein. Diese peinliche Einsamkeit, wenn niemand mit dir redet. Bis heute habe ich eine Abneigung gegen solche Feiern. Mit einem Schlag bin ich dann wieder das unsichere, errötende junge Mädchen von früher, das sich, von Selbstzweifeln niedergedrückt, nicht ungezwungen und souverän an der Unterhaltung beteiligen kann, weil es immer das beschämende Gefühl hat, nichts Spannendes beitragen zu können, nicht auf demselben Niveau der anderen zu sein, nirgendwo am rechten Platz.

Sie nannten dich nur »le beau docteur«.

Ja, du warst anziehend. Bis heute ist mir kein attraktiverer Mann begegnet. Und ich fragte mich, wie der Himmel so ungerecht in der Verteilung seiner Gaben sein konnte. Mich hatte er in vielerlei Hinsicht übersehen. Ich war nicht nur fad, sondern schrecklich hässlich. In allem nur mittelmäßig. Und gewöhnlich. Ein Sensibelchen, scheu, eingeschüchtert und verängstigt, das aufgrund seines Aussehens und seiner niederen Herkunft gern zum Ziel des Spotts wurde. Nur mein damaliger Literaturprofessor, dieser kleine, ernste, grauhaarige Mann, schenkte mir aufgrund meines Gespürs für sein Fach neben guten Noten ab und an ein Lächeln. Wofür sich meine Kommilitonen bei jeder Gelegenheit an mir rächten. Von Jungen wie von Mädchen wurde ich zurückgewiesen, weil ich in ihren Augen zu gering war. Eine Außenseiterin.

Ihr Vorsprung an Bildung war zu groß, als dass ich eine Gesprächspartnerin hätte werden können. Vor keinem von ihnen konnte ich bestehen.

Dabei wollte ich doch nur dazugehören. Wollen das nicht alle? Doch meine Umgebung gab mir das Gefühl, dass ich nie gut genug sein würde.

Ich war in der dünnen Luft der Unterschicht aufgewachsen. Und blieb, was ich war. Oder besser: Was ich nicht war.

Damals wollte ich Schriftstellerin werden. Doch diesen Traum habe ich schon bald nach dem Studium aufgegeben. Mein Leben so fad und leer. Was hätte ich schon zu erzählen? Aufgewachsen in einer Familie, in der sich Träume ohnehin in Rauch auflösen, war ich daran gewöhnt.

Bereits als Kind musste ich gegen jenen Strom schwimmen, auf dem du – entschuldige meine Bemerkung – scheinbar sorglos dahintriebst. Nicht jeder bekommt das Leben so bunt, gefiltert und vorsortiert präsentiert wie du. Aber das weißt du selbst und bist dir deines Glücks sicher mehr als bewusst.

Drei Monate nach deiner Ankunft, es war Herbst, saßen wir uns in der Bibliothek gegenüber. Wir griffen beide gleichzeitig nach dem Schalter der Leselampe, und unsere Hände berührten sich. Du sahst mich an mit jenem warmen, sanften, einhüllenden Blick, der wie eine Zärtlichkeit über mein Gesicht strich. Dann lächeltest du mir zu. Ein Feuer entfachte in mir, und das Blut schoss mir in die Wangen. Der Atem deiner Worte streichelte meine Hand: »Verzeihen Sie, Mademoiselle.«

Von diesem Moment an freute ich mich auf jedes Lächeln von dir, das mir Träume auf die Lippen zauberte. Doch in deinem Herzen war kein Platz für eine wie mich.

Schon am folgenden Tag begegneten wir uns im Treppenhaus des Auditoriums. In deiner leichten, knabenhaften Art sprangst du, einen Stapel Bücher unter den Arm geklemmt, die Treppe hinauf. Du sahst mich an, doch erkanntest mich nicht. Du warst nicht der einzige ohne Erinnerungsvermögen an meine Person.

Menschen wie du können sich wahrscheinlich schwer vorstellen, dass man aus dem eigenen Leben verschwinden kann, ohne zu sterben.

Ich beobachtete dich. Du fasziniertest mich in einer Weise, die mir selbst fremd war. Nur schwer konnte ich den Blick von dir lösen, wenn ich dich irgendwo entdeckte. Manchmal ging ich, einer tiefen Sehnsucht folgend, spät-

abends an deinem Haus vorbei, um zu sehen, ob in einem deiner Zimmer Licht brannte und mir deine Gegenwart dadurch näher und etwas greifbarer erschien. Als ich zu den erleuchteten Fenstern aufblickte, bildete ich mir ein, uns trennten nun nur noch wenige Zentimeter und eine dünne Glasscheibe voneinander.

Wir begegneten uns ein drittes Mal. Ich arbeitete in einer Bar um die Ecke des Campus. Du korrigiertest am Tresen bis in die Nacht hinein Klausuren, schobst sie irgendwann in deine Tasche und trankst dann ziemlich viel. Als die Bar schloss, lag dein Kopf zwischen deinen Armen auf dem Zinktresen. Du warst eingeschlafen. Die Ärmel deines Jacketts hatten sich mit Alkohol vollgesogen, den du verschüttet hattest. Ich schob meinen Arm in deine Armbeuge, hakte dich unter und brachte dich nach Hause. Du batst mich hinein. Eigentlich wollte ich nur kurz deine Wohnung von innen sehen, deine Welt. Einen flüchtigen, diebischen Blick in dein Leben werfen. Doch es kam anders.

Am nächsten Tag auf dem Campus erkanntest du mich nicht. In der Nacht noch hatte ich mir eingebildet, tief in dir stecke ein anderer, ich müsse nur nach dem Geheimnis tasten. Aber ganz offensichtlich war das nur eine Projektion meines tief gehegten Wunsches. Träumereien einer jungen Frau.

Der in meinen Augen so ernsthafte, tiefgründige, verantwortungsvolle, unendlich belesene und gebildete Mann, zu dem ich mich so hingezogen fühlte, war außerhalb seines Professorendaseins ein ganz anderer: Ein leichtlebiger, oberflächlicher, übermütiger, sich ganz dem Abenteuer hingebender Junggeselle, in dessen Tür viele, sehr viele Frauen hineinhuschten. Und der diesen ein-

dringlichen, unendlich zärtlichen, doch zugleich betörenden und entkleidenden Blick jeder Frau zuwarf, die ihn streifte. Gewichtslose Spielereien und sorglose Abenteuer in einer, wie mir schien, ewig fortgeknüpften Kette. Tödliches Glück.

Du lebtest an mir vorbei. Schließlich gestand ich mir ein, dass die ganze Leichtigkeit deines Wesens ohnehin nicht zu meinem Leben passte.

Es gibt Menschen, die werfen Licht über dich, und andere, die tauchen dich in Schatten.

Jean-Pierre löste seinen Blick vom Papier. War es ein Erinnern, fern und dunkel, das sich da in ihm rührte? Er blickte wieder hinab auf die zittrige, inzwischen marklose Schrift.

Ich sehe das Mädchen noch deutlich vor mir, das ich damals war. Auch wenn ich mich nicht mehr darin erkenne.

Aus einer verrückten Idee heraus begann ich irgendwann, meiner Lieblingszeitschrift anonym jedes Jahr Anfang Dezember eine Neujahrskolumne zu schicken. Wenn schon keine Schriftstellerin, dann wenigstens diese Kolumnen als Guckloch, aus dem meine Seele spähte.

Völlig unerwartet wurde die erste abgedruckt. Dann die zweite. Und alle darauffolgenden in den kommenden Jahren.

Aus einer noch verrückteren Idee heraus schickte ich dir jedes Jahr die entsprechende Seite mit der abgedruckten Kolumne.

Vielleicht, um zumindest das Gefühl zu haben, mit dir verbunden zu sein. Vielleicht, um mir nicht vorwerfen zu müssen, dass ich mein Versprechen noch immer nicht eingelöst hatte, und um mir selbst zu versichern, dass ich es jederzeit tun konnte.

Nun, bis heute habe ich es nicht getan, und da ich nur noch wenige Stunden leben werde, erinnert mich der Mond daran, dass ich nicht gehen darf, ohne dir von dem Versprechen zu erzählen, das ich vor Jahren einer Frau gab.

In jener Nacht hatte ich mich dir hingegeben. Gefühle in meinem Herzen. Lust in deinen Augen. Du küsstest mich im Nacken, ließest deine Finger an mir herabgleiten. Dieses tiefe Gefühl, als du in mich eindrangst, dich in mir bewegtest. Diese Hitze in mir. Diese Leidenschaft. Bis du schwer atmend neben mir lagst und mir zuflüstertest, dass ich umwerfend sei. Und ich mit aller Macht meine Freudentränen unterdrückte.

Wenige Stunden später warst du fort.

Ich sah dich weiterhin jeden Tag. Du sahst mich nie wieder.

In jener für mich sehr besonderen Nacht sandte mir das Jenseits eine Botschaft. Ich träumte.

Eine Frau löste sich aus dem Nebel und kam auf mich zu. »Juliette, Juliette«, rief sie.

Noch heute schwebt ihr Bild vor mir, so deutlich, dass ich sie fast berühren kann. Noch immer sehe ich sie vor mir mit ihrem langen, schwarzen Haar, das wie feinste Seide glänzte. Sie sah mich an aus Augen, so tief wie der Grund eines Sees. Es waren deine Augen, Jean-Pierre.

Ihr Gesicht, blass und durchscheinend wie Alabaster.

Und wie das in Träumen oftmals ist, ohne dass sich uns ein Unbekannter vorstellen muss, weiß man, wer es ist. Ihr Name war Sarah. Es war deine Mutter.

»Glaubst du daran, dass Seelen einander spüren können?«, fragte sie mich. »Sie können es, Juliette. Seelen, die zueinander gehören, können einander spüren. Egal, wie weit sie voneinander entfernt sind.« Sie schlug die Lider nieder. Dann öffnete sie die Augen wieder und sagte: »Juliette, ich habe eine Bitte an dich. Sag Jean-Pierre, dass es mir leidtut. So unendlich leidtut. Und dass ich hoffe, dass er mir verzeihen kann. Nie hat mir etwas im Leben so viel bedeutet wie er. Doch wir wurden voneinander getrennt. Und ich habe es geschehen lassen. Vielleicht war ich zu jung. Als ich mich Jahre später endlich auf den Weg gemacht hatte, um ihn zu suchen, war es bereits zu spät. Mein Leben hatte mich eingeholt. Ich wurde sterbenskrank und schon bald davongetragen.«

Sie schwieg. Plötzlich löste sich eine zweite Gestalt aus dem Nebel: meine verstorbene Mutter. Sie reichte Sarah die Hand, und beide lächelten mich mit einer solchen Zärtlichkeit an, dass ich beim Aufwachen feuchte Augen hatte. »Es ist schön hier«, hatte meine Mutter zu mir gesagt. »Ich werde hier sein und auf dich warten, wenn deine Zeit gekommen ist.«

Dann lösten sich die beiden Frauen im Dunst auf, und ich erwachte.

Tastend ließ ich meine Hand neben mir übers Bettlaken gleiten, doch da war nichts. Du warst verschwunden.

Und nun, lieber Jean-Pierre, werde ich verschwinden und sage dir Adieu.

Pass auf dich auf. Und vor allem: auf die Liebe.

Juliette Vernon

Jean-Pierre ließ das letzte Blatt zu Boden gleiten. Wieder durchzuckte ihn dieser seltsame Schmerz. Derselbe Schmerz, der ihn in der Neujahrsnacht fast auseinandergerissen hatte.

Er sah aus dem Fenster. Ein bleierner Himmel hing tief über der Stadt. Als sei die Luft eingedickt und habe alles in stille Bewegungslosigkeit geschlossen. Wo war die Leichtigkeit des Frühlings, die noch am Morgen in der Luft getanzt hatte?

Plötzlich hörte er in weiter Ferne das trompetende Geräusch der Kraniche.

Oder bildete er sich das nur ein?

***

Diese Frau, Juliette, war in derselben Nacht gestorben, in der er, Jean-Pierre, den Zusammenbruch im Spital erlitten hatte. Vermutlich war es sogar um dieselbe Zeit gewesen.

Konnten Seelen, die zusammengehörten, einander spüren?

Und sie hatte von seiner Mutter geträumt. In jener Nacht, in der er mit ihr geschlafen hatte. Juliette kannte ihren Namen. Sarah. Sie hatte in ihrem Brief genau beschrieben, wie sie aussah. Kein Zweifel.

Was ging hier vor?

Noch vor wenigen Wochen hätte er darüber gelacht und alles als einen dummen Zufall abgetan. Doch heute?

Jean-Pierre goss sich ein Glas Whiskey ein. Mitten am Tag. Er musste an Hermes denken. Seit ihrer ersten Begegnung hatten sie sich einander in besonderer Weise verbunden gefühlt. Oder war auch das nur Teil seines Plans gewesen? All die Jahre hatte Hermes so getan, als helfe er ihm, weil sie befreundet waren. Nun hatte die Wirklichkeit enthüllt, dass alles ebenso bloß Ausdruck seines schlechten Gewissens gewesen sein konnte. Ob Hermes sich in dieser Rolle gefallen hatte? Als verlässlicher Beschützer und Unterstützer?

Hatte sich wirklich alles genau so zugetragen, wie Hermes es Jean-Pierre erzählt hatte? Konnte Erinnerung je objektiv sein? War nicht jede Vergangenheit eine Konstruktion der Gegenwart? Und am Ende erinnerte sich jeder auf seine Weise? Lügen wir nicht alle die Vergangenheit um und etikettieren sie nach dem Wunsch unseres Bewusstseins?

Was, wenn Jean-Pierres leibliche Mutter Sarah ihm eine ganz andere Geschichte erzählen würde? Würde das einen Unterschied machen?

Er erinnerte sich an die Worte seiner Großmutter Margaux: »Frag einen Menschen nach seinem bisherigen Leben, und er wird dir eine Geschichte erzählen. Nicht die Wahrheit. Eine Geschichte. Und dennoch könnte nichts aufschlussreicher sein als eben diese Geschichte.«

Noch vor wenigen Wochen hätte Jean-Pierre nie über solche Dinge nachgedacht. Doch seit der Nacht in der Notaufnahme hatte sich etwas verändert, und es hatte sich abzuzeichnen begonnen, dass sein Leben einen Wendepunkt erfuhr. Auch wenn er nie geglaubt hätte, dass seine Krise derartige Ausmaße annähme.

Nun dachte er über all das nach. Er blickte sich um.

Wie hatte er all die Jahre so blind sein können und nicht bemerkt, dass die charakterliche Ähnlichkeit zu Hermes mehr war als bloßer Zufall. War unser Auge nur ein Sinnesorgan zur Wahrnehmung unserer Umgebung? Oder war es nicht vielmehr ein Fenster der Seele? Jedoch eines, das nur sah, was es zu sehen bereit war, und alles andere ausblendete?

Nun saß Jean-Pierre in seiner Wohnung und verknüpfte die ihm bis zum heutigen Tag entgangenen Fragmente seines eigenen Lebens zu einer kausalen Kette. Und aus seiner Erfolgsgeschichte wurde mit einem Mal die eines Scheiterns. Jegliche Errungenschaft verblasste.

Hatte Hermes, nur weil er sein leiblicher Vater war, stets ein Auge auf ihn geworfen? Ihn nur deshalb mit einer solchen Hingabe zum Notfallchirurgen ausgebildet? Ihn, was auch immer geschah, mit einer Zärtlichkeit angesehen, die Jean-Pierre stets auf seine Talente, auf sein Können bezogen hatte? Hatte Hermes dies alles nur getan, weil ihn Schuldgefühle plagten? Weil er Jean-Pierre als Säugling im Stich gelassen hatte? Hatte Hermes nur deshalb in den vergangenen Jahren jeden Stein aus Jean-Pierres Lebensweg geräumt?

***

In der kommenden Nacht lag Jean-Pierre stundenlang wach. Stand schließlich auf, zog sich an und durchstreifte die stillen Straßen in der Hoffnung, dort sein ihm aus den Händen entglittenes Leben wiederzufinden. Durchgefroren und erschöpft ließ er sich in den frühen Morgenstunden aufs Bett fallen und schlief ein.

Als sich der behagliche Nebel des Schlafs auflöste, ließ er nichts als die Wahrheit zurück: Er war nicht Claudes und Binettes leiblicher Sohn.

Jede Zelle seines Körpers erwachte in dieser bizarren Realität.

Jean-Pierre hatte während Hermes' Geständnis seine Identität abgelegt. Nein, vielmehr war sie mit jedem Wort, das aus Hermes' Mund gedrungen war, von ihm abgefallen.

Nun stand er da, nackt. Ohne sein altes Ich. Bis er hoffentlich jemanden treffen würde, der ihn kannte und ihm sagen würde, er sei genau der Mensch, der er immer schon gewesen war.

***

Viel zu spät und mit einer viel zu schlechten Laune traf Jean-Pierre an diesem Tag im Behindertenheim ein.

»Hey, du kleine Rotznase!«, rief er und griff nach Lolas Arm, als er sie dabei erwischte, wie sie Kleingeld aus seinem Arztkittel stahl. »Leg das sofort wieder zurück!«

Das Mädchen sah ihn mit feuchtnassen Augen an. Ihr Atem war ihren Füßen weit voraus und ging so schnell, als wolle er davonrennen. »Ich stehle es nicht. Wirklich«, sagte sie.

»Was ist das dann?«

Beschämt senkte das Mädchen den Blick.

»Ausleihen?«, sagte es mit heller, brüchiger Stimme.

Jean-Pierres Griff um Lolas Hand lockerte sich.

Sie ließ die Münzen auf den Linoleumboden fallen und machte sich aus dem Staub.

Wenige Tage später schob die Kleine den Kopf durch den Türspalt von Jean-Pierres Untersuchungszimmer. Als sie ihn am Schreibtisch sitzen sah, zog sie sich schnell wieder zurück und wollte verschwinden.

»Warte, junge Dame«, rief Jean-Pierre ihr nach und stand auf. Mit gesenktem Kopf trat Lola ein.

Jean-Pierre nahm ein kleines Bündel aufgerollter Geldscheine aus seiner Hosentasche, schälte eine Zehnernote ab und hielt sie ihr hin.

»Damit du nicht wieder stehlen musst.«

Lola zog den Kopf noch tiefer zwischen die Schultern.

»Was machst du eigentlich mit dem Geld?«

»Süßigkeiten für alle kaufen.«

»Gibt's hier denn keine?«

»Elodie sagt, Zucker raube Kindern das Süße.«

Ohne ihn anzuschauen, zupfte sie hastig den Schein aus seiner Hand, als könne Jean-Pierre es sich anders überlegen, zerknüllte ihn rasch und ließ ihn in ihrer Rocktasche verschwinden.

»Bestiehlst du eigentlich jeden?«

»Nicht jeden. Nur die Neuen«, sagte sie und schlug die Lider nieder, »bis sie es merken.«

Mit dem Finger hob Jean-Pierre ihr Kinn an und lächelte. »Wir sind ja alle irgendwie Diebe.«

Lola sah ihn erstaunt an. »Du stiehlst auch?«

»Nun, vielleicht kein Geld, aber andere Dinge. Nichts Materielles, meine ich. Nichts, was man kaufen kann.«

»Was dann?« Lola hob eine Augenbraue.

»Lebenszeit zum Beispiel. Selbstvertrauen. Zuversicht. Kraft. Das stehlen wir Erwachsenen einander.«

»Versteh ich nicht.«

»Musst du auch nicht. Noch nicht. Wenn du größer bist, erklär ich's dir.«

»Kommt man für so was ins Gefängnis?«

»In ein selbst erbautes«, sagte Jean-Pierre mehr zu sich selbst als zu Lola.

»Wenn ich dir erzähle, was ich schon gestohlen habe, erzählst du's mir dann auch?«

»Ein andermal. Heute muss ich früher los. Reifenwechsel. Mein Gefährt auf den Frühling trimmen. Wir sehen uns morgen.«

»Bestimmt?«

»Bestimmt!«

Jean-Pierre nahm seine Jacke vom Haken und lief mit Lola den Korridor entlang. Bevor er die Stufen nahm, drehte er sich nochmals zu ihr um und sagte: »Wenn ich Elodie überzeuge, für eine angemessene Menge Süßigkeiten zu sorgen, versprichst du mir dann, dass du mit dem Stehlen aufhörst?«

Das kleine Mädchen nickte.

Als er am Abend seine Wohnungstür aufschloss, spürte Jean-Pierre, dass er an einem Scheideweg angekommen war. Noch konnte er aus dieser Sache aussteigen, Elodie seine Kündigung in die Hand drücken und zu seinem gewohnten Leben zurückkehren. Oder er konnte bleiben.

***

Am darauffolgenden Nachmittag suchte Jean-Pierre im Spielzimmer nach Nathan, einem zehnjährigen Jungen im Rollstuhl, der nicht zur geplanten Untersuchung erschienen war. Nathan litt unter Multipler Sklerose. Schon im frühen Kindesalter hatte er viele Krankheitsschübe durchgemacht. Die Magnetresonanzuntersuchung zeigte in seinem Kleinhirn und auch im Hirnstamm eine große Anzahl von Läsionen. Seit drei Jahren war er auf den Rollstuhl angewiesen.

Nathan war meist allein. Nur ungern war er mit anderen Kindern zusammen. Stattdessen hatte er sich eine eigene Welt mit imaginären Freunden geschaffen. Elodie vermutete, der Grund dafür sei seine Angst, von jemandem verlassen zu werden, den er ins Herz geschlossen hatte. Seine Mutter war zwei Jahre zuvor an Krebs gestorben, und der Vater hatte Nathan daraufhin ins Heim gebracht. Anfangs war er noch jeden Sonntag zu Besuch gekommen, dann nur noch jeden ersten Sonntag im Monat und schließlich gar nicht mehr. Seit einem halben Jahr flatterte nur noch selten ein Brief von ihm ins Haus, vermutlich um sein Gewissen reinzuwaschen.

Jean-Pierre betrachtete Nathan aus der Entfernung. Beobachtete ihn. Der Junge saß an einem Tisch am Fenster mit dem jüngst vom Vater eingetroffenen Brief in Händen. Er drehte das Blatt auf den Kopf und zurück, wendete es und zerknüllte es. Einen Moment lang starrte er auf die Papierkugel in seiner Hand, dann presste er sie so fest in seiner Faust, dass die Knöchel seiner Hand weiß hervortraten. Schließlich faltete er das Papier wieder auseinander, strich es glatt und fuhr mit den Fingerspitzen die in schwarzer Tinte geschriebenen Worte nach. Tränen liefen ihm über die Wangen. Nathan rieb sich die Augen und griff dann nach einer Schere auf dem Tisch. Seine Hand zitterte, als er mit hoher Konzentration die Wörter in einzelne Buchstaben zerlegte, die in seinen Schoß flatterten. Als er fertig war, ließ er das übrige Papier mitsamt Schere auf den Boden fallen und breitete die Buchstabenschnipsel vor sich auf dem Tisch aus. Mit geschlossenen Augen vermischte er die Papiersplitter. Er schlug die Lider wieder auf und begann, neue Wörter, Sätze, einen ganz neuen Brief daraus zu formen. Still starrte er auf die Zeilen, die sein Vater ihm eigentlich hätte schreiben sollen. Dann schlug er sich die Hände vors Gesicht und begann laut zu schluchzen.

Auf leisen Sohlen trat Jean-Pierre näher und las über Nathans Schulter hinweg: *Verzeih mir, Nathan. Als deine Mutter starb, wusste ich keinen Ausweg, als dich wegzugegeben. Aber bitte glaube mir: Ich liebe dich. Und ich werde bald kommen und dich nach Hause holen.*

Plötzlich schlug Nathan mit der Faust so fest auf den Tisch, dass die Papierfitzelchen hochsprangen. Dann fegte er sie von der Tischplatte in seine Handfläche und warf sie durch das offen stehende Fenster hinaus in die klare Frühlingsluft. Er blickte den Papierflocken nach, wie sie auf die Straße rieselten und vom nächsten Fußgänger zertreten wurden.

Jean-Pierre trat einen Schritt an Nathan heran und legte ihm eine Hand auf den Rücken. Der Junge sah zu ihm auf. Seine Augen lagen tief in den Höhlen. Wie in einem Moor, das allmählich seinen Blick verschlang. Es waren Augen, in denen man kein Fünkchen Leben mehr fand, nur einen tiefen, dunklen Schmerz. Augen, die schon viel zu viel von der Welt gesehen hatten.

In Jean-Pierre rührte sich etwas, was er bisher nicht kannte. Tiefes Mitgefühl. Und eine Mischung aus Traurigkeit und Zorn. Da sprang ihn plötzlich eine Möglichkeit an, packte ihn mit Haut und Haaren.

Und ohne nachzudenken, sagte er zu Nathan: »Wir fahren. Jetzt.«

Und dann tat er etwas, was er noch nie getan hatte. Er warf Nathan eine Decke über, schob den Jungen in den Tag hinaus und hievte ihn auf den Beifahrersitz seines Rovers. Den Rollstuhl verstaute er im Kofferraum. Jean-Pierre setzte sich ans Lenkrad und ließ den Wagen an. Sie brausten quer durch die Stadt, bis sie das Villenviertel erreichten, dort, wo die breiten Straßen von Robinien gesäumt waren und die schicken herrschaftlichen Häuser von der Straße zurückgesetzt in üppigen, gepflegten Parkanlagen standen. Der Wagen schlich eine lange Kiesauffahrt entlang und kam vor einem mächtigen Haus zum Stehen. Vor dem ein blank polierter Bentley stand.

Jean-Pierre warf Nathan einen beinahe zärtlichen Blick zu und legte ihm sanft die Hand auf die Schulter. Dann sagte er: »Warte einen Moment.« Er stieg aus dem Wagen und lief die Stufen zur Villa empor. Dort umfasste er den bronzenen Türklopfer und schlug ihn nicht ohne Erregung gegen die eichene Haustür.

»Wer ist da?«, fragte eine Frauenstimme.

»Jean-Pierre Picard, Nathans Arzt.«

»Moment«, sagte sie, ließ das Schloss aufschnappen und öffnete die Tür einen Spaltbreit.

»Hören Sie, der Junge sitzt im Wagen. Ich muss mit seinem Vater sprechen.«

»Warten Sie«, sagte das Dienstmädchen und drückte die Tür zurück ins Schloss. Jean-Pierre hörte Stimmen im Innern. Dann kam die Frau zurück: »Monsieur Leroy lässt sich entschuldigen. Er hat wichtige Angelegenheiten zu erledigen und bittet Sie, ihn nicht mehr zu Hause zu belästigen.«

»Was kann wichtiger sein als sein Sohn?«, fuhr Jean-Pierre sie an. Der Zorn kochte in ihm. »Herrgott! Wenn er Nathan einfach abschieben will, soll er rauskommen und ihm das ins Gesicht sagen!« Das Dienstmädchen senkte beschämt den Kopf und schloss die Tür.

Jean-Pierre war außer sich vor Wut. Was bildete sich dieser Mann ein? Über den Kies der Auffahrt stapfte er zurück zu seinem Auto und sprang auf den Fahrersitz. Nathan saß angespannt neben ihm und blickte starr geradeaus. Jean-Pierre legte dem Jungen die Hand auf den Arm und sagte: »Mach dir nichts draus. Familie definiert sich nicht nur durch Verwandtschaft, sondern vor allem durch ähnliche Gedanken, Vorstellungen und Werte.«

Von der Seite sah er Nathan an. Der Junge weinte still.

»Ach, Scheiß drauf«, fluchte er und schlug mit zu Fäusten geballten Händen aufs Lenkrad.

Er stieg wieder aus, lief auf die andere Seite des Rovers, öffnete die Beifahrertür und hievte Nathan unter Stöhnen aus dem Sitz.

»He, was machst du da?« rief Nathan.

»Das einzig Richtige«, sagte Jean-Pierre. »Du sagst ihm jetzt ins Gesicht, was er für ein Unmensch ist!«

»Dann werde ich alles verlieren!«

»Aber du wirst dich gewinnen.«

Nathan wandte den Kopf ab und senkte den Blick.

»Hey«, sagte Jean-Pierre, nahm das Kinn des Jungen in die Hand und drehte den Kopf zu sich herum.

»Sieh mich an, Nathan. Vergiss nicht, du bist etwas ganz Besonderes. Und auf besondere Menschen warten immer besondere Ereignisse. Du verdienst es, mein Junge, hörst du?«

Nathan nickte zögernd.

Dann stieg Jean-Pierre keuchend mit Nathan in den Armen die Treppen empor, stützte den Jungen mit angezogenem Oberschenkel und hämmerte mit der Faust so stark gegen die Haustür, dass sie den Widerhall bis nach draußen hörten.

»Sie sollen verschwinden, habe ich gesagt!«, drang die zornige Stimme von Monsieur Leroy durch die Tür, und im selben Moment riss er sie auf. Er war groß, leicht untersetzt mit dunklem Haar, in das sich erste Silberfäden mischten. Scharf gekerbte Falten im Gesicht mit leichten Hängebacken. Er war kein alter Mann. Doch die Umstände hatten sein Äußeres dazu gemacht. Sein Blick fiel auf Nathan.

»Er zerschneidet Ihre Briefe, um aus den Buchstaben neue Wörter zu formen. Er bildet Sätze, die eine Kinderseele nicht in Stücke reißen! Drechselt Zeilen daraus, die ihm dabei helfen zu heilen«, sagte Jean-Pierre.

Monsieur Leroy senkte den Blick, und seine Gesichtszüge erweichten. Tränen stiegen ihm in die Augen, und er streckte zitternd die Arme nach seinem Sohn aus. Als er Nathan hielt, drückte er den Jungen ganz fest an seine Brust, nickte Jean-Pierre dankend zu, drehte sich um und trug seinen Sohn ins Haus.

Na also, dachte Jean-Pierre, als er die Stufen hinabstieg. Auch eine Bulldogge kann lächeln. Kein schlechter Kerl, Nathans Vater. Wahrscheinlich sogar ein guter, wenn ihm das Leben nach allem, was er durchgemacht hatte, nun endlich wieder unter die Arme griff.

Jean-Pierre hievte den zusammengeklappten Rollstuhl aus dem Kofferraum, lehnte ihn an die Hauswand, sprang in den Wagen und brauste los.

Zurück zum Heim nahm er einen Umweg übers Land. Er wollte den Frieden und die Stille, die sich plötzlich in ihm ausbreiteten, nachhallen lassen.

Es war Abend geworden. Der Land Rover glitt an schlafenden Häusern vorbei. Fuhr durch Laternenlicht hindurch, das hier und da über die Straßen floss. Rollte über eine Brücke, die sich über einen glasklaren Fluss spannte.

Von Schmelzwasser getränkt, huschten links und rechts immer wieder Wiesen und Felder vorbei.

Und hoch oben über ihm ein neuer Vollmond, der die Landschaft in Silberglanz tränkte.

Ergriffen von der Erinnerung an das Wiedersehen von Vater und Sohn lächelte Jean-Pierre in die zerfließende Dämmerung hinein.

***

Als Jean-Pierre wieder im Heim eintraf, war es bereits spät. Die Nacht war schwarz und tief, obgleich es Frühling war. Ab und an trieben zerrissene, dünne Wolken vor dem Mond.

Im Untersuchungszimmer packte er seine Sachen zusammen, schloss die Tür und machte sich auf den Weg zu Elodie, um ihr, die nicht an Wunder glaubte, von einem zu berichten. Die Tür zu Elodies Zimmer stand offen, der Raum war leer. Jean-Pierre stieg die Treppen hinab und schlich über das Stockwerk der Schlafräume. Als er an Lolas Zimmer vorbeikam, hörte er Elodies ruhige Stimme. Er spähte durch den Türspalt und sah sie auf dem Bett des Mädchens sitzen. In ihren Armen hielt sie die schmächtige, dünne, aber lebhafte kleine Rotznase und erzählte ihr von einem Zaubersee, der seine Farbe änderte, sobald man in ihn hineinblickte. War die Seele desjenigen, dessen Gesicht sich auf der Wasseroberfläche spiegelte, schwarz wie Kohle, färbe sich der See schwarz. War es jemand, der noch entscheiden musste, ob er ein netter oder ein weniger netter Mensch sein wollte, wurde er dunkelblau. War der Mensch eine gute Seele, strahlte der See in schönstem Smaragd. Im gleichen Grün wie Lolas Augen. Und wenn sich eine Seele zwischen zwei Welten befand, zwischen Leben und Tod, wurde der See so klar, dass man bis zum Grund hinunterblicken und die Geheimnisse des Lebens darin sehen konnte.

»Wenn Jean-Pierre in den See schaut, färbt er sich bestimmt smaragd«, sagte Lola. »Er ist nett, findest du nicht?«

»Nun«, sagte Elodie, »es kommt vor, dass er lacht.«

Juliette

Der Frühling hatte sich voll entfaltet. Hier und da steckten Krokusse, Narzissen und Tulpen ihre Köpfe aus der Erde. Die Luft duftete nach Neubeginn. Knospende Bäume überall.

Virginie blickte durch einen Türspalt in Juliettes Zimmer, die auf ihrem Bett saß und in ihr Tagebuch schrieb.

»Geht's besser?«, fragte sie.

Juliette nickte.

»Lust auf einen Spaziergang durch die Stadt? Ich habe Léo gefragt. Er hat keine Einwände.«

»Ich glaube nicht, dass ich dafür etwas Passendes zum Anziehen habe. Außer diesen Krankenhaushemden gibt es nur noch meinen Bademantel im Angebot, den die Sanitäter an jenem Morgen, als sie mich aus der Badewanne gefischt hatten, über mich geworfen haben.«

»Das lässt sich ändern«, sagte Virginie und lächelte. »Gibt es einen besseren Grund, um einkaufen zu gehen? Komm, wir finden was Schönes für dich.« Und bevor Juliette antworten konnte, warf Virginie ihr ein Paar Jeans und einen Pullover zu und sagte: »Hier, fang! Das kannst du jetzt erst mal tragen. Nichts Besonderes. Aber das Einzige, was ich in deiner zierlichen Größe gefunden habe. Ist von meinen Töchtern.«

Juliette blickte auf die Kleider in ihren Händen, und ein zartes Lächeln breitete sich in ihrem Gesicht aus. Sie klappte ihr Tagebuch zu, schloss es in das Nachtschränkchen ein, verschwand mit den Sachen im Bad und steckte wenig später erstmals seit Wochen wieder in adretter Kleidung.

Virginie hakte sie unter, und die beiden schlüpften durch die Tür hinaus ins Leben.

Stunden später waren sie zurück in der psychiatrischen Klinik. Als sie Léo wie vereinbart die Rückkehr meldeten, staunte der nicht schlecht, als er die verwandelte Juliette erblickte.

»Ein schönes Kleid, Juliette!«, sagte er.

»Schön für das Kleid«, antwortete sie mit einer Stimme, in die sich erstmals seit Wochen eine gewisse Keckheit und Lebenslust mischte.

Virginies und Juliettes Vergangenheiten ähnelten sich in gewisser Weise. Beide waren – mit zwei Jahrzehnten Vorsprung für Virginie – nicht ohne Mühsale gewesen. Sie hatten beide die Art Herausforderungen zu bewältigen, die eine trostlose Kindheit und schwierige Jugend mit sich brachten. Durch die Frau, zu der Virginie trotz oder gerade wegen ihrer Herkunft geworden war, hatte Juliette gelernt, dass wir es uns nicht leisten konnten, dauerhaft in einer Vergangenheit zu leben, die keine Zukunft versprach.

Wenn wir nicht unseren eigenen Tod im Leben durch Erstarrung oder stetige Verzweiflung beschleunigt sehen wollten, mussten wir uns überwinden, trotz allem die allumfassende Schönheit zu erkennen und uns wieder auf den Weg machen.

»Sieh dir die Knospen dieses Kirschbaums an«, hatte Virginie zu Juliette gesagt und sich auf eine darunter stehende Bank aus Teakholz gesetzt. »Aus allen werden Früchte.« Beide hatten sie hinaufgeblickt zu den rosafarbenen Blüten. »Unser Leben ähnelt diesem riesigen, weit verzweigten Baum«, sagte Virginie. »Wir sitzen in seiner Krone und blicken umher, bestaunen das Blütenmeer an Möglichkeiten im Frühling, bis im Frühsommer unseres Lebens von allen Zweigen herrlich rote Früchte locken. Wie sie schmecken, erfahren wir erst, wenn wir sie ergreifen, von den Zweigen zupfen und kosten. Eine glänzende Kirsche kann fad schmecken, eine weniger strahlende süß. Auf den ersten Blick jedoch leuchten alle, versprechen einen herrlichen Geschmack, eine auserlesene Zukunft.

Wir müssen uns entscheiden. Für den einen Ast, den einen Weg. Für die eine Form unseres Lebens. Haben wir die Richtung gewählt, können wir unseren Hunger nur noch mit den Früchten stillen, die wir auf diesem Weg finden, die an den Zweigen dieses Asts reifen. Die erste Frucht, die wir ergreifen, ist damit der Anfang einer uns möglichen Lebensgeschichte.

Das Knifflige daran ist, dass wir von unserem Platz in der Krone nur die Früchte sehen, die uns am nächsten sind. Nicht die, die sich dahinter befinden. Wir wissen also nie, welche Ernte der von uns gewählte Weg mit sich bringt. Unzählige von uns bleiben in der Krone hocken und verhungern, weil sie sich zwischen den Ästen und Wegen nicht entscheiden können. Weil sie am liebsten alle Früchte haben möchten. Ohne sich jemals auf den Weg zu machen, sehen sie zu, wie die Früchte mit der Zeit austrocknen, zu schrumpfen beginnen, faulen und schließlich eine nach der anderen unangetastet zu Boden plumpst.«

Virginie drückte Juliettes Hand. »Du kannst nicht einfach aus der Welt verschwinden, Juliette. Du bist eine unfertige Geschichte. Dein Ast ist voller Kirschblüten, deren reife Kirschen von dir geerntet werden möchten. Wenn du das Spital verlässt, musst du dich für einen Weg, für *deinen* Weg, entscheiden.«

Virginie hatte Juliette geholfen, sich selbst mit anderen Augen zu sehen. Erst wenn sie sich mit anderen Augen sah, würden auch die anderen sie aus anderen Augen betrachten. Sie hatte ihr bewiesen, dass der kleinste Zweifel an unserem Wert alles in Dunkelheit stürzen konnte. Sie hatte sie davon überzeugt, dass die meisten Menschen an irgendeinem Punkt in ihrem Leben genauso kraftlos und resigniert waren wie Juliette. Und sie hatte ihr gezeigt, dass die Splitter unseres Lebens es letztendlich waren, die auf irgendeine Weise immer wieder das Licht einfingen.

Jean-Pierre

Lola saß auf dem Fensterbrett des Aufenthaltsraums und blickte in den Himmel. Sie schaute Jean-Pierre nicht an, als er eintrat. Das Mädchen sah so konzentriert hinauf, dass Jean-Pierre gar nicht anders konnte, als ihrem Blick zu folgen.

Nach einer Weile senkte er den Kopf und sagte: »Da oben ist doch nichts.«

»Nur weil du nichts siehst, heißt es doch nicht, dass dort nichts ist. Wenn du an die Decke schaust, siehst du auch nicht, dass jenseits der Decke Sterne sind.«

Jean-Pierre ertappte sich dabei, den Blick wieder zu heben und nochmals aufmerksam in den Himmel zu starren. Da war nichts.

Und doch. Und doch dachte er erstmals darüber nach, dass es Dinge gab, die man nur sehen konnte, wenn man dazu bereit war.

Was hatte Virginie ihm einmal gesagt: »Es gibt noch ein anderes Wissen als das, was man mit Worten erklären kann. Wenn du in der Lage dazu bist, etwas zu sehen, was kein anderer sehen kann.«

***

Es war spät geworden. Der Himmel hing traubenblau vor den Fenstern. Elodie saß am Schreibtisch. Vor ihr türmte sich ein Berg Akten auf. Jean-Pierre trat ein und hielt ihr eine Tasse dampfenden Kaffee hin. Kurz dachte er wieder, dass sich mehr hinter ihrem müden Gesicht verbarg als die Arbeit. Aber er schob diesen Gedanken beiseite, weil er das gar nicht wissen durfte. Es ging ihn auch nichts an.

»Der Abend ist mild. Setzen wir uns ein wenig in den Garten?«

»Warum nicht«, sagte Elodie, nahm ihr Cape von der Stuhllehne und schlüpfte hinein.

»Diese Kolumnen, dort an der Pinnwand ...«, sagte Jean-Pierre, ließ seinen Satz aber unvollendet.

Elodie drehte den Kopf zu den vergilbten Zeitungsausschnitten an der Wand. »Ich sammle sie. Sie erscheinen jeweils zu Neujahr in meiner Lieblingszeitschrift. Sie sind von einer anonymen Verfasserin. Ihre Texte sprechen mich in besonderer, manchmal nahezu beängstigender Weise an. Als hätte diese Frau mein Herz durchleuchtet.«

Sie wandte sich wieder Jean-Pierre zu, der gedankenverloren auf die Texte blickte, und schob ihn sanft aus der Tür.

Der Mond über ihnen eine silberne Sonne.

»Warum sind all diese Kinder hier? Manche von ihnen haben noch eine Familie. Könnten sie nicht genauso gut in ein Ambulatorium gehen? Dann wären sie am Abend zu Hause bei ihren Familien und nicht nur an den Wochenenden oder gar an den Feiertagen.«

»Vielleicht ist unsere Welt nicht dafür gemacht. Es ist eine unermesslich schwere Aufgabe, angemessen für diese Kinder zu sorgen. Das kostet viel Kraft. Ich könnte es nicht.«

»Und warum bist du hier?«, fragte Jean-Pierre.

»Ich dachte, hier sei ich näher dran.«

»An was?«

»An mir. Um herauszufinden, wer ich bin.«

»Es kommt mir nicht so vor, als wüsstest du das nicht.«

»Ich finde mich in dieser Welt einfach nicht zurecht. Und ich würde gern wissen, warum das so ist.« Elodie erschrak selbst ein wenig über ihre plötzliche Offenheit. Jean-Pierre wirkte unerwartet vertrauensvoll. Vielleicht, weil sie an ihm in den vergangenen Wochen eine Veränderung bemerkt hatte. Seine Entschlusskraft in der Sache mit Nathan hatte sie beeindruckt. Und auch sein gutes Verhältnis zu den anderen Kindern.

»Das Leben kann auch ohne ersichtlichen Grund unaushaltbar sein«, sagte Jean-Pierre nach einer Weile des Schweigens.

»So, wie es da draußen ist, passt es einfach nicht zu meinem Wesen«, sagte Elodie.

»Aber hier drinnen mit den Kindern scheinst du dir doch eine eigene, passende kleine Welt geschaffen zu haben. Für alle gibt es Möglichkeiten, sich das Leben so einzurichten, dass sie einen Platz darin finden. Das muss ja nicht für jeden gleich sein. Denkst du nicht? Wir können uns aus jedem der vergangenen Jahrhunderte das Beste aussuchen – aus diesem die Musik, aus jenem die Werte oder die Art zu leben – und uns unser eigenes zusammensetzen. Im Kleinen. Manche Menschen funktionieren eben nur im Kleinen. Im Großen verlieren sie sich.«

»Aber ob das gut ist, sich so von der Welt zurückzuziehen?«

»Nichts ist gut oder schlecht. Wir sind es, die den Dingen die Eigenschaften verleihen. Und das sollte jeder für sich selbst tun können«, sagte Jean-Pierre.

»Du bist empathischer, als du aussiehst«, sagte Elodie und lächelte.

»Keine Sorge, das täuscht«, sagte Jean-Pierre und lächelte ebenfalls.

»Ich bin adoptiert«, sagte Elodie dann. »Als ich es erfuhr, glaubte ich, mich deshalb so zerbrochen zu fühlen. Weil mir meine leiblichen Eltern fehlten. Aber das ist es nicht. Ich habe wunderbare Adoptiveltern, könnte mir keine besseren vorstellen. Es ist etwas anderes. Etwas, das tiefer liegt. Vor der Geschichte, an die ich mich erinnere. Und nun bin ich auf der Suche, ohne zu wissen, wonach.«

Jean-Pierre sah sie an.

»Ich liebe Frauen«, sagte sie dann.

»Ich weiß«, sagte Jean-Pierre.

»Woher?«

»So eine Ahnung.«

»Warum? Weil eine Frau seltsamerweise mal nicht auf dich fliegt?« Elodie lachte.

»Auch daran habe ich es gemerkt«, sagte Jean-Pierre und lächelte zurück.

»Ich habe es mit Männern versucht und mit Frauen. Schnell habe ich herausgefunden, dass ich Frauen bevorzuge. Doch das war nicht das Problem. Selbst eine erfüllende Partnerschaft mit einer Frau macht dieses Empfinden der Unvollständigkeit nicht erträglicher. Seit ich denken kann, habe ich das Gefühl, man habe einen Teil von mir weggeschnitten. Ich weiß, das klingt furchtbar seltsam.«

»Tut es nicht.«

»Nein?«

»Als meine Großmutter noch hoffte, meine Schwächen würden sich im Lauf der Jahre verwachsen und aus mir würde doch noch ein guter Kerl werden – ich muss damals zehn oder elf gewesen sein –, hat sie einmal zu mir gesagt: Nur wenn du für dich selbst etwas Besonderes bist, wirst du es auch für andere sein. Wenn du bloß versuchst, für andere etwas Besonderes zu sein, wirst du dich selbst und andere belügen und nie dein wahres Ich finden.«

»Eine kluge Frau, deine Großmutter.«

»Nun, sie ist nicht wirklich meine Großmutter.«

»Nicht?«

»Ich bin auch adoptiert. Ich weiß es erst seit Kurzem.«

Sie sah ihn an. Sagte nichts. Nickte nur. Ein stummes Verständnis.

»Schon seltsam. Meine Adoptivmutter war immer da. Aber unbeteiligt. Und mein leiblicher Vater war nicht da, aber beteiligt«, sagte er nach einer Weile in die Stille hinein. »Und alle haben das Bedürfnis, mich darüber zu unterrichten, wie man richtig lebt. Ich muss ein völliger Idiot sein.«

Elodie lachte erneut. Sie war eine Frau, deren Schönheit in ihrer Strenge alles Hübschsein ausschloss. Und doch hatte sie Momente unvermuteten Liebreizes und überraschender Eleganz, dachte er. In ihrem Lachen, das viel zu selten war, erkannte er das plötzliche Erblühen einer jungen Frau, die viel zu wenig von sich selbst hielt. Die haltlos war. Wurzellos. Er konnte die Einsamkeit riechen, die Elodie umwehte wie ein stummer Duft.

Elodie hob ihre Kaffeetasse. »Bei solchen Gesprächsthemen wäre Alkohol vielleicht besser gewesen.«

»Dein Lächeln ersetzt mir den Gin«, sagte Jean-Pierre.

»Charmeur!«, erwiderte Elodie und grinste. »Freunde?«, fragte sie und reichte ihm die Hand.

»Freunde«, sagte er und schlug ein.

Er bemerkte ein feines Netz noch nicht verheilter Narben in ihrer rechten Handfläche. Als Elodie sah, wie sein Blick darauf verharrte, sagte sie: »Ein Unfall. Vor einigen Wochen. Ich hatte die dämliche Idee, mitten in der Nacht am Fluss entlangzuspazieren, und bin am abschüssigen Ufer ausgerutscht und ins Wasser gestürzt.«

Jean-Pierre hielt den Kopf gesenkt und fuhr mit seinem Finger die violetten Linien in Elodies Handfläche nach.

»Ein Greis hat mir das Leben gerettet.« Plötzlich entfloh ein Lachen ihrem Mund. »Im Spital haben die Schwestern herumerzählt, der Alte hätte sich den Sanitätern als Tod vorgestellt. Ist das nicht bizarr? Der Tod hat mir das Leben gerettet.«

Jean-Pierre zog die Brauen in die Höhe, doch er sagte nichts.

»Auch wenn das jetzt völlig verrückt klingt, aber in meiner ersten Nacht auf der Intensivstation des Universitätsspitals hatte ich einen seltsamen Traum. Ich träumte, wie dieser Alte zu mir in den Fluss stieg, wie er mich aus dem Treibholz befreite, in dem sich meine Kleider an Ästen und Zweigen verfangen hatten, und mich auf seinen Armen ans Ufer trug und dort in den Schnee legte. Ich träumte, wie er sich ganz dicht über mich beugte. Wie ich den warmen Hauch seines Atems spürte. Wie er zu mir sagte: ›Elodie, wenn du aufwachst und das Krankenhaus verlässt, liegen zwei Pfade vor dir. Du kannst das Schicksal verfluchen, weil du nicht gestorben bist und dich weiterhin in einer Welt zurechtfinden musst, in der du dich vielen Menschen gegenüber fremd fühlst und eine unstillbare Leere in dir spürst. Oder du kannst dem Schicksal danken, dass du noch lebst, dich auf die Suche machen nach dem, was dir fehlt, und deinen Platz in der Welt finden. Je nachdem, für welchen Pfad du dich entscheidest, welche Sichtweise du wählst, wirst du eine solche Frau werden oder eine andere. Beide Frauen sind vollkommen verschieden und werden vollkommen unterschiedliche Leben führen.‹ Dann bin ich aufgewacht.« Nachdenklich blickte sie in die Ferne.

»Wer weiß, vielleicht bist du ja wirklich dem Tod begegnet«, sagte Jean-Pierre nach einer Weile in die Stille hinein.

»Unsinn!«, sagte Elodie, obwohl sie sich selbst nicht sicher war.

»Zum Glück hat er dich nicht mitgenommen. Wie mir zu Ohren gekommen ist, hast du vorher noch eine wichtige Aufgabe zu erledigen.«

»Die da wäre?«

»Du solltest ihnen Süßigkeiten kaufen.«

»Wem? Den Kindern?«

»Wem sonst?«

Elodie schaute Jean-Pierre an und sah einen liebenswürdigen Funken in seinen Augen aufflackern. Zum ersten Mal konnte sie sein wahres Wesen sehen. Der, der er in Wirklichkeit war. Und Jean-Pierre sah sie auch.

»Ich weiß, dass Lola hin und wieder Kleingeld stiehlt«, sagte Elodie dann, legte ihren Kopf in den Nacken und blickte in den Himmel hinauf. »Sie wäre ein zu perfektes Mädchen, täte sie es nicht.«

Jean-Pierre nickte.

»Ich wünschte, ich könnte die Welt so wahrnehmen wie Lola. Mit dem Blick eines Kindes. Manchmal halte ich mir die Augen zu, um zu sehen.«

Juliette

Margaux war ein Meisterwerk. Man konnte auch sagen, die alte Dame war in diesem Zeitalter so etwas wie eine Rarität. Eine Madame, die die Welt aus eigenen Augen betrachtete und nicht den Cocktail aus Erzählungen und Meinungen anderer trank.

Wenn sie einen Raum betrat, schienen sich die Atome um sie herum neu zu ordnen. Solchen Einfluss wirkte sie auf die Atmosphäre aus. Die Bewegungen ihrer Arme, Hände, Finger flossen ineinander. Sie überließ keine einzelne dem Zufall. Margaux stimmte mit sich selbst überein. Ihr wacher Blick sah selbst das Unmerkliche, das Verborgene.

Auch sie war durch grausame Lebensphasen gegangen. Gewiss nicht ohne Selbstmitleid. Auch nicht ohne einen Anflug von Verzweiflung. Und nie ohne eine graziöse Art von Bissigkeit. Dafür war sie zu sehr Mensch. Doch stets mit gerichteter Krone auf dem immer wieder emporgehobenen Kopf und mit gestrafften Schultern.

Margaux betrat den Warteraum der Psychiatrie, der nach Sauberkeit und Abgeschlossenheit roch. Endlich hatte sie Juliette gefunden.

Zwar hatten die Damen an der Auskunft keine großen Mengen an Höflichkeit mit sich herumgetragen, aber so viel sie besaßen, hatten sie der kleinen, hartnäckigen und liebreizend lächelnden alten Dame gegenüber zum Ausdruck gebracht, die unermüdlich von Krankenhaus zu Krankenhaus marschiert war, um Juliette, die Enkelin ihrer verstorbenen Freundin Geneviève, aufzuspüren.

Noch hatte sie nicht gewusst, was mit Juliette passiert war, und als sie nun vom Suizidversuch der jungen Frau erfuhr, ließ sie sich schwer atmend, zitternd und erschöpft direkt auf den Stuhl neben Juliettes Bett fallen. Die Krankenschwester zeigte sich unbeeindruckt und fühlte den Puls der alten Frau. Margaux hatte zwar Erfahrung in der Kunst, sich von vorgetäuschten Ohnmachtsanfällen zu erholen, doch die Krankenschwester hatte Erfahrung mit Damen wie Margaux, die zwar wie zerbrechliche Porzellanfigürchen aussahen, die keineswegs in die raue Umgebung dieser Welt zu passen schienen, die sich darin aber besser zu bewegen wussten als die meisten anderen Menschen.

Margaux' schmale Hand schlüpfte aus dem weiten Ärmel ihrer Bluse und wanderte zur Brust. Sie stöhnte abermals. Diskret und liebenswürdig drückte die Schwester ihr zwei Stück Traubenzucker in die Hand. »Oh, vielen, vielen Dank, das ist wirklich zu freundlich von Ihnen, meine Liebe«, sagte Margaux. Die Aufregung ebbte ab. Als sie ein wenig durchgeatmet und die Krankenschwester sich verzogen hatte, stand Margaux auf, als sei nichts gewesen, trat an Juliettes Bett heran, strich ihr übers Haar und sagte: »Du lieber Himmel, Kind! Was hast du da nur gemacht? Schlafmittel. Du weißt ja, was ich von diesem Zeug halte ...«

»Sei bitte nicht beunruhigt, Margaux. Es war nur ein

schwarzer Moment. Dumm von mir. Es geht mir schon besser«, versuchte Juliette abzumildern.

Die kleine Dame ging zum Fenster und zog die Vorhänge auf. Endlich entließ das ohnehin schon viel zu enge Zimmer Juliette aus der Umklammerung. »Du brauchst Licht, mein Kind. Und Luft.« Sie rüttelte am Fenstergriff. »Schlimm genug, dass man hier nicht mal die Fenster öffnen kann.« Margaux trippelte zurück zum Bett, schob sich den Stuhl heran und ließ sich hineinfallen. Dann pflanzte sie die Handtasche auf das Tischchen neben Juliettes Bett und öffnete sie. Darin kramend und ohne Juliette anzuschauen, fragte sie: »Und nun, mein Kind, erzähl mir mal, was da in dich gefahren ist. Eine Nervenanstalt. Meine Güte! Warum muss es denn gleich ein Ort sein, an den man die Kranken bringt, damit sie vergessen werden?« Sie blickte sich um. »Natürlich, sie haben es hübsch gemacht hier. Dein Zimmer, die Station, die ganze Klinik ist ja prächtig. Aber dir ist schon klar, dass die äußere Fassade nur so glänzt, damit die Familien, die sich ihrer Angehörigen hier entledigen, kein ganz so schlechtes Gewissen haben?«

In diesem Moment entspannten sich Juliettes Gesichtszüge und nahmen einen Ausdruck von Heiterkeit an. Diese kleine alte Dame war besser als jeder Therapeut!

Margaux holte ein silbernes Döschen aus ihrer Tasche und ließ es aufspringen. Sie nahm ein Bronzeamulett heraus, öffnete Juliettes Handfläche, legte es hinein und schloss ihre Finger darum. »Es ist Zeit für die Wahrheit«, sagte sie und ließ die Dose zuschnappen. »Vielleicht hörst du dann mit solchem Blödsinn auf.«

Juliette hob den Blick und sah Margaux fragend an. Dann schaute sie hinunter auf ihre Hand, öffnete sie und fuhr mit den Fingern über das Medaillon. Vielmehr war es nur die Hälfte eines Amuletts. Es war der abgebrochene linke Teil. Ohne Öse. Die rechte Hälfte fehlte.

Auf der Vorderseite war ein junges Mädchen eingraviert, das jemandem auf der fehlenden Hälfte die Hand reichte. Durch eine Kreislinie abgetrennt, umrahmte eine alte griechische Zauberformel den Anhänger, die nicht zu entziffern war, weil die zweite Hälfte fehlte. Juliette drehte das Amulett in ihren Händen und betrachtete die Rückseite. Mit einer fliegenden Handschrift war ein Satz eingraviert, dessen Bedeutung jedoch ohne das Gegenstück nicht zu erschließen war.

»Was ist das?«, fragte Juliette

»Es gehört dir.«

Die Tür sprang auf, und Dr. Michot trat ins Zimmer. Es war Zeit für die Visite.

»Sind Sie eigentlich schon mal auf die Idee gekommen anzuklopfen?«, fragte Margaux, ohne ihn anzusehen. »Das würde einiges einfacher machen.«

Sie nahm Juliette das Amulett aus der Hand, ließ es in ihre Handtasche gleiten und flüsterte ihr zu: »Ich bewahre es für dich auf, bis du hier raus bist. Bei mir ist es sicherer als an einem solch trostlosen Ort. Es wird auf dich warten, genau wie die Geschichte dazu.«

Sie erhob sich vom Stuhl und drückte Juliette zum Abschied die Hand. »Das wird schon wieder, Kind. Du wirst sehen. Komm schnell hier raus. Dieser Ort ist nichts für dich.« Dann drehte sie sich um und stöckelte in kleinen Schritten zur Tür.

Dr. Michot sah zu ihr hinunter, wie Männer von jeher auf ihre Kleinheit und Zartheit hinabgeblickt hatten und sich gewöhnlich dabei größer und kraftvoller fühlten, als sie tatsächlich waren.

»Machen Sie mir mein Kind nicht kränker, als sie ist«, sagte die alte Dame mit erhobenem Zeigefinger.

Arroganz und Unsicherheit mischten sich in Dr. Michots Blick. Seine Züge in ein künstliches Lächeln ordnend, sagte er: »Nicht doch, Madame, wir kriegen die bezaubernde junge Dame schon wieder auf die Beine. Nicht wahr, Mademoiselle Vernon?« Dann blickte er wieder auf die alte Frau neben sich: »Die jungen Leute halten sich nicht so gut wie Ihre und auch noch meine Generation.«

»Reden Sie nicht einen solchen Unfug. Bringen Sie die ganze unangenehme Sache lieber in Ordnung und entlassen Sie meine Juliette. Den jungen Leuten bricht der Boden unter den Füßen weg. Kein Wunder beim heutigen Zustand der Welt. Sie fallen tief und schlagen hart auf.«

»Der Boden unter uns hat schon immer gewackelt. In jeder Generation. Die jungen Leute gebrauchen heutzutage einfach eine Menge Ausreden.«

Dr. Michot hatte aschblondes, pomadiges Haar, das er etwas zu lang trug und eines dieser kleinen, knochigen Gesichter mit weit vorstehender Nase und Kinn, das einem Vogel glich und dem Rest des Körpers immer ein wenig voraus zu sein schien. Er war von einer hochgewachsenen, behänden Statur und besaß die kühle Respektlosigkeit, die sich nur der aneignete, der die Einflussreichen und Mächtigen der Zeit studierte und deren Habitus inhalierte.

Margaux' zierliche Hand flatterte in der Luft. Sie machte eine wegwerfende Bewegung und sagte: »Je mehr Meinung, desto weniger Ahnung. Dass jemand wie Sie seine Nase in die sensiblen Angelegenheiten der Menschen stecken darf, ist eine Schande. Zum Glück sind Sie nicht Juliettes Psychiater.«

»Glauben Sie mir, gnädige Frau, der Unterschied zwischen Ihnen und mir ist der, dass Sie die Suizidaffinen mit einem Heiligenschein sehen und ich sie ohne kenne.«

Juliette überlief ein kalter Schauer. In Dr. Michot sah sie eine Selbstsicherheit, die ohne jegliches Vorbild auskam, die einfach da war, unumstößlich.

»Lass dich bloß nicht von ihm unterkriegen, mein Kind«, sagte Margaux zu Juliette. »Was bleibt der Wahrheit schon übrig, wenn jemand wie der mit seiner Besserwisserei kommt.« Dann wandte sie sich Dr. Michot zu und sagte: »Lieber ein paar Wochen zu viel im Bett als Jahrzehnte zu früh im Sarg. Und nun schweigen Sie, junger Mann. Leuten wie Ihnen kann man beim Denken zuhören, da brauchen Sie gar nicht mehr zu reden.« Sie stellte sich ihm mit einer Entschlossenheit in den Weg, die ihren Worten einen besonderen Nachdruck verlieh.

Juliette senkte den Kopf, blickte auf die Bettdecke. Rote Flecken schwammen auf ihren Wangen wie Inseln auf dem Meer. So einnehmend und charmant Margaux war, gehörte es zu ihren Eigenheiten, nicht selten Auslöser kleinerer Unruhen zu sein. Am liebsten wäre Juliette aufgestanden und davongelaufen. Weit weg, um irgendwo im dunklen Staub des Nichts zu verschwinden.

Mit gesenkter Stimme sagte sie: »Lass ihn, Margaux, ist schon gut.«

»Nichts ist gut, mein Kind«, sagte die Alte und wandte sich ihr erneut zu: »Du bist viel zu nett, Juliette. Du musst lernen, für dich einzustehen. Sonst bist du verloren. Eine Frau, die nur aus Sanftmut besteht, ist wie ein Salat ohne

Essig. Es ist nicht gut, ein weißes Schaf zwischen lauter schwarzen zu sein.«

Es klopfte an der Tür, und Léo steckte seinen Kopf hinein: »Komme ich ungelegen?«

»Aber nein!«, sagte Margaux, die Léo zwar nicht kannte, aber auf Anhieb sympathisch fand. »Kommen Sie herein. Sie bringen den Duft des Frühlings mit – prall und grün. Das wird dem Kind guttun. Die Luft hier drin war etwas frostig. Dann kann ich jetzt gehen. Ich wollte nur abwarten, bis sich der Staub legt, den der feine Herr Doktor aufgewühlt hat. Bei Ihnen ist Juliette bestimmt in guten Händen, nicht wahr?« Sie lächelte Juliette zu und sagte: »Ich komme wieder.« Bevor sie die Tür erreichte, wandte sie sich ein letztes Mal an Dr. Michot und sagte: »Schauen Sie einer in die Jahre geratenen Dame nicht so hinterher. Kommen Sie erst mal in mein Alter. Dann trippeln Sie auch der fortschreitenden Gebrechlichkeit entgegen, bei der ein Tag ein guter Tag ist, an dem kein neuer Schmerz hinzukommt. Bis man schließlich in die Antiquitätenausstellung gestellt wird, in der das Objekt den höchsten Wert hat, das am schnellsten unter der Erde liegt!«

Margaux trippelte zur Tür, die sie sich von Léo aufhalten ließ, hob den Arm, ohne sich nochmals umzudrehen, und schlüpfte hinaus.

Die Bestimmtheit in den Worten der alten Dame schien einen Funken menschlicher Güte in Dr. Michot anzufachen. Zumindest benahm er sich nach dem Besuch ein wenig freundlicher gegenüber Juliette.

***

»Machen Sie sich nichts draus«, sagte Léo, nachdem Juliette ihm von Dr. Michots Auftritt berichtet hatte. »Dr. Michot in gewohnter Taktlosigkeit. Er ist ein Idiot. Er begeht nicht weniger Selbstmord als die, die er verurteilt. Denn ist nicht jeder Versuch, vor sich selbst zu fliehen, Suizid?«

Juliette lächelte.

»Und wenn ich es mir richtig überlege, haben Sie sich in gewisser Weise ja tatsächlich getötet. Soll er also nicht so schadenfroh sein. Die Juliette, die Sie vorher waren, gibt's nicht mehr. Sie sind jetzt eine andere. Wir dürfen uns über Leute wie Serge Michot nicht aufregen. Meist erledigt das Leben von selbst, was wir uns für diese Kerle wünschen. Wir müssen nur abwarten und zusehen. In meinen Augen ist er nichts anderes als ein Mörder. Er ermordet die Seelen der Menschen.«

Juliette nickte. Es gab allerlei Möglichkeiten, einen Menschen zu ermorden. Manchmal genügten Worte oder bloßes Schweigen im passenden Moment. Über solche Morde sprach niemand. Sie vollzogen sich leise.

»Man muss immer wissen, wofür man sich entscheidet«, sagte Léo. »Liebe wärmt, stärkt, lässt gedeihen und bereichert. Hass erkaltet, schwächt, verzehrt und entleert uns. Alles Schlechte, das man einem anderen wünscht, fällt früher oder später auf einen selbst zurück.«

Jean-Pierre

Mit leuchtenden Rändern schmolzen die letzten zarten Wolken vor der Sonne und enthüllten eine Bläue voller Leichtigkeit. Hügel und Bäume tauchten wie Inseln aus dem Frühnebel auf. Das Gras glänzte vom Morgentau. Die Luft aprilfrisch und gewichtslos.

Zu Beginn war es Jean-Pierre noch schwergefallen, die jeweiligen Angewohnheiten und Bedürfnisse der Kinder zu erkennen. Doch mit jedem Tag waren ihm die Zusammenhänge klarer geworden. Nach und nach hatten sich aus dem chaotischen Kinderhaufen einzelne, kleine Menschen mitsamt ihren liebenswerten Eigenarten herausgelöst.

Es war seltsam. Aber umgeben vom Lärm und Trubel einer Art Familie, die nicht seine war, fühlte er sich geborgener, als er sich bei Binette und Claude je gefühlt hatte. Und er merkte, dass ihm diese Kinder allmählich etwas bedeuteten.

Jean-Pierre mochte es, wenn er frühmorgens über den Korridor an den Zimmern der Kinder vorbeischritt, deren Türen hier und da einen Spaltbreit offen standen, und er ein paar Zipfel der Unterhaltungen aufschnappen konnte, die kleine Kinder führten, wenn keine Erwachsenen dabei waren. Ernste Stimmen kleiner Menschen, die ihre Themen beinahe wie die Großen besprachen.

In seinem Untersuchungszimmer wartete bereits der zwölfjährige Eliott, der unter Dysmelie litt. Die rechte Hand des Jungen war normal entwickelt, die linke bestand nur aus Fingerknospen. Mit hängendem Kopf saß er auf der Untersuchungsliege, die Beine wippend ineinander verschränkt. Er war Jean-Pierres erster Patient an diesem Morgen. Kontrolle nach einer Mandelentzündung.

»Ob ich jemals ein Mädchen finden werde?«, fragte Eliott, als er den Doktor eintreten hörte. Jean Pierre sah den Jungen an, der im dunklen Raum saß. Die Rollos waren noch ganz heruntergelassen, nur an den Rändern krochen zwei dünne Lichtstäbe hervor. Er stellte seine Tasche auf dem Stuhl neben der Tür ab und zog die Rollos hoch, sodass die Sonne das Zimmer flutete. Dann ging er auf Eliott zu und legte ihm die Hand auf die Schulter.

»Dein Name bedeutet Geschenk der Sonne. Nenn mir eine kluge Frau, die ein solches Geschenk ausschlagen würde.«

»Im Ernst, ich habe nur fünf Finger.«

»Mathematik war nie meine Stärke. Wenn ich was zu sagen hätte, dürfte man nur bis fünf zählen«, lächelte Jean-Pierre.

»Wenn das nicht so schlimm ist, warum wohne ich dann seit Jahren in diesem Heim?«

»Weil unsere Eltern meist mehr mit unseren Andersartigkeiten zu kämpfen haben als wir selbst. Sie glauben, da sei etwas nicht richtig, da sei etwas, was korrigiert werden müsse, oder sie machen sich Vorwürfe, schuld daran zu sein, uns nicht helfen zu können. Vielleicht glauben sie auch, uns besser zu schützen, wenn wir mit Menschen zusammen sein können, die ähnliche Herausforderungen haben wie wir. Und dass es uns an einem anderen Ort besser ginge als bei ihnen. Es ist einfach so, dass sie oft mehr Angst haben als ihre Kinder.«

»Woher willst du das wissen? Hast du Kinder?«

»Nein. Aber ich bin eins«, sagte Jean-Pierre und sah Eliott zärtlich an.

»So, und nun mal den Mund ganz weit aufmachen und ›Aaaa‹ sagen.« Eliott öffnete den Mund und streckte die Zunge raus. »Na das sieht doch alles wieder tipptopp aus«, sagte Jean-Pierre, während er ihm noch die Lymphdrüsen beidseits des Halses abtastete. »Prima, junger Mann. Das Antibiotikum kannst du absetzen.« Er ging zu seinem Schreibtisch, zog eine Akte aus dem Hängeregister hervor, schlug sie auf und kritzelte etwas hinein.

»Wie soll ich denn mit einer Hand je etwas Großes schaffen?«

»Du musst nur wissen, wer du bist. Dann findest du es heraus. Wer nicht weiß, wer er ist, muss sich von anderen sagen lassen, wer er sein soll.«

»Wie warst du, als du so alt warst wie ich?«

»Ich war das Idol meiner Generation. Was glaubst denn du?« Jean-Pierre lachte. »Nein, nein, ich war ein kleiner aufgeblasener Mistkerl. Heute ist die Luft draußen, aber ein Mistkerl bin ich immer noch.«

Jetzt lachte auch Eliott.

»Ich finde Sie ganz in Ordnung«, sagte der Junge nach einer Weile.

»Du kennst mich nur nicht gut genug«, sagte Jean-Pierre. »Sobald man die Menschen kennenlernt, ist man enttäuscht.«

Da klopfte es an die Tür und im selben Moment steckte die kleine Lola ihren Kopf ins Zimmer.

»Was ist, Rotznase?«, fragte Jean-Pierre.

»Da ist ein feiner Herr für dich«, sagte das Mädchen und warf einen Blick über die Schulter in den Korridor.

»Ich habe keine Zeit. Ich bin mitten in der Sprechstunde.«

Lola verschwand im Flur, ein Rascheln und Tuscheln drang durch die angelehnte Tür, dann schlüpfte das Mädchen ins Zimmer und ging auf Jean-Pierre zu: »Er sagt, er sei dein Vater!«

»Welcher von beiden?« fragte Jean-Pierre zynisch.

»Hast du zwei?«, fragte Lola mit aufgerissenen Augen.

»Zwei, die zusammen nicht einmal einen ergeben«, sagte Jean-Pierre spöttisch, denn er hatte die Gestalt bereits wahrgenommen, die in der Zwischenzeit ins Zimmer getreten war. Er warf dem Mann einen kurzen Blick zu, dann widmete er sich wieder Eliott.

Hermes steckte in einem faltenfreien, maßgeschneiderten Anzug aus feinstem Stoff. »Du bist ja wieder unerhört nachsichtig«, sagte er, zog sich einen Stuhl heran und ließ sich darauf fallen.

»Wie lebt es sich mit einer Geschichte, die man nicht mehr loswird?«, fragte Jean-Pierre mit spitzer Zunge, ohne sich zu Hermes umzudrehen. Dann hob er den Ton seiner Stimme, boxte Eliott sanft auf die Brust und sagte: »So, mein Held, wir sind fertig für heute. Zisch ab.« Eliott boxte zurück, grinste und sprang von der Untersuchungsliege. Er hielt sich die gesunde rechte Hand zum militärischen Gruß an die Stirn und verschwand mit Lola im Korridor.

Jean-Pierre schloss die Tür, ging an Hermes vorbei, ohne ihn anzusehen, und ließ sich in den Armlehnsessel hinter seinem Schreibtisch fallen.

»Du bist wirklich ein anderer geworden«, stellte Hermes fest.

»Dafür bist du noch ganz der Alte«, sagte Jean-Pierre mit einer Zweideutigkeit, die nichts zu wünschen übrig ließ. »Gib anderen ein gutes Gefühl, dann halten auch sie dich für einen Guten.«

»Ich verstehe deinen Zynismus, Jean-Pierre. Aber nein: Es ist ernst gemeint. Weißt du, was bisher zwischen dir und dem Glücklichsein stand?«

»Sag es mir«, zischte Jean-Pierre abfällig.

»Du hast dich für nichts als für dich selbst interessiert. Hast nur an die Oberfläche der Dinge gerührt und nie wissen wollen, was sich dahinter verbirgt.«

»Ach«, schnaubte Jean-Pierre, »und du weißt, dass ich das jetzt tue.«

»Glaub es oder nicht. Du gleichst dir selbst nur noch äußerlich. Wenn ich dich beobachte, hier mit den Kindern, mit einer Leidenschaft, die ich an dir bisher nicht kannte, habe ich zum ersten Mal das Gefühl, in deine Seele eintauchen zu können.«

»Vielleicht fühle ich mich hier so wohl, weil ich in Wirklichkeit einer von ihnen bin. All diese Kinder wurden von ihren Eltern weggegeben.«

»Ich verstehe, was du mir sagen willst, Jean-Pierre. Aber es gibt ein Ablaufdatum dafür, die Eltern für die eigenen Schwierigkeiten verantwortlich zu machen.«

»Hermes, ich bitte dich, erspare uns dieses Gespräch. Und erspare es vor allem dir selbst.«

Die Aussprache, in guter Absicht begonnen, schien abzurutschen. Hermes fehlten die richtigen Worte, mit denen er Jean-Pierre hätte einfangen können. Alles, was ihm wirklich wichtig war, schien ihm plötzlich zu entgleiten. Jean-Pierre, Virginie. Er hatte sich in den letzten Wochen in die Arbeit gestürzt, wie viele Männer es tun, wenn sie einen verhängnisvollen Teil ihres Innenlebens nicht bewerkstelligen können. Doch es hatte nicht geholfen. Er erhob sich vom Stuhl und ging zur Tür.

Als er die Hand bereits an der Klinke hatte, sagte Jean-Pierre: »Hermes, warte!« Plötzlich tat er ihm leid. Wie Hermes so dastand, mit hängendem Kopf. Der Mann, dem er so vieles zu verdanken hatte und der, wenn es stimmte, was er ihm erzählt hatte, auch nur Opfer der Launen anderer Menschen und des Schicksals geworden war. Jean-Pierre stützte seine Hände auf die Armlehnen, erhob sich aus dem Stuhl und ging auf Hermes zu. »Es tut mir leid, Vater«, sagte er, ohne über seine Worte nachgedacht zu haben. Hermes drehte sich zu ihm um. Tränen standen in seinen Augen. Dann fielen sich Vater und Sohn in die Arme.

Elodie

Sie war eine zarte und vom Klinikaufenthalt noch immer sichtlich erschöpfte junge Frau. Von manchen Mitarbeitern im Behindertenheim mit einer Diagnose etikettiert, die ihr das Gefühl gab, sich nicht von Ware im Supermarkt zu unterscheiden, deren Wert von Qualität und Gewicht abhing. Aber es war, wie es war. Viele Angestellte nahmen ihr den Unfall nicht ab. Das Ausrutschen am feuchten Hang, den unbeabsichtigten Sturz in den Fluss. Und so spürte sie nicht selten die Blicke der anderen im Rücken, wenn sie in der Mitarbeiterküche einen Kaffee trank oder etwas aß. Elodie hasste dieses Verurteiltwerden. Hätte sie mehr von sich selbst gehalten, hätte ihr das alles nichts ausgemacht. Aber sie hielt nicht viel von sich selbst, hatte nicht diese Schwerkraft an Selbstvertrauen in sich, die einen noch aufrecht stehen ließ, selbst wenn die Urteile und Demütigungen anderer einem entgegenschlugen wie Kugeln.

Ihr ganzes bisheriges Leben lang hatte Elodie das Gefühl gehabt, die anderen machten den ersten Zug. Man hatte sie hineingestellt in das Spielfeld ihrer eigenen Existenz, und da stand sie nun, ohne zu wissen, wie man es bespielte.

Als Baby war sie adoptiert worden, von wundervollen Eltern, die sie sehr liebte. Doch das Gefühl des Fremdseins, des Alleinseins in dieser nicht selten gnadenlosen Welt war nie ganz von ihr gewichen. Das Empfinden, sie sei nur ein Fragment, ein Mensch, dem etwas fehle, um zu einer vollständigen Person zu werden, haftete an ihr wie ein Magnet.

In jener Nacht, als sie in den Fluss gestiegen war, hatten Einsamkeit und Verzweiflung ihre Kehle derart zugeschnürt, dass jegliche Hoffnung auf eine innere Festung, in die sie sich retten und in der ihr niemand etwas anhaben konnte, aus ihr herausgepresst wurde. Davontrieb wie Blätter in einem reißenden Strom. Und schließlich hinabgezogen wurde.

***

Die Dunkelheit roch nach Moos und feuchtem Stein. Warum sie seit der Entlassung aus dem Universitätsspital zehn Wochen zuvor nun fast jeden Abend zum Friedhof spazierte, wusste sie selbst nicht. Was sie wusste, war, dass sie Friedhöfe von jeher beruhigt hatten. Besonders die alten Ruhestätten mit ihren verwitterten Grabsteinen, bewachsen mit Flechten und Moos. Dort war man der Grenze so nah. Der Schwelle von einem Leben in ein anderes.

Und nun, da Elodie selbst vom Rand der Welt zurückgekehrt war, haarscharf von der Kante ins Leben zurückgespült, gab es für sie keinen Zweifel mehr, dass der Tod nur eine andere Art von Leben war. Dass er nicht kalt war, sondern warm. Dass er eine Farbe hatte. Und dass es das Nichts nicht gab.

Elodie erinnerte sich an die glitzernde Oberfläche eines Sees, in den sie bis zum Grund hinabgesunken und dann in einer neuen Welt erwacht war. Das Wasser hatte sie umspült, behaglich und weich. Voller Leichtigkeit war sie dahingetrieben und von einem solchen Wohlgefühl durchströmt worden, dass der Sog, der schließlich an ihr zu zerren begann, schmerzte.

Dann war sie zurückgekehrt.

War in einem blütenweißen Bett erwacht und hatte in die lächelnden Augen einer Krankenschwester geblickt. Einige Tage war ihr Kopf wie ein leerer Raum gewesen. Nur von Zeit zu Zeit hatte eine messerscharfe Erinnerung ihr Bewusstsein durchzuckt, war aber sogleich wieder im Nebel der Erschöpfung ertrunken. Und alles, was geblieben war, waren körperliche Schmerzen.

»Sie sind ein Wunder, Mademoiselle Vigneau«, hatte die kleine, rundliche Frau gesagt, als Elodie endlich die Augen aufgeschlagen hatte. »Noch nie haben wir jemanden von so weit zurückkommen sehen! Beinahe wären Sie auf der anderen Seite gelandet!«

Und noch bevor Elodie begreifen konnte, dass ihr Suizidversuch im Fluss gescheitert war, hatte ihr die Schwester die skurrile Geschichte ihrer Rettung erzählt, die so merkwürdig war, dass sie im ganzen Universitätsspital die Runde machte.

»Zu sehen gibt es hier zwar nicht viel, Kindchen, aber zu hören!«, sagte die teigige Frau mit den freundlichen Augen.

Ein sympathischer, flinker alter Mann mit wachem fröhlichem Blick – das wisse sie aus erster Hand vom Fahrer der Ambulanz – habe vom anderen Ufer aus gesehen, wie Elodie in der feuchten Erde des Hangs abgerutscht und in den Fluss gestürzt sei. Er habe gerade in einem der unter den Bäumen festgemachten Boote genüsslich eine Zigarre geraucht, als er den Ernst der Lage erkannt hatte. Dann sei er sofort losgerannt.

»Und nun kommt es, das Seltsame«, hatte die Krankenschwester angekündigt und ihre Augen aufgerissen, als beobachte sie gerade einen Mord. »Allen bleibt unklar, wie der Alte die Rettung gerufen hat. Bei den Sanitätern war zwar der Notruf mit Unglücksort eingegangen, jedoch nicht über die Zentrale! Und als der Fahrer den Alten bei Ankunft nach seinem Namen und Vornamen gefragt hatte, habe der gesagt: ›Tod. Einfach nur Tod.‹ Und dann sei er plötzlich verschwunden.« Die Krankenschwester stieß ein glucksendes Lachen aus. »Ist das nicht urkomisch, Mademoiselle Vigneau? Der Tod hat Ihnen das Leben gerettet!« Mit dem Handrücken hatte sie sich die Lachtränen aus den Augen gewischt und gesagt: »Sie können froh sein, dass Sie einen so skurrilen Retter hatten. Wäre dieser Alte nicht gewesen, hätte man Ihnen womöglich noch vorgeworfen, Sie hätten sich umbringen wollen, und dann hätte man Sie in eine ... Sie wissen, was ich meine ...«, die Krankenschwester hatte sich mit dem Zeigefinger auf die Stirn getippt, »... in eine Irrenanstalt gesteckt.«

Menschen sind in mancher Hinsicht wirklich einfältig. Ich kann ungeniert auftauchen und sagen, wer ich bin, und es besteht keinerlei Gefahr, dass sie mir die Wahrheit glauben. Für die meisten ist nur das real, was ihrem Weltbild entspricht.

Die Krankenschwester fuhr fort: »Dennoch, wenn man Sie mit Fragen durchlöchert, seien Sie auf der Hut! Entgegen der Aussage dieses reizenden Alten sind die Notärzte überzeugt, es sei ein gescheiterter Suizidversuch gewesen.

Überlegen Sie sich gut, was Sie denen erzählen. Sonst landen Sie schneller in der Psychiatrie, als Sie blinzeln können.«

***

Elodie betrat die Begräbnisstätte durch das hohe, schmiedeeiserne Tor. Der Ort hatte etwas Magisches für sie. Nicht etwa, weil sie sich noch immer nach dem Tod sehnte. Nein. Vielmehr, weil ihr die Toten um diesen letzten ungewissen Schritt voraus waren. In die Endlichkeit. Oder aber in die Unendlichkeit. Sie waren dort. Hatten die geheimnisvollste aller Grenzen überschritten.

Für Elodie gab es keinen Zweifel mehr. Es gab ein anderes Wissen als das über die Erde und das Universum. Es war ein Wissen, das tiefer ging und weit mehr umfasste.

Mit leisen Sohlen schritt sie über die Pfade des Friedhofs, duckte sich unter tief hängenden Ästen von Eichen und Kastanien hindurch und blieb besonders lange stehen, wenn sich auf dem Grabstein neben Namen, Geburts- und Todestag der Verstorbenen eine emaillierte Fotografie fand. Elodie betrachtete sie lange, diese Fotos. Diese festgehaltenen, für immer auf einen Moment eingefrorenen Gesichter, die nie mehr jünger oder älter wurden. Und auch wenn ein Grab schwieg, so erzählte es doch gleichsam die Geschichte des Menschen, der dort seine Ruhe gefunden hatte. Wenn man sich darauf einließ.

Stunden konnte Elodie damit verbringen, sich das Leben der Toten bis in alle Winkel hinein vorzustellen. In ihre Geschichten einzutauchen.

Denn waren es nicht die Geschichten, die blieben? Einzig, dass im Nachgang all das Schlechte ausradiert und der

Tote zu einem makellosen, zu einem unantastbaren Menschen wurde.

Erzählten wir den anderen nicht immer beschnittene Geschichten über uns? Nicht notwendigerweise wahre, sondern vielmehr schöne Geschichten? Momente, die wir in Fotoalben klebten. Geschichten, die die hellen Seiten unseres Lebens kunstvoll arrangierten und die hässlichen aus den Kapiteln herauslösten. Und das machten wir so gut, dass die anderen nicht selten übersahen, dass unsere wahre Geschichte aus den Details im Schatten bestand.

Sie setzte sich auf eine Bank aus uraltem Teak und ließ den Blick über den gepflasterten Weg schweifen, in dessen Fugen sich Adern aus Moos zogen und im schwachen Licht der Laternen den Eindruck vermittelten, als blühe er.

Zerzauste weiße Wolken jagten über den schwarzen Himmel. Nachtluft strich ihr übers Gesicht. Aber es tat gut. Beinahe wie ein Aufwachen. Wie ein Erwachen.

Wo hatte sie in den vergangenen Jahren gelebt? Was war aus ihren Idealen geworden?

Auf der Suche hatte sie sich verlaufen. Sie hatte nicht gelebt. Sie war nicht tot. Sie war immerzu dazwischen. Und nun hier auf der Bank, als Zurückgekehrte, als Lebende unter den Toten begriff sie, dass Wahrheit und Wunder eine Frage der Vorstellungskraft waren und Zufälle überraschende Ereignisse, deren Sinn sich uns erst am Ende erschloss. Und dass uns alle drei die Gelegenheit gaben, unser Leben zu ändern.

Sie öffnete ihre Handtasche und tastete nach all den kunterbunten Tütchen voller Süßigkeiten, die sie für die Kinder im Heim gekauft hatte. Und ein Lächeln flog ihr übers Gesicht.

Hermes und Virginie

In der Ferne ging über den dunklen Hügeln der Mond auf. Eine Sinfonie aus Millionen sirrender Nachtgeräusche in der Luft. Hier und da zitterten Glühwürmchen durch die Dunkelheit.

Virginie schlüpfte unter die Decke. Überrascht nahm sie wahr, dass Hermes bereits im Bett lag. Sollte er nicht zur Nachtschicht im Spital sein? Vermutlich hatte er mit jemanden tauschen müssen.

Er drehte sich zu ihr um, beugte sich über sie. Virginie hielt ihm die Wange hin, nicht ohne dass ihr die Röte ins Gesicht stieg. Sie grub ihren Kopf ins Kissen und tat Sekunden später so, als schliefe sie bereits. In ihrer Nase noch immer der Geruch von Leidenschaft. Der Geruch von Léos Haut.

»Du siehst in letzter Zeit irgendwie anders aus«, sagte Hermes am nächsten Morgen zu seiner Frau.

»Anders?«

»Irgendwie ... leuchtender.«

»Das bildest du dir ein«, antwortete Virginie und lachte.

»Was hat sich verändert?«, fragte er nach einem Moment des Schweigens.

»Wie meinst du das?« Ein Schauer lief ihr über den Rücken. Sie spürte ein Stechen in der Magengegend. »Nichts hat sich verändert.« Sie hielt seinem Blick stand. Seine Augen waren matt. Virginie kannte diesen Ausdruck. Von sich selbst. Es waren die Augen eines Menschen, der wusste, dass der Partner ihm entglitt und dass man nichts dagegen tun konnte.

»Die Studie unseres Lehrstuhls«, sagte sie hastig, um in die Leere hineinzusprechen und sie mit irgendetwas zu füllen, »die wir gemeinsam mit der Psychiatrie durchführen, liefert ganz wunderbare Ergebnisse.«

»Freut mich für dich«, sagte Hermes abwesend, ging an ihr vorbei und trat mit einer Tasse dampfenden Kaffees auf die Veranda. Er blickte in die Ferne. Die Stadt dunstverhangen. Einer dieser Morgen, an denen die Einzelheiten nur unmerklich aus dem Nebel heraustraten, wenn man auf sie zuging.

Wollte er darauf zugehen?

Nach seinem Dienst in der Klinik hatte er in den Nächten der vergangenen Wochen, wie in all den zwanzig Jahren seiner Ehe, das Duvet angehoben und war zu Virginie ins Bett geschlüpft. Hatte sie von hinten umarmt, seine Nase in ihrem Nacken vergraben. Seinen Arm auf ihren gelegt. Und obwohl sich die beiden genau wie sonst aneinandergeschmiegt hatten, hatte er in den letzten Nächten etwas bemerkt. Etwas Kleines, das etwas Großes bedeutete.

Und als sie am vergangenen Abend nicht zu Hause gewesen war, an dem er extra seinen Dienst getauscht hatte, um sie mit einer Einladung in ihr Lieblingsrestaurant zu überraschen, wurde die vage Befürchtung zur bitteren Erkenntnis.

Plötzlich stieg Wut in ihm auf, und er schmetterte die Tasse auf den Steinboden der Veranda, wo sie zerschellte. Feine weiße Porzellansplitter wie Tränen in einer Lache aus Kaffee. Das Licht sammelte sich in der schwarzen Pfütze. Er blickte hinab und sah sein übernächtigtes Gesicht darin gespiegelt.

Virginie öffnete die Verandatür und trat hinter ihn in die Morgenluft. Hermes drehte sich nicht zu ihr um. Mit einem Streichholz zündete er eine Zigarre an und steckte sie sich zwischen die Lippen. Das glühende Hölzchen warf er in die Kaffeepfütze, in der es nach einem kurzen Aufzischen erlosch. Er schob die Hände in die Hosentaschen und blieb stumm vor Virginie stehen. Eine Weile rauchte er vor sich hin. Dann warf er die Zigarre über das Geländer und schritt, ohne seine Frau anzusehen, zurück ins Haus. Er nahm seine Lederjacke vom Haken im Korridor und schlüpfte hinein. Virginie folgte ihm. »Hermes«, sagte sie.

»Ich muss dringend nach einem Patienten sehen, der letzte Nacht eingeliefert und operiert wurde«, fiel er ihr ins Wort. Seine Augen fixierten einen Punkt irgendwo an ihrer Schulter. Er drehte sich um und ging.

Dann schnappte die Haustür ins Schloss, und Virginie spürte, dass in diesem Augenblick nicht nur die Tür ihres gemeinsamen Heims zufiel.

So hatte Virginie das Ende ihrer Ehe nicht erwartet. So lautlos. Wie das zufällige Auslöschen eines Streichholzes in einer Kaffeepfütze.

Sie war allein. Und ein alter Schmerz brach in ihr auf. Dehnte sich in ihrem Brustkorb mit einem solchen Druck aus, als wolle er Gitterstäbe zum Bersten bringen. Eine Mischung aus Schuld und Sehnsucht.

Wie konnte es sein, dass sie immer diejenige war, die

sich schlecht fühlen musste? Anfangs, weil Hermes ein Leben ohne sie führte, und jetzt, weil sie den Schritt in ein Leben ohne Hermes gewagt hatte.

Es war die Heimlichkeit, das Hintergehen, das war ihr klar. Weniger schlecht hätte sie sich nur dann gefühlt, wenn sie ihn verlassen hätte, bevor sie eine Affäre mit Léo begonnen hatte.

Feige ist nicht der, der Angst hat, sondern der, der lügt.

Hatten sie nicht beide Recht auf ihr Leben?

Wieso musste sie sich derart schuldig fühlen? Hermes' Schuldgefühle welkten stets wie Blumen, die nur einen Tag blühten. Ihre hingegen fraßen sie innerlich auf, ließen sie zusammenschrumpfen.

Waren sie nicht beide schuld? Wenn alles in ihrer Ehe in Ordnung gewesen wäre, hätte sie niemals eine solche Leere, eine solche Sehnsucht gespürt.

Hatte sie nicht oft genug versucht, mit Hermes darüber zu sprechen?

Was warf er ihr dann jetzt vor?

Nicht selten war das Leben eine einsame Angelegenheit. Und Paare gehörten entgegen der gewöhnlichen Auffassung zu den einsamsten. Denn die Tür führte durch eine Ehe nicht aus der Einsamkeit heraus. Oft war es das Gegenteil.

Bis zu welchem Punkt konnte man eine Liebe retten?

Hermes

Hermes litt an der Erkenntnis, dass Virginie auf dem Weg in ein anderes Leben war. Die kommenden Wochen gingen ineinander über, vervielfältigten sich und zersplitterten wie Kristall. Er arbeitete bis zum Umfallen und versuchte, möglichst wenig zu Hause zu sein. Wenn er nicht im Spital war, ertränkte er seinen Kummer im Whiskey.

Jahrzehntelang hatte er den Schmerz über das Verschwinden von Sarah und den Verlust des kleinen Jean-Pierre mit sich herumgetragen, wie eine Klinge, die in seinem Herzen steckte. Wie ein Messer schnitt Hermes seither selbst durch alles hindurch. Blieb jedoch gleichzeitig außerhalb. Außerhalb seiner Ehe, seiner Familie, seiner Freundschaften. Er schaute allem nur zu. Betrachtete das Leben mit Ernst und einer gewissen inneren Distanz.

Fortwährend hatte er das Gefühl, es sei gefährlich, auch nur einen Tag wirklich zu leben, sich einzulassen. Und nun, da er begriff, dass ihm auf diese Weise alles, was ihm etwas bedeutete, zu entrinnen drohte – Virginie und Jean-Pierre –, verstand er zum ersten Mal, dass es nicht die Angst war, die ihm all die Jahre Sorge bereitet hatte. Was ihn unbewusst beunruhigte, war die Furcht, dass er die

Angst irgendwann verlieren könnte. Denn sie lenkte sein Leben auf kontrollierte, vorhersehbare Weise. Sie ließ keine Veränderungen zu. Sie schützte ihn, lieferte ihm den Grund und den Vorwand, ja, die Ausflucht, nicht eintauchen zu dürfen in das echte Leben.

Doch außerhalb zu bleiben war nun keine Option mehr. Denn dann würde er Virginie verlieren.

Juliette

Der Garten roch nach taufeuchtem Gras. Die Wiesen außerhalb des Klinikareals waren violett, pink, rosa und gelb besprengt mit duftendem Vergissmeinnicht, Fingerhut, Storchenschnabel und Goldfelberich. Sie saß auf der Bank aus Teakholz und war umgeben von blühenden Pfingstrosen und Hortensien. Frühsommer.

Juliette ging es besser. Sie hatte erkannt, dass sie seit dem Verlust ihrer Mutter stets einen Puffer zwischen sich und die Welt gelegt hatte. Anfangs war dies Rückzug, dann waren es Antidepressiva, Schlafmittel und schließlich nach dem Suizidversuch die psychiatrische Klinik.

Sie hatte nicht hingesehen. Hatte ihre Träume zwischen Buchdeckel gesperrt. Hatte sich selbst ein Gefängnis errichtet.

Nach dem Tod der Mutter und durch die Ablehnung des Vaters war sie sich selbst verloren gegangen. Hatte weder Mut noch Kraft für den Schritt zurück in die Wirklichkeit aufbringen können. Doch in der Klinik hatte sie wie durch ein Wunder Menschen gefunden, die sie in ihrer Dunkelheit aufgespürt und vom Grund ihres tiefen, schwarzen Lochs heraufgezogen hatten. Léo und Virginie.

Die beiden hatten sich mit ihr auf die Suche nach dem Schlüssel zu ihrer Zelle gemacht, in die sie sich vor Jahrzehnten selbst eingesperrt hatte.

Léos grenzenlose Empathie und Virginies mütterliche Freundschaft hatten ihr geholfen, den Weg zurück zu sich selbst zu finden.

Juliette hatte wieder das Gefühl, die Welt zu atmen.

In wenigen Tagen würde sie entlassen werden. Léo sah keinen Grund, sie länger in der Klinik zu behalten. Weder für sich selbst noch für andere war sie eine Gefahr. Im Gegenteil: Sie hatte ihre Fühler ausgestreckt und tastete sich behutsam zurück ins Leben.

Jean-Pierre

Ein eisig blauer Morgen, an dem es der Sonne nicht gelingen wollte, den Tag aufzuwärmen, obwohl es bereits Anfang Juni war. Die Zeit der Schafskälte.

Gerade mal neunzehn Wochen arbeitete Jean-Pierre im Heim für körperlich behinderte Kinder, als Elodie völlig außer sich in seinem Büro aufkreuzte und ihn rausschmiss.

Sie wusste nicht, warum sie nicht viel früher diese Verbindung hergestellt hatte. Mit einem Mal stand es ihr klar vor Augen. Jean-Pierre war Notfallchirurg in der Universitätsklinik gewesen, bevor er sich um die Vertretungsstelle im Heim beworben hatte.

Die zeitliche Überlagerung. Dass ihr das nicht aufgefallen war! Jetzt, da endlich der Bericht ihres Krankenhausaufenthalts ins Haus geflattert war, hatte sie Klarheit. Dort stand es, schwarz auf weiß. Und was nicht dort stand, hatte sie längst von den tuschelnden Krankenschwestern erfahren, die sie nach ihrem Erwachen auf der Intensivstation betreut hatten.

Ein kurzer Besuch hatte genügt.

Und die Furcht war zurück. Er hatte sie erkannt. Er musste sie erkannt haben. Jean-Pierre war der Arzt aus der

Notaufnahme, der sie wiederbeleben sollte, dann aber selbst einen Zusammenbruch erlitten hatte.

Sie wusste selbst nicht, was genau sie daran so störte, denn sie hatte ja sterben wollen. Sein Versagen hätte ihr eigentlich entgegenkommen sollen.

Es war auch nicht sein Scheitern, das sie verunsicherte, sondern sein mögliches Wissen über sie, das sie nicht ertragen konnte.

Er wusste, wer sie war, und musste damals in der Notaufnahme in ihren erlöschenden Augen die Wahrheit gelesen haben, als er in sie hineingeleuchtet und nach dem Leben gesucht hatte. Jean-Pierre war viel zu klug, um nicht zu begreifen, dass sie hatte sterben wollen. Dass es kein Unfall war.

Jean-Pierre wusste mehr über sie, als gut war. Er musste gehen. Sofort. Sie konnte es nicht ertragen, dass der Blick in sein Gesicht sie fortan immer mit ihrer Schwäche konfrontieren würde.

Mit glühenden Wangen stieß sie die Tür seines Sprechzimmers auf und stürzte hinein.

»Du warst der behandelnde Arzt in der Notaufnahme der Uniklinik, als ich dort in der Neujahrsnacht eingeliefert wurde.«

Jean-Pierre öffnete den Mund, um etwas zu sagen, doch noch bevor er einen Satz über die Lippen brachte, schnitt ihm Elodie das Wort ab.

»Was hast du dir dabei gedacht, mir nicht zu sagen, wer du bist?«

»Es stand in den Unterlagen, die du anscheinend nicht richtig gelesen hast.«

»Wirfst du mir jetzt vor, dass ich den Fehler gemacht habe?«

»Ich werfe dir gar nichts vor.«

»Du hättest es mir sagen sollen.«

»Hör mal, Elodie«, versuchte Jean-Pierre zu beschwichtigen, »es tut mir leid, was damals in der Notaufnahme passiert ist. Ich weiß selbst nicht, was da mit mir los war.«

»Darum geht es nicht. Du hättest mir sagen müssen, dass du mich kennst, dass du in jener Nacht der diensthabende Notarzt warst.«

»Das hätte ich. Doch als ich plötzlich vor dir stand, war ich überfordert.«

»Warum hast du dich ausgerechnet hier beworben?«

»Dieselbe Frage stelle ich mir in dieser Minute.«

»War das dein Versuch, etwas wiedergutzumachen, weil ich dir in der Notaufnahme beinahe weggestorben wäre?«

»Verdammt, nein!«

»Keine Ausreden, Jean-Pierre! In Wirklichkeit – in der Wirklichkeit, die wir beide teilen – ging es dir doch in erster Linie darum, dich von deiner Schuld reinzuwaschen, nicht wahr?«

»Das eine hat mit dem anderen rein gar nichts zu tun. Dass ich dich hier getroffen habe, war purer Zufall.«

»Sicher.«

»Mein Vater, ich meine, Hermes, hat mir die Stellenausschreibung aus der Zeitung zugesteckt. Nachdem ich meinen Dienst quittiert hatte und nicht wusste, wohin mit mir, riet er mir, mal etwas ganz anderes zu machen. Womit er letztendlich recht hatte.«

»Spar dir deine Ausflüchte und Schmeicheleien, Jean-Pierre.«

»Wie kann ich dich nur überzeugen? Meine Gefühle für das alles hier, für meine Arbeit, für die Kinder, das alles ... ist echt.«

»Warum hast du mir dann nicht gesagt, wer du bist?«

»Weil ich es selbst nicht wusste, bevor ich euch – dir und den Kindern – begegnet bin.«

Elodie gelang es, ihre Fassung wiederzuerlangen, bevor sie ihm antwortete. Ihr Gesicht jetzt eine unbewegliche Maske. »Ich möchte, dass du gehst. Jetzt. Sofort.«

»Elodie.«

Sie ignorierte seine Absicht, noch etwas zu sagen, und wies mit ausgestrecktem Arm zur Tür.

Jean-Pierre stand auf, ging an ihr vorbei, ohne sie anzusehen, nahm seine Tasche vom Stuhl und trat in den Korridor hinaus.

»Die anderen Sachen hole ich später«, sagte er in die drückende Stille hinein, nicht ohne Hoffnung, dass Elodie ihre Meinung bis dahin geändert haben würde.

***

Jean-Pierre saß auf einer der Holzbänke, die den Kiesweg vor dem Behindertenheim säumten. Gedankenverloren starrte er in die Ferne. Da bemerkte er, dass sich eine kleine Hand in seine schob.

Er drehte den Kopf zur Seite und erblickte Lola, die ihn aus ihren großen Augen fragend ansah.

»Du siehst so aus, als würdest du frieren«, sagte Lola.

»Das liegt vermutlich daran, dass ich friere.«

Das Mädchen löste ihr knallrosa Tuch vom Hals und band es Jean-Pierre um.

»Danke. Aber bin ich nicht zu alt dafür?«

»Niemand ist zu alt für ein selbst gewebtes Tuch!«, sagte Lola streng. Sie kletterte zu ihm auf die Bank und setzte sich neben ihn.

Beide blickten hinauf zu Elodies Fenster, in dem sich der klare Himmel spiegelte.

»Hast du sie geärgert?«, fragte Lola.

»Ich fürchte ja«, sagte Jean-Pierre.

»Dann hast du genau eine Möglichkeit: Mach es wieder gut.«

»Das mit dem Wiedergutmachen ist so eine Sache.«

»Was für eine Sache?«

Jean-Pierre rieb sich die Stirn. Wiedergutmachen. Wie schaffte er das? Kinder konnten wiedergutmachen. Aber Erwachsene?

In den Baumkronen der Silberpappeln raschelte der Wind. Sie blinzelten in das von der Sonne durchleuchtete Blättergeflecht hinauf. Die weißen, flockigen Pollen wirbelten durch die Luft wie kleine, weiße Wölkchen, schwebten lautlos zu ihnen hinab und verfingen sich in den roten Haaren des kleinen Mädchens. Sachte zupfte Jean-Pierre sie heraus, legte sie auf seine Handfläche und pustete sie wieder in den Himmel empor.

»Sommerschnee«, sagte er leise. »Die Pappeln sind in diesem Jahr spät.«

Lola sah ins Treiben der weißen Flocken hinauf. Ihre Augen glänzten, und ihr Mund stand wie fast immer ein wenig offen. Staunen konnte dieses Mädchen! Über alles staunte sie in ihrer kleinen Welt. Warum gelang uns dies nicht in unserer viel größeren? Oder wurde die Welt mit zunehmendem Wissen über sie nur kleiner?

Er rieb seine Hände, pustete hinein. Es war ein frischer Junitag.

»Du kannst nicht den ganzen Tag hier sitzen. Du musst etwas tun«, sagte Lola schließlich.

»Und was sollte das sein?«, fragte Jean-Pierre.

»Geh zu ihr und bitte sie um Verzeihung!«

»Ich glaube, da ist nichts mehr zu machen.«

»Es ist immer etwas zu machen«, sagte Lola und sprang von der Bank hinunter. Sie formte eine Schale mit den Händen, als würde sie Wasser aus einem Brunnen hineinlaufen lassen, und streckte ihre Arme zum Himmel hinauf. Dann drehte sie sich zu Jean-Pierre um und sagte: »Los, form eine Handmuschel.« Jean-Pierre hob eine Augenbraue.

»Nun mach schon«, drängelte Lola.

Jean-Pierre legte die Handflächen aneinander. Lola tat so, als gösse sie den Inhalt ihrer Handfläche in seine.

»Was soll das sein? Wasser?«, fragte Jean-Pierre.

»Siehst du hier etwa irgendwo Wasser?«, fragte Lola. »Mach mal deine Augen auf! Das ist Licht. Ich habe für dich etwas von diesem magisch blauen Licht eingefangen, das den Himmel erfüllt. Wenn du es bei dir hast, findest du immer einen Weg.«

Jean-Pierre starrte auf seine Handflächen.

»Ich geh schon mal vor«, sagte Lola, flitzte zum Eingang und verschwand hinter der mächtigen eichenen Tür.

Sie rannte die Treppen hinauf und stürmte ohne anzuklopfen in Elodies Zimmer. Die Kinderärztin stand am Fenster und blickte hinab zu Jean-Pierre.

»Wie lange sitzt er schon da unten?«

»Seit du ihn weggeschickt hast.«

»Bei dieser Schafskälte?«

»Er hat ein Tuch.«

Elodie blickte sich zu Lola um und lächelte.

»Du musst ihn sehr mögen, nicht wahr? Wem sonst würdest du das Tuch schenken, das du selbst gewebt hast.«

»Rosa steht ihm gut.«

»Was steht ihm nicht gut?«, sagte Elodie, mehr zu sich selbst.

»Er sagt, dass du ihn vielleicht nicht wiederkommen lässt.«

»Sagt er das?«

Lola nickte.

»Stimmt das? Er darf nicht wiederkommen?« Ein Schatten senkte sich aufs Gesicht der Kleinen. Elodie beugte sich zu ihr hinunter und strich ihr über die Wange. »Meine liebste, liebste Lola.«

Die Kleine vergrub ihr Gesicht in den Händen und schüttelte eifrig den Kopf. Mit einem Mal stieg Wut in ihr auf, drängte sich vor ihre Verzweiflung, und die Worte sprudelten nur so aus ihr heraus. »Das darfst du nicht tun. Das darfst du nicht.« Ihre kleinen Hände zu Fäusten geballt, schlug sie auf Elodie ein. Elodie ging vor Lola in die Hocke, umschlang sie fest und raunte ihr liebevoll ins Ohr: »Ist ja schon gut, meine Kleine. Ist ja schon gut.«

»Für Frieden braucht es zwei. Für Krieg immer nur einen«, stieß das Mädchen aus. »Ist von dir.«

Elodie zog eine Augenbraue hoch. Ohne eine Antwort abzuwarten, löste sich Lola aus Elodies Armen, rannte durchs Zimmer hinaus über den Korridor, die Treppen hinunter und verschwand in ihrem Zimmer.

Jean-Pierre stand erst auf, als er spürte, dass die Feuchtigkeit des Morgentaus durch Mantel und Hose gesickert war.

Das knallrosa Tuch um den Hals gewickelt, wagte er sich zurück in Elodies Zimmer. Vielleicht gab es ja doch noch eine Chance. Er hielt den Kopf gesenkt.

»Du findest dort hinaus, wo du gerade hereingekommen

bist«, sagte Elodie, ohne von ihrem Schreibtisch aufzublicken.

»Elodie, ich weiß nicht, wie ich dir das erklären soll.« Mit schuldbewusster Miene stand er da.

»Besser für dich. Wer viel redet, hat gewöhnlich wenig zu sagen«, antwortete sie mit spitzer Zunge. »Geh jetzt. Ich will dich hier nicht mehr sehen.«

Elodie

Er hatte sie belogen. Andererseits: Was war nicht gelogen? Elodie biss sich auf die Lippen. Was stimmte nicht mit ihr?

Sie hatte in der Silvesternacht doch nur verschwinden wollen aus dieser Welt, die von allen Seiten an ihr zerrte. Die stets mehr von ihr erwartete, als sie geben konnte. Die ihr immer wieder das Gefühl gab, nicht zu genügen.

Aus einer Welt, in der jeder Schritt Kraft kostete. In der die Menschen ihrer Umgebung für sie nichts als eine unentwegte Anstrengung bedeuteten.

Sie hatte doch nur ihrem eigenen Leben entkommen wollen. Sie war doch nur so unendlich müde gewesen.

Damals hatten unzählige Auswegsgedanken ihren Kopf gefüllt wie Seifenblasen. Doch alle waren bei der ersten Berührung mit der Wirklichkeit zerplatzt.

Bis sie in ihrer bisher schwärzesten Nacht eine solche Verzweiflung angefallen hatte, dass sie sich im Fluss ertränken wollte.

Dann war sie gerettet worden, und ein sympathischer, gut aussehender älterer Herr, der sich ausgerechnet als der Tod ausgegeben hatte, hatte ihr ein Alibi verschafft. Hatte allen erzählt, der Sturz in den Fluss sei ein Unfall gewesen.

Und Wochen später war plötzlich dieser junge Arzt aufgetaucht, der sich unerwartet gut ins Gefüge des Behindertenheims eingepasst hatte. Ausgerechnet er enttarnte sich nun als der Notfallarzt aus eben jener Nacht.

Er musste alles über sie wissen. Er musste durchschaut haben, dass es ein fehlgeschlagener Suizidversuch war. Was waren noch die Worte der Krankenschwester gewesen, als sie auf der Intensivstation erstmals zu sich gekommen war? »Seien Sie auf der Hut! Entgegen der Aussage dieses reizenden Alten sind die Notärzte überzeugt, dass es ein gescheiterter Suizidversuch war. Überlegen Sie sich gut, was Sie denen erzählen. Sonst landen Sie schneller in der Psychiatrie, als Sie blinzeln können.«

Ausgerechnet Jean-Pierre hatte sie sich in einem sentimentalen Moment geöffnet und mehr von sich preisgegeben, als gut für sie war. Elodie fühlte sich wie von Röntgenstrahlen durchschaut. Wie hatte sie nur zulassen können, dass ihr dieser fremde Mensch so ungeheuer nah gekommen war? Sie wollte nicht, dass Jean-Pierre zurückkam. Sie konnte nicht mit jemandem zusammenarbeiten, vor dem sie sich nackt fühlte, mit jemandem, der zu viel über sie wusste, der in ihre Seele blicken konnte. Der sie womöglich nun mit anderen Augen sehen würde, der sie – auszuschließen war es nicht – beim kleinsten Gefühlseinbruch in die Psychiatrie bringen könnte. Seine Stelle war befristet. Eine Schwangerschaftsvertretung. Was, wenn er bleiben wollte? Er brauchte sie nur bei der Heimleitung als seelisches Wrack hinzustellen, und schon hatte er ihren Job – die ärztliche Leitung –, und sie war raus. Wem konnte man in der heutigen Welt schon vertrauen? Außerdem brauchte sie den Schutz der Anonymität, der sich warm wie ein Mantel um sie legte.

Gerade jetzt, da sie mühsam ihr inneres Gleichgewicht wiedererlangte, um zumindest im Alltag funktionieren zu können, brachte irgendein blöder Zufall sie wieder aus der Balance.

Oder musste sie sich endlich ihrem Leben stellen?

Was hatte ihre Adoptivmutter im Auto zu ihr gesagt, als sie sie aus dem Universitätsspital abgeholt hatte? »Die meisten Menschen erleben Schreckliches, das ein Leben lang wie eine schwarze Wolke über ihnen hängt, die jederzeit droht, sich in einem Sturm zu entleeren, der einen bis auf die Haut nass werden und frösteln lässt. Doch davor wegzurennen bringt nichts. Besser ist es, sie einmal richtig auf einen hinabregnen zu lassen. Dann ist das Unwetter vorüber.«

Juliette

Juliette trat aus der psychiatrischen Klinik hinaus in einen Sommerabend, dessen Luft den Duft von Flieder mit sich trug. Als das Licht der Sonne sie umfing, fühlte sie sich vom Leben getragen wie nie zuvor.

Ein flüchtiges Angstgefühl durchwehte sie nur im ersten Moment, als sie vom Vorplatz auf die Straße trat. Doch schon als ihr Blick auf die aufspringenden Blüten der Hartriegelsträucher fiel, pulsierte in ihr eine seltene Lebensfreude, die sie von sich selbst nicht kannte. Ganz sachte loderte tief in ihr ein neues Gefühl, glomm eine hauchzarte, prickelnde Flamme, die den Wind der Welt ersehnte, um in einem Feuer aufzusteigen. Es war das Gefühl des Neubeginns. Des Hinausschreitens in das Leben und des Hintersichlassens eines alten Ichs, aus dessen Haut sie sich nun mühsam schälte.

Überall knospende Bäume. Blüten, die aus der Erde krochen. Die Natur stand in saftigem Grün. Aus jeder Ecke leuchtete der Sommer. Welch unermessliche Schönheit die Welt barg.

Ein feiner Hauch von Leichtigkeit umwehte sie.

Sie müsse ihren Fragen nachgehen, um ihre Geschichte zu verstehen, hatte Léo gesagt. Wem aber diese Fragen stellen? Von Margaux würde sie erfahren, was es mit dem Amulett auf sich hatte. Doch barg ein zerbrochenes Medaillon ihre ganze Geschichte?

»Wir haben die Kraft, uns zu ändern. Wir sind nicht dazu verdammt, zu bleiben, wer wir sind. Versteck dich nicht. Weder vor dir noch vor der Welt. Deine Möglichkeit, alles zu verändern, dich selbst eingeschlossen, beginnt hier«, hatte Virginie ihr beim Abschied gesagt.

Welch unerwartete Wege das Leben manchmal nahm, dachte Juliette. Ihr Vater hatte ihr täglich gezeigt, wie unerwünscht sie war, wodurch sie früh gelernt hatte, sich unsichtbar zu machen.

Entgegen jedem Glauben brauchte es allerdings nur eine einzige ungewöhnliche Begegnung mit zwei Menschen, die ihr in gewisser Weise ähnlich waren und die sie aufrichtig mochten, um sich selbst anzunehmen und sich in ein eigenes Leben zu trauen.

Nur wer sich selbst kannte, wurde von anderen erkannt.

Flimmerndes Leben auf den Straßen. Wie herrlich es war, in von der Sonne geküsste Gesichter zu blicken.

Die Welt, wie sie sich jetzt vor Juliette ausbreitete, war schön. Mit all ihren Düften und Farben. Den Gerüchen von feuchter Erde, von Regentropfen in der Luft, von zwischen den Fingern zerriebenen Lavendelblüten und Pfefferminzblättern.

Es gab nur diesen Augenblick. Und eine Zukunft voll von noch ungekannten Möglichkeiten. Sie brauchte sie nur zu fassen.

Auf dem Weg nach Hause erinnerte sich Juliette zum

ersten Mal nicht mehr mit schmerzverzerrtem Gesicht an ihre Mutter, sondern mit einem Lächeln auf den Lippen.

Erinnerungen konnten auch trösten, nicht nur zerreißen.

Es war immer zu früh, jemanden zu verlieren, der einem nahestand. Doch Léo und Virginie hatten ihr bewiesen: Für jeden Menschen, der uns im Leben verletzte oder enttäuschte, gab es mindestens einen anderen, der uns beglückte. Für jeden Menschen, der uns im Leben verließ, gab es mindestens einen anderen, der kam.

Sie hatte auf der Kante einer Klippe gesessen und war tief hinabgestürzt. Doch der Fall hatte ihr gezeigt, dass sie gar nicht so schwach war, wie sie immer geglaubt hatte. Dass sie nur ihre Flügel ausbreiten musste, um zu fliegen.

Das Leben hatte ihr viel genommen. Es hatte ihr aber auch die Hand gereicht und sie aus dem Nichts hinauf in eine Gegenwart gezogen, die eine Zukunft versprach.

Mit neuem Blick betrachtet, waren die Erinnerungen an ihre Mutter plötzlich heilsam. Sie hüllten Juliette ein wie ein warmes, weiches Tuch. Auf ihrem Weg nach Hause erinnerte sie sich an einige wenige, aber sehr augenfällige Eigenheiten ihrer Mutter, die ihr nun ein Schmunzeln auf die Lippen zauberten. Zum Beispiel dachte sie daran, dass ihre Mutter wohlweislich in die falsche Richtung gegangen war, nur um diejenigen, die sie nach dem Weg gefragt hatte, nicht vor den Kopf zu stoßen. Und sie erinnerte sich, dass sie sich ohne Worte hatten verständigen können. Nur mit den Augen. Sie träumte sich in jene Nacht zurück, in der ihr Sarah und ihre Mutter erschienen waren, sie angelächelt und gesagt hatten, sie würden auf der anderen Seite auf sie warten, wenn ihre Zeit gekommen war.

Juliette verstand nun zum ersten Mal die Worte des Abschieds, die ihr ihre Mutter mit dem letzten Gute-Nacht-Kuss ins Ohr geflüstert hatte: »Denk darüber nach, wer du bist. Wer du sein willst. Das richtige Leben ist einfach. Wenn wir das tun, was uns entspricht. Nur wenn wir das Falsche tun, ist das Leben schwer.«

Ja, sie war lange sehr einsam gewesen, dachte sie bei sich. Man war so allein, wenn man niemanden mehr hatte, der einen kannte, bevor man sich selbst kannte.

Doch Virginie und Léo hatten ihr gezeigt, dass sich in jedem Schlechten etwas Gutes verbarg. Und dass der, den niemand kennt, die Freiheit hatte, sich selbst neu zu erfinden.

Juliette blieb kurz stehen, stellte ihre Ledertasche auf den Gehweg. Allmählich wurde selbst dieses leichte Gepäck schwer. Doch sie wollte sich noch immer kein Taxi nehmen. Die ersten Schritte in ihr neues Leben würde sie zu Fuß gehen. Im Fahren hinterlässt man keine Fußabdrücke, sagte sie sich.

Sie blickte in den Himmel. Irgendwo aus dem abendlichen Violett grollte ein Donner. Dann schwieg die Luft wieder. Juliette hob die lederne Tasche auf, schlang sie sich über die Schulter und setzte ihren Weg fort.

Sie betrachtete die Menschen, die an ihr vorübergingen. Schaute ihnen direkt ins Gesicht, wich ihren Blicken nicht mehr aus. So viele verschiedene Geschichten. Und alle aus einem anderen Stoff. Alle in einer anderen Form. Schnittmuster des Lebens – wie schon ihre Großmutter, die Schneiderin Geneviève, gesagt hatte: Wie ein Stoff konnte auch ein Leben zerreißen. Dann musste es wieder geglättet und zusammengeflickt werden. Mit einer guten Naht. Und wenn sich ein Riss nicht mehr flicken ließ – das kam an irgendeinem Zeitpunkt im Leben eines jeden vor –, musste man erneut Maß nehmen. Manchmal mit einem anderen Stoff. Einem Stoff, in den sich das eigene Leben besser schmiegte. Während eines einzigen Lebens musste man viele Nähte flicken. Viele Stoffe probieren. Doch noch bevor man Maß nahm, musste man wissen, welche Form man der eigenen Biografie geben wollte.

Plötzlich zogen dunkle Wolken auf und rasten über den Himmel. Wurden immer dichter, bis sich über Juliette ein schiefergraues Zelt spannte, das immer düsterer wurde. Die Häuser duckten sich unter dem bedrohlichen Firmament. In wenigen Augenblicken würde es regnen. Und das, lange bevor sie ihre Wohnung erreichte. Sie würde nass werden bis auf die Haut. Aber was war schon ein Regenschauer nach allem, was sie hinter sich hatte, und neben allen Sonnentagen, die vor ihr lagen?

Nichts im Leben war per se schlecht und nichts per se gut. Wenn man nur tief genug grub, erkannte man, dass alles plötzlich Sinn ergab – so sinnlos uns Geschehnisse auf den ersten Blick auch erscheinen mochten. Am Ende einer jeden Geschichte war alles stimmig.

Kaum hatte sie diesen Gedanken zu Ende gedacht, zerriss ein gellendes Donnergrollen die Stille. Mit einem Mal begann es zu stürmen.

Jean-Pierre

Jean-Pierre schob die Akten auf seinem Schreibtisch zusammen, ordnete sie zu einem Stapel und platzierte sie am linken oberen Ende des Tisches. Er räumte die Stifte zurück in die Schublade und stellte die Bücher zurück ins Regal. Seine eigenen Habseligkeiten schob er in seine Aktentasche.

Als das Untersuchungszimmer aussah, als sei er nie dort gewesen, sank er in den Armlehnstuhl und schlug die Hände vors Gesicht. Seit der Nacht in der Notaufnahme, in der er versagt hatte und ausgerechnet Elodie fast hätte sterben lassen, gab es in seinem Leben nur noch Enden. Keine Anfänge.

Er rieb sich mit den Handballen die Augen, fuhr sich durchs Haar. Hinter der Tür, die einen Spaltbreit offen stand, raschelte es. Dann tauchten feuerrote Locken auf, und schließlich erschien Lolas Gesicht in der Tür. Aus traurigen Augen blickte sie ihn an, ohne etwas zu sagen – was ungewöhnlich für die Kleine war.

»Na, komm her, du kleiner Wirbelwind«, sagte Jean-Pierre, der noch immer das rosafarbene Tuch um den Hals geschlungen hatte. Er breitete die Arme aus und stand auf.

Lola rannte ihm entgegen. Er fing sie auf und umschlang sie fest. Dann fasste er sie an beiden Armen, kniete sich vor ihr nieder und sagte: »Lass dir von niemandem je einreden, dass du etwas nicht kannst. Nicht einmal von aufgeblasenen Kerlen wie mir.«

Lola senkte den Kopf. Jean-Pierre legte den Finger unter ihr Kinn und hob es an, sodass sich die beiden in die Augen blickten. »Wenn du einen Traum hast, Rotznase, dann musst du ihn beschützen. Dann darfst du ihn dir von niemandem ausreden lassen, alles klar?« Lola nickte. »Ein Traum ist ein Ziel, das dein ganzes Leben erfüllt. Ein Traum sagt dir, wer du bist.« Er nahm ihr Gesicht in seine Hände. »Wenn andere etwas nicht können oder nicht schaffen, reden sie einem gern ein, dass man selbst es auch nicht kann oder schafft. Aber das ist falsch. Wenn du etwas unbedingt willst, dann mach es, und vertraue dir. Verstanden?«

»Verstanden« sagte Lola und schlug die Lider nieder. Tränen kullerten über ihre Wangen.

»Du musst nur auf die richtige Gelegenheit warten. Das Entscheidende ist, sie nicht zu verpassen. Aber jeder von uns bekommt seine Gelegenheit. Vergiss das nie.« Dann schloss er das Mädchen in seine Arme. Sie vergrub ihr Gesicht in seinem Hemd und schniefte.

»Du bist wie ein junges Vögelchen. Hier ist dein Nest. Und auch meine Tür wird dir immer offen stehen. Jetzt musst du nur noch lernen zu fliegen.«

Lola schluchzte. Dann löste sie sich aus seinen Armen, sah ihn an und fragte: »Kommst du mich mal besuchen?«

»Und ob ich das tun werde!« Er drückte ihr einen Zettel in die Hand. »Hier drauf stehen meine Telefonnummer und meine Adresse. Für alle Fälle. Du kannst mich immer, wirklich immer anrufen.«

Jean-Pierres Augen fingen an zu glänzen, wässrig zu werden. Er tippte Lola mit der Fingerspitze auf die Nase, lächelte sie an und sagte: »Du bist ein ganz besonderes Mädchen, Lola. Die Welt braucht dich. Vergiss das nicht.«

Dann griff er nach seiner Aktentasche, wischte sich mit dem Handrücken über die Augen und ging.

Juliette und Jean-Pierre

Der Himmel war inzwischen tiefschwarz. Der Wind raschelte in den Baumkronen und trieb Papierfetzen die Straße entlang. Die Markisen der Läden flatterten. Juliette überließ ihr kupferfarbenes Haar dem aufkommenden Gewitter.

Vielleicht wäre es doch klüger gewesen, sich ein Taxi zu schnappen, dachte sie. Doch der Drang nach Luft und Freiheit nach dem monatelangen Spitalaufenthalt war stärker gewesen.

Ihr helles T-Shirt leuchtete vor den dunklen Wolken. Sekunden später setzte ein Platzregen ein. Schützend hielt sie sich ihre Tasche über den Kopf und flüchtete sich unter einen kleinen Erker. Regenschleier wehten seitwärts heran. Sie war völlig durchnässt, ihr lockiges Haar klebte in Strähnen an ihrem Gesicht.

Jean-Pierre sah die junge Frau schon von Weitem. Er fuhr den Wagen rechts ran, kurbelte die Scheibe auf der Beifahrerseite herunter und fragte: »Kann ich Sie irgendwohin mitnehmen?«

»Nein, danke, ich wohne in der Nähe«, sagte Juliette.

»Der Regen wird so bald nicht aufhören. Kommen Sie, ich fahre Sie nach Hause.«

Er stieß die Beifahrertür auf und winkte sie ins Auto. Schließlich sprang sie über Pfützen herbei, ging auf Spiegeln dahin, in denen sie die Wolken zittern sah. Der Himmel unter ihr.

Juliette ließ sich ins weiche Leder sinken. Flüchtig sah sie Jean-Pierre an, erkannte ihn jedoch nicht. Die Wagentür schloss mit einem satten Laut. Jean-Pierre drehte den Zündschlüssel und ließ den Motor an. Gemeinsam fuhren sie, eingehüllt in den Duft von Tabak, die Straße hinunter. Die Rollläden der Geschäfte waren hinuntergelassen, viele Fensterläden geschlossen. Ab und an pflügte ein Fahrrad neben ihnen durch die Pfützen. Regentropfen strömten den Scheinwerfern entgegen, platzten auf dem Glas der Windschutzscheibe.

»Die Dämmerung ist etwas Magisches«, sagte Juliette in das Schweigen hinein, »wenn das letzte Licht des Tages weicht oder das erste Licht die Dunkelheit füllt.«

»Ich bin nicht so für Magie.« Ein kurzer Blick zur Seite, dann wandte er sich wieder der Straße zu.

»Nicht? Auch nicht für diese besondere Stimmung, in die ein Gewitter wie dieses einen taucht?«

»Regen halte ich prinzipiell nicht für Magie«, schmunzelte Jean-Pierre.

»Aber er ist beruhigend. Er hat so viele verschiedene Klänge.«

Es schüttete. Die Scheibenwischer waren sich nicht einig und verhakten sich.

»Sie sehen, er wirkt nicht auf alle beruhigend. Die muss ich schnell richten.«

Juliette nickte.

Jean-Pierre fuhr rechts heran, stieg aus. Als er die Scheibenwischer wieder in die richtige Position gebracht hatte, sah er die Fremde kurz durchs regennasse Glas an. Die Blässe ihrer Haut. Die Augen schienen ihm groß, aber es war zu dunkel, um sie deutlicher zu erkennen, und außerdem war ihr Gesicht hinter ihren Haarsträhnen verborgen.

Er öffnete die Fahrertür, plumpste zurück auf seinen Sitz. Klatschnass von nur wenigen Sekunden im Regen. Sie fuhren weiter.

Mit einem Mal hörte es auf zu schütten. Die Straßen dampften. Schweigend krochen sie durch den vom Asphalt aufsteigenden Dunst, der das Scheinwerferlicht schluckte. Die Straßen wie leer gefegt.

Sie hielten vor Juliettes Haus. Jean-Pierre stieg aus, öffnete die Beifahrertür. Aus der Ferne drangen Stimmen zu ihnen, die im Grau und der Stille ganz fehl am Platz schienen. Als sie in den hell ausgeleuchteten Hausflur traten, zersprang die Dunkelheit wie Glas.

Und dann erkannte er sie. Diese Fremde war Elodie! Elodie war diese Fremde! Nur in der Haarlänge unterschieden sie sich. Wie konnte das sein?

Auch in Juliette regte sich eine Erinnerung. Tief im Gedächtnis. Wie ein Schatten, der vorbeihuschte, ohne Farbe und Kontur anzunehmen. Und doch bekam sie den Gedanken nicht zu fassen.

»Entschuldigen Sie«, sprach Jean-Pierre in die Stille hinein, »darf ich Sie etwas fragen?«

»Ich gehe nicht mit Ihnen aus.«

»Nein, nein«, lächelte Jean-Pierre, »das ist es nicht. Sie haben nur eine gewisse Ähnlichkeit mit jemandem. Eine unglaubliche Ähnlichkeit, um genau zu sein. Haben Sie eine Schwester?«

Juliette runzelte die Stirn. »Ganz bestimmt nicht.«

»Nicht?« Jean-Pierre zuckte die Schultern. »Sind Sie sicher?«

»Das ist nicht Ihr Ernst. Unterstellen Sie mir gerade, dass ich mich in meiner eigenen Familie nicht auskenne?«

»Dann muss ich mich irren.«

»Definitiv«, sagte Juliette. »Trotzdem danke, dass Sie mich gefahren haben. Auf Wiedersehen.«

»Auf Wiedersehen«, sagte Jean-Pierre.

Juliette drehte sich um und stieg die Treppen hinauf zu ihrer Wohnung.

Bevor er den Wagen anließ, stützte sich Jean-Pierre mit beiden Händen am Lenkrad ab. Noch immer umwehte ihn der hauchfeine Duft dieser Frau. Ein Duft, der sich zart über den Tabakgeruch legte. Ein Duft, den er von irgendwoher kannte. Aber woher? Ein Zipfel löste sich aus seiner Erinnerung. Und doch: Nichts ergab Sinn. In keiner Richtung.

Juliette

Sie schob ihre Hand in das Seitenfach ihrer Ledertasche und tastete nach dem Schlüsselbund. Das Schloss öffnete sich mit dem vertrauten Klang. Stickige Luft schlug ihr entgegen. Kein Wunder. Monatelang waren die Fenster ihrer Wohnung nicht geöffnet worden. Und doch umwehte sie beim ersten Schritt in den Korridor der Geruch von zu Hause.

Was für eine seltsame Begegnung, dachte Juliette, als sie sich die klatschnassen Schuhe von den Füßen streifte, aus Jeans und T-Shirt schlüpfte und beides im Bad zum Trocknen aufhängte. Sie kannte diesen Mann. Seine Stimme, seine Mimik rührten etwas in ihr, doch sie bekam nicht zu fassen, was es war.

Sie schlug ihr nasses Haar in ein Handtuch ein, zog sich einen Pyjama über und schritt zögerlich ihre Wohnung ab, die sie als ihr altes Ich verlassen hatte und nun als eine andere Frau wieder betrat. Auf leisen Sohlen schlich sie von Zimmer zu Zimmer, berührte mit den Fingerspitzen alte Lieblinge wie traurige Erinnerungen. Sie musste sich erst wieder vertraut machen mit den Räumen und der Einrichtung, zu der sie in den vergangenen Monaten die Verbindung verloren hatte.

Als sie ihr kleines Arbeitszimmer betrat, leuchtete ihr etwas vom Schreibtisch entgegen. Das Licht der Straßenlaterne fiel ins Zimmer und streichelte eine antike Underwood Standard Portable. In die Schreibmaschine war ein Blatt Papier eingespannt, auf dem stand:

Liebste Juliette,

herzlich willkommen zu Hause!

Jemand hat mir zugeflüstert, dass du den Buchdeckel geöffnet, deine zwischen leeren Seiten eingesperrten Träume befreit hast und jetzt endlich Schriftstellerin werden wirst.

Ich habe mir erlaubt, deinen Schreibtisch hierfür aufzuräumen. An einem überfüllten Platz kann nichts Neues entstehen. Dafür braucht es Leere.

Hab Vertrauen. Das Glück wird dich finden. Denn es findet jeden, der sich auf seinen eigenen Weg macht.

Deine Margaux

P.S. Falls die Underwood zu nostalgisch für dein Buchprojekt ist: Im ersten Schubfach des Schreibtischs findest du dein Notebook.

Jean-Pierre

Zurück zum Start, dachte Jean-Pierre, als er den Schlüssel im Schloss seiner Wohnungstür drehte und sie mit einem Knarren aufsprang. Inzwischen war der Aufruhr, den diese Frau in ihm angerichtet und den er nicht einordnen konnte, abgeebbt, und er blickte wieder auf das Desaster seiner Existenz.

Sein ganzes bisheriges Leben ein einziges Versagen. Der Erfolg in der Universitätsklinik bloß, weil der Glanz von Hermes auf ihn abgestrahlt war. Claude und Binette, die ihn nur adoptiert hatten, um sich ein Kind ins Leben zu holen, wie sich andere einen Gartenzwerg in den Garten stellten. Und nun hatte er auch noch den Job im Kinderheim verpatzt, in dem er sich erstmals lebendig gefühlt hatte.

Er hätte Elodie nicht anlügen sollen. Hätte ihr von Anfang an die Wahrheit sagen sollen. Dass er sie kannte. Aus jener Nacht. Und dass er es versaut hatte. Ihre Rettung. Seine Chance.

Aber hätte sie ihn dann überhaupt eingestellt? Außerdem schien es ihr ja nicht um sein Versagen zu gehen, sondern um das Wissen über sie. Die Erkenntnis, dass es kein Unfall gewesen war. Dass sie sich hatte umbringen wollen.

Er verlor auf allen Ebenen.

Im Unispital hatte er sich nicht bewährt. Vielleicht, weil er sich als jemand hatte bewähren wollen, der er gar nicht war. Vielleicht weil er dieses Scheitern gebraucht hatte, um seinen wirklichen Platz zu finden. Wer wusste das schon?

Doch warum hatte ihn dieser Ort, das Heim, sein neuer Platz, zu dem er unerwartet, ja, unerhört gut zu passen schien, wieder ausgespuckt wie etwas Unverdauliches?

So viele Abfahrten in seinem Leben und keine einzige Ankunft. Weder bei einer Frau, die er aufrichtig liebte. Noch bei einem Job, der ganz zu ihm passte. Noch sonst irgendwo.

Vielleicht musste sich ein altes Leben erst einmal vollständig zersetzen, bis aus dem zerfallenen Gewebe der Keim für einen wirklichen Neuanfang treiben konnte.

Hermes

Hermes war zu Hause. Noch nicht lange. Aber er war da. Die Operation der vergangenen Nacht hatte bis in die frühen Morgenstunden gedauert. Sein Wagen stand in der Auffahrt. Der Motor war noch warm. Unter der sich abkühlenden Karosserie knackte es leise.

Ihre Blicke begegneten sich im Spiegel, als Virginie den oberen Stock erreichte. Eigentlich hatte sie am Badezimmer vorbeihuschen, sich ein anderes Kleid anziehen wollen, um ihn nicht mit dem Geruch der vergangenen Nacht zu empfangen. Doch dann blieb sie in der geöffneten Badezimmertür stehen und sah ihn an. Hermes stand am Waschbecken und rasierte sich. Kurze, gleichmäßige Züge. Ab und an säuberte er die Rasierklinge mit einem kurzen, kräftigen Wasserstrahl.

Er sah es sofort. Das Geheimnis in ihren Augen. Und sie sah, dass er es sah. Ein drückendes Schweigen legte sich über den Raum. Virginie suchte nach Worten, die sie zu ihrer Verteidigung hätte sagen können.

Es geschah das einzig Unerwartete, nämlich nichts. Schließlich ging sie ins Schlafzimmer, zog sich um und sagte dann, als sie auf dem Weg nach unten erneut am Badezimmer vorbeikam: »Ich muss heute sehr früh an der Universität sein. Ich war schon auf dem Weg, aber das Kleid, das ich mir angezogen hatte, war einfach zu dünn. Es ist heute früh kühler, als ich dachte.«

Welch fadenscheinige Ausrede, dachte Hermes. Aber er sagte nichts. Wieder begegneten sich ihre Blicke im Badezimmerspiegel. Hermes nickte bloß. Dann huschte sie die Treppe hinunter und durch die Haustür hinaus.

Als sie am Abend nach Hause kam, war es still im Haus. Kein Licht war angeschaltet. Sie schälte sich aus ihrem Trenchcoat und ließ ihn zu Boden gleiten. Dann streifte sie sich die Pumps von den Füßen und massierte sich die Knöchel. Als sie barfuß über das Parkett im Korridor schlich, sah sie, dass die Tür zu Hermes' Arbeitszimmer eine Handbreit offen stand. Sie spähte hinein.

Hermes saß mit glasigen Augen auf dem Sofa. Die Flasche Whiskey in der einen Hand, in der anderen eine längst erloschene Zigarre. Draußen begann es zu gewittern. Der Regen trommelte an die Fensterscheiben. Virginie fühlte seine Traurigkeit und wusste, dass sie die Rolle der vergangenen Wochen nicht weiterspielen konnte. Kurz sah er sie an. Das zerzauste Haar fiel ihr ins Gesicht. Dann blickte er wieder zum Fenster hinaus. Es war nichts zu machen, er liebte sie.

»Ich kenne mich mit Frauen nicht aus«, sagte er mit trockener, heiserer Stimme in das Schweigen hinein. »Selbst mit meiner eigenen nicht. Aber ich kenne mich aus mit den Gefühlen eines Betrogenen. Man wandert gedanklich in der Zeit zurück, sucht nach dem Detail, das man übersehen hat. Und plötzlich sieht man sie, die Hinweise. Erinnert sich an Wörter und Blicke, die darauf hingedeutet haben. Und erkennt den Moment, an dem es begonnen hat. Mit der Sicht zurück bekommt alles plötzlich eine andere Bedeutung. Alles fügt sich zu einem neuen Bild zusammen. Du redest mit niemandem darüber. Vor allem nicht mit deiner Frau. Aber irgendwann redest du doch. Weil der Schmerz in dir in all den Wochen gewachsen ist und selbst die letzte Freude, die noch in dir ist, auffrisst.«

Er stellte die Flasche auf den Tisch und drückte den Zigarrenstummel hinein. Dann stand er auf, öffnete das Fenster und ließ die Luft ins Zimmer, die nach Gewitter und nach feuchtem Asphalt roch.

»Manchmal endet die Liebe mit einem lauten Knall. Manchmal stirbt sie leise, wie eine Pflanze, die vertrocknet, weil sie zu wenig gegossen wird«, sagte er, von ihr abgewandt. Dann drehte er sich um und sah ihr ins Gesicht, in ihre in Tränen schwimmenden Augen. »Vermutlich ist mir viel zu spät klar geworden, dass du jeden Tag unserer Ehe auf mich gewartet hast. Und ich nie wirklich da war. Weil ich mich nicht in ein Leben mit dir gewagt habe. Weil all die Erinnerungen an Jean-Pierres Mutter Sarah und ihr plötzliches Verschwinden eine so große Verlustangst in mir haben wachsen lassen, dass mir der Mut fehlte, mich nochmals so auf eine Frau einzulassen. Bis du jemanden getroffen hast, der lebendiger war als ich – was keine allzu große Kunst ist.« Er fuhr sich mit der Hand durchs Haar. »Ich weiß, es ist verrückt zu glauben, du kämst eines Tages zu mir zurück, und noch verrückter zu glauben, du könntest mich noch lieben. Aber ich hoffe es. Wenn auch auf winzigster Flamme. Auf einer, die gerade groß genug ist, dass sie mir wehtun kann, mich jedoch nicht verbrennt.« Er strich sich mit beiden Händen übers Gesicht. »Ich bin ein Feigling, Virginie. Ich meinte es nicht böse, aber ...«

»Du warst nie wirklich hier«, schnitt ihm Virginie das Wort ab. »In all unseren gemeinsamen Jahren warst du immer nur bei ihr. Bei Sarah. Wie sollte ich in deinem Leben einen Platz finden, wenn sie immer hier ist?«

»Es tut mir leid. Es tut mir so unendlich leid«, sagte Hermes. »Ich habe viel zu spät begriffen, was Liebe ist.«

»Ach, und jetzt weißt du es?«

»Liebe bedeutet, den anderen zu erkennen. Wer er ist und was er braucht. Liebe ist, wenn man sich zwischen den Ehepartner und die Welt stellt und sie dadurch für den anderen erträglicher macht. Liebe ist all das, was du bist. Und wenn du mir noch eine Chance gibst, werde ich versuchen, die wahre Bedeutung von Liebe zu leben. Denn du bist alles für mich.«

Mit tränenverschleiertem Blick reichte Virginie Hermes beide Hände. Er nahm sie, drückte sie sanft und sagte: »Anscheinend haben wir beide deine Affäre gebraucht, um zu erwachen. Du aus deiner Tristesse. Ich aus meinem Kerker.«

»Und was machen wir jetzt?«

»Einen Schritt nach dem anderen. Denn nur so bringt man das Leben hinter sich.«

Léo

Léo hatte ein umwerfend schönes Lachen. Ein Lachen, das jemand mit seiner Vergangenheit gar nicht hätte haben dürfen. Und er hatte einen besonderen Blick. Einen Blick, in dem eine solche Intensität und Stärke ruhten, dass man sich ihm kaum entziehen konnte.

Er verstand Virginie. Auch wenn er sie gar nicht hätte verstehen dürfen. Doch er hatte in zu viele Leben geblickt und gelernt, dass jedes Ende, so schmerzhaft es auch war, bereits einen Neuanfang in sich barg. Dass nichts, rein gar nichts auf dieser Welt ohne einen Sinn geschah, auch wenn dieser sich uns erst sehr viel später erschloss, und dass das Ende einer Geschichte davon abhing, wo wir sie enden ließen.

Virginie hatte mit Léo eine letzte gemeinsame Nacht verbracht. Es war nicht das Ende einer Illusion. Sondern das Ende von etwas Wahrem. Und doch hatte sie ihm Lebewohl sagen müssen. Manche Geschichten müssen wir beenden, bevor sie aufhören.

Nachdem Virginie gegangen war, hatte er sich ins Bett gelegt, in dem er so viele leidenschaftliche Stunden mit ihr verbracht hatte, und ihren Duft geatmet, bis er sich aus seiner Nase verflüchtigte. Virginie war aus seinem Leben verschwunden. Endgültig.

Er hatte gewusst, dass der Tag kommen würde, an dem sie zu Hermes zurückgehen würde. Er hatte es gewusst. Gerade das gefiel ihm ja so gut an Virginie. Dass sie war, wie sie war. Eine Frau mit Werten, Verantwortungsbewusstsein, Prinzipien und Loyalität. Eine Frau, die nicht achtlos nahezu zwanzig Ehejahre fortwarf für ein heiß aufglühendes Verlangen und Begehren.

Doch mit dem Verlust umzugehen war eine andere Sache.

Die Faszination füreinander, für ihre Körper und Berührungen, hatte sie beide wiederbelebt. Dieses neue elektrisierende Gefühl hatte sie beide wachgeküsst aus einem Leben voller Tristesse und Einsamkeit. Mit ihrer Begegnung hatten sie einander den Frühling des Lebens zurückgeschenkt.

Durch sie war Léo ein anderer geworden. Virginie hatte ihm gezeigt, dass er ein Mann war, in dem alle Formen von Männlichkeit zumindest als Möglichkeit vorhanden waren. Das Glück würde ihn finden. Da war er sich zum ersten Mal sicher.

Doch dafür musste er neu beginnen. Musste zum Anfang zurück. Zum Grund seines Sees und endlich daraus auftauchen und das Leben atmen.

***

Er hatte sich auf den Weg gemacht. Bis er ihn erreichte, den See. Der glitzernd dalag und auf beiden Seiten von Wäldern umarmt wurde.

Die sommerabendliche Kühle strich ihm übers Gesicht.

Seine Fingerspitzen glitten an der eingebrochenen Steinmauer entlang, die zu einem verträumten, gepflasterten Innenhof führte, in dem er in Kindertagen mit Jacob Verstecken gespielt hatte. Moos zwischen den Steinen. Ein Haus ohne Dach. Letzte Zeugnisse einer nicht mehr zu erkennenden, zerbröckelten Zeit. Und in der Mitte eine Zeder, die in den unendlichen Himmel hinaufgewachsen war. Er setzte sich auf einen der herumliegenden Steine.

Der See vor ihm. Schimmernd wie Jade. Wie ein großer, weiter Spiegel, der erstmals nicht mehr seinen Schmerz, sondern ein Lächeln zurückwarf. Die Wasserfläche so glatt, dass man auf ihr hätte schreiben können.

Léo legte den Kopf in den Nacken und blickte in die unendliche Weite des Himmels, aus der das Strahlen seines Bruders Jacob auf ihn herabzuschweben schien.

Kaum zu ermessen, die Pracht der Welt, die sich vor einem ausbreitete, wenn man sie zu sehen bereit war.

Juliette

»Ich weiß nicht, was ich sagen soll«, fiel Juliette der zierlichen alten Dame wenige Tage nach ihrer Rückkehr aus der psychiatrischen Klinik um den Hals. »Die Underwood, die Botschaft auf dem eingespannten Papierbogen!«

»Ich dachte, es könnte nicht schaden, wenn du gleich nach deiner Heimkehr einen ersten Blick auf die Person werfen würdest, die du einmal werden wirst«, sagte Margaux.

»Woher hast du das gewusst, das mit dem Schreiben?«

»Ich bin zwar alt, aber ich habe noch Augen im Kopf. Ich sehe, wenn eine junge Frau sich auf den Weg zu ihren Träumen machen muss.«

»Danke!«, sagte Juliette und umarmte Margaux erneut.

»Geneviève hat mir viel von dir erzählt, Juliette. Sie hätte dir lange vor ihrem Tod einen Stups in die richtige Richtung geben sollen. Aber so viel Erziehung hat deine Großmutter nicht übers Herz gebracht«, sagte Margaux schmunzelnd.

Die kleine, alte Dame legte ihren Arm um Juliettes Taille und führte sie in den Salon.

»Setz dich, mein Kind«, sagte sie und goss ihr eine Tasse

Tee ein. Der Duft von blühendem Jasmin stieg Juliette in die Nase.

»Jetzt, da der Unfug mit dem Tod aus der Welt geschafft ist, hat das Leben wieder Platz.« Sie öffnete die Handfläche und hielt Juliette das zerbrochene Amulett hin, das sie ihr beim Besuch in der Psychiatrie gezeigt hatte. Juliette nahm es in die Hände und strich mit den Fingern darüber.

»Du musst mir allerdings versprechen, dass du dich nicht wieder aus freien Stücken dem Tod in die Arme wirfst. Das wäre eine große Verschwendung. Wenn ich wüsste, wo ich sterben werde, mein Kind, würde ich einen Riesenbogen um diesen Ort machen.« Ein Lachen lag in ihren Augen. »Und nun ist es an der Zeit, dir deine Geschichte zu erzählen. Die Geschichte, die lange begonnen hat, bevor du nach ihr suchtest.« Margaux setzte sich Juliette gegenüber in den Sessel. »Bist du bereit, mein Kind?«

Juliette nickte. Beim Blick in die Augen der zarten alten Frau spürte sie, dass ihre Vergangenheit sich ihr nun zeigen würde. Dass etwas unter dem Gewicht der Widersprüche nachgab. Sie schloss ihre Finger um das Amulett. Und sie begriff: In ihrer Hand lag alles, was sie brauchte, um das genaue Maß der Dinge zu erfassen.

»Es waren *zwei* Mädchen«, begann Margaux zu erzählen. »Zwei wunderhübsche Mädchen. Zwillinge. Doch weil der Vater in seinem Herzen keinen Platz für Töchter hatte – Mädchen, so sagte er, könne er nicht brauchen, die Familie käme schon mit den beiden Jungs kaum über die Runden, die zumindest auf dem Feld mithalfen –, war es für ihn entschieden, noch ehe die Säuglinge der Mutter in die Arme gelegt worden waren: Er würde sie noch am selben Tag wegbringen. An einen weit entfernten Ort.

Dorthin, wo seine Frau sie niemals finden und die Töchter gleichsam später nie Rückschlüsse auf ihre Herkunft ziehen konnten. Seine Frau heulte, schlug mit Fäusten auf ihn ein und bettelte um die Zwillinge. Sie flehte ihn an, ihr nicht die beiden Neugeborenen zu entreißen. Doch das Herz des Mannes war zu klein. Er ließ sich nicht besänftigen. Sie versuchte es anders. Streckte die Hand nach ihm aus, berührte ihn an der Wange, lächelte ihn an. Zog ihn zu sich heran, küsste ihn. ›Was willst du?‹, sagte er.«

Margaux machte eine kurze Pause. Dann sprach sie weiter.

»Er war der Mächtigere. Und von seiner Macht hing alles ab: Ihr Lachen und das Lachen ihrer Zwillinge. Ihr Leben. Das wusste sie. Sie strich ihm mit den Fingern eine Haarsträhne aus dem Gesicht. ›Bitte, lass sie mir! Meine Mädchen! Und du kannst alles mit mir tun.‹ ›Ausgeschlossen. Das können wir uns nicht leisten.‹

Sie fuhr ihm mit dem Finger den Rücken herunter, legte ihre Hand in seinen Schritt. ›Bitte‹, sagte sie wieder. Manchmal reichte ein Wort, um die Welt zu beschreiben.

Er schaute sie an und sah in ihren Augen, dass sie sich ihm nie wieder geben würde, sollte er seine Drohung wahr machen.

Es war ihre einzige Chance. Denn sie wusste, auf ihren Körper wollte er nicht verzichten.

Er ging zur Tür. Umfasste mit der Hand die Klinke und sagte, ohne sich noch einmal umzudrehen: ›Also gut, eine kannst du behalten. Die andere bringe ich fort.‹«

Margaux zögerte, atmete tief ein, bevor sie fortfuhr.

»›Das ist grausam! Ich kann mich doch nicht für eines der Mädchen entscheiden! Wie soll ich das tun?‹, rief die Frau verzweifelt. ›Mir egal. Nimm einfach eins. Sie sehen ja ohnehin gleich aus. Das ist mein letztes Wort! Sonst gehen beide‹, sagte er. Dann trat er hinaus und schlug die Tür so fest hinter sich zu, dass die Wände erzitterten.

Mit feuchten Augen trat die Großmutter kurze Zeit später mit den in Baumwollstoff geschlagenen Säuglingen ins Zimmer. Draußen auf dem Flur hatte sie alles gehört. Sie legte die winzigen Kinder nebeneinander aufs Bett und wickelte sie aus den Tüchern. Schluchzend und nach Atem ringend, ohne ein Wort zu sagen, streichelten die beiden Frauen die kleinen Mädchen, küssten sie auf Stirn, Mund und Wangen. Als sie hörten, wie der Vater den Wagen vorfuhr und mit polternden Schritten durch den Korridor aufs Zimmer zukam, löste die Großmutter ihr Medaillon vom Hals und brach es in zwei Teile. Die Hälfte mit der unbeschädigten Öse reichte sie ihrer Tochter, die andere ließ sie in ihre Schürzentasche gleiten. Die Mutter band dem kräftigeren der beiden Zwillingsmädchen das zerbrochene Amulett um und wickelte das Kind dann wieder ins Tuch. Zum Abschied küsste sie es auf die Stirn und drückte es ganz fest an ihre Brust. Als der Mann den Säugling holen kam, musste sie von ihren eigenen Söhnen festgehalten werden, so sehr schlug sie um sich und rang um ihr Kind. Doch ihr Mann ließ sich nicht erweichen. Der Arzt wurde gerufen, um ihr ein Beruhigungsmittel zu spritzen. Sie schlief zwei Tage lang. Als sie die Augen wieder aufschlug, war ihr Herz in zwei Teile zerbrochen. Der eine Teil war fort und für immer verloren. Den zweiten Teil hielt sie fest an sich gedrückt. Und nannte das Mädchen Juliette.«

Margaux verstummte. Zum Ende der Geschichte hin waren ihre Worte immer leiser geworden, und ein Schluchzen hatte sich darübergelegt. Nun saßen sich Margaux und

Juliette mit feuchten Augen gegenüber. Juliette strich mit den Fingerspitzen über ihre Hälfte des Medaillons. Tränen lösten sich aus ihren Augen und tropften darauf. Sie war die zartere von beiden Töchtern gewesen. Diejenige, die allein schlechter im Leben zurechtgekommen wäre. Das hatte ihre Mutter vorausgesehen.

Sie schloss die Augen, und ihr war, als überschritte sie die Schwelle eines Lebens, das sie in den vergangenen Monaten weit hinter sich gelassen hatte. In Juliettes Erinnerungen zerbrach alles in tausend Stücke und setzte sich neu wieder zusammen. Nun kannte sie den Grund für dieses Gefühl, das unter allem glomm. Dieses Gefühl, das sie schon ihr Leben lang begleitet hatte. Das Gefühl, dass etwas fehlte. Nun wusste sie, dass dies ihr Zwilling war.

Tragödien ändern alles. Mit der Entscheidung ihres Vaters hatte ihrer aller Leben eine bittere Wendung genommen. Margaux hatte ein Geheimnis gelüftet, einen Albtraum enthüllt, in dem Juliette ohne ihr Wissen all die Jahre gesteckt hatte. Sie war zutiefst schockiert, und doch fühlte sie sich seltsam befreit. Weil ihr Befinden nun einen Sinn ergab. Sie war nicht verrückt. Sie hatte nur all die Jahre unter dem Verlust einer Zwillingsschwester gelitten, von der sie zwar nichts gewusst, deren Existenz sie aber gespürt hatte. Es waren Schmerzen über das Fehlen der anderen Hälfte, wie Phantomschmerzen eines amputierten Körperteils.

Die Gedanken in ihrem Kopf, laut und grell, mischten und ordneten sich neu. Plötzlich erinnerte sich Juliette an ein wesentliches Detail ihrer Vergangenheit. Sie erinnerte sich daran, dass ihre Großmutter, die Schneiderin Geneviève, eine Zeit lang stets zwei identische Kleidchen genäht hatte.

Eines war für Juliette. »Und das andere?«, hatte sie ihre Großmutter einmal gefragt. Doch die hatte geschwiegen. Als Juliette ihre Mutter darauf angesprochen hatte, war diese wutentbrannt zur Grand-mère gelaufen und hatte mit zittriger Stimme gesagt: »Du musst damit aufhören. Hörst du? Wie soll ich je schaffen, damit zu leben, wenn sie immer hier ist.«

Die Mutter ihrer Mutter hatte daraufhin nur still vor sich hin gesagt: »Das hätte er nicht tun dürfen. Dazu hätte er dich niemals zwingen dürfen.« Dann waren sich Mutter und Großmutter in die Arme gefallen und hatten geheult wie verwundete Tiere.

Von diesem Tag an hatte Geneviève jeweils nur noch ein Kleid genäht. Doch irgendetwas in ihrer Mutter schien porös geworden zu sein. Der hauchdünne Faden, der die beiden Teile ihres Herzens zusammengehalten hatte, war gerissen. Das verstand Juliette jetzt. Und sie verstand auch, warum ihre Großmutter je eines der identischen Mädchenkleider gefaltet in einen kleinen Koffer gepackt und diesen Juliettes Mutter auf Brusthöhe mit in den Sarg gelegt hatte.

Jetzt wusste Juliette, was ihr all die Jahre gefehlt hatte. Sie hatte ihr ganzes Leben damit verbracht, ihre verlorene Hälfte zu suchen.

»Mit dieser Entscheidung hatte dein Vater deine Mutter entzweigerissen«, sagte Margaux irgendwann in die Stille hinein.

»Warum hat sie mich dann acht Jahre später alleingelassen und sich das Leben genommen?«, fragte Juliette.

»Weil sie bereits mit der Tat deines Vaters gestorben war, mein Kind. Er hatte sie umgebracht. Es gibt Dinge, die überlebt man nicht. Augenblicke, die wir unser ganzes Leben lang nicht mehr vergessen. Sie brennen sich in unsere Erinnerungen ein, in unsere Seele. Sichtbare Narben auf einer unsichtbaren Haut.«

»Trotzdem hätte sie nicht einfach gehen dürfen.«

»Nein, das hätte sie nicht. Aber ihre Schuldgefühle haben sie aufgefressen.«

»Sie konnte nichts dafür, dass Vater ein so grausamer Mensch war.«

Margaux stand auf, ging zu Juliette hinüber, setzte sich neben sie und drückte ihre Hand.

»Sie hat es geschehen lassen und war daher ebenso verantwortlich wie dein Vater.« Gedankenverloren blickte sie in die Ferne. »Juliette, wir sind nicht nur für das verantwortlich, was wir tun, sondern auch für das, was wir nicht tun. Eure Mutter war überzeugt, nicht genug getan zu haben, um deine Schwester zu retten.«

»Und warum hat sie später nicht nach meiner Schwester gesucht?«

»Sie hat nichts anderes getan, meine liebe, tapfere Juliette. Doch euer Vater ist gründlich gewesen mit seinen Absichten. Deine Schwester war wie vom Erdboden verschluckt.«

»Es gibt Geburtsurkunden, Informationen, mit denen man irgendwo einen Zipfel des Geschehenen hätte aufspüren können.«

»Vertrau mir, mein Kind. Deine Mutter hat alles ihr Mögliche getan. Bis die Verzagtheit sie verschlungen hat. Am Schluss war sie eine arme, in sich zusammengefallene Frau, gefangen in ausweglosen Gedanken.«

»Wie ich ihn hasse, meinen Vater! Für alles, was er ihr, mir und meiner Zwillingsschwester angetan hat.«

»Wahrscheinlich ist er nicht immer so gewesen. Vielleicht hat ihn sein armseliges Leben nur furchtbar bitter werden lassen.« Margaux tätschelte Juliette nochmals die Hand. »Lass ihn los. Hass zerfrisst unsere Seele. Verkrüppelt uns innerlich. Lass nicht zu, dass die Taten anderer dich bitter werden lassen.«

»Das kann ich ihm nicht verzeihen!«

»Verzeihen ist der einzige Weg, um inneren Frieden zu finden. Wenn du es nicht für deinen Vater tust, verzeih ihm für dich selbst.«

»Hat Mutter ihn jemals geliebt?«

»Das denke ich schon. Deine Mutter war klug. Und schön. Sie hat sicher nicht den erstbesten Mann geheiratet. Aber weißt du, mein Kind, Männer versprechen einem oft mehr, als sie halten. Bei uns Frauen ist das umgekehrt.«

Juliette sah sie mit verschleiertem Blick an.

Margaux glitt für einen Moment in ihre eigene Vergangenheit zurück. »Der Vater meiner Tochter war auch so«, sagte die kleine alte Dame und stand auf. »Zeit für einen Cognac.«

Eine einzige Entscheidung, ein schreckliches Ereignis hatte das Leben einer ganzen Familie komplett zerstört. Wie stark musste ihre Mutter gewesen sein, um Morgen für Morgen aufzustehen und weiterzumachen, ohne Hoffnung darauf, dass sie ihre verlorene Tochter je wiederfinden würde.

Der Mantel des Schweigens war gefallen. Juliette öffnete die Hand, die sie während Margaux' Erzählung so fest zusammengedrückt hatte, dass ihre Knöchel weiß hervorgetreten waren, und befühlte mit den Fingern ihre Hälfte des Amuletts. Nun hielt sie alles in Händen, was sie brauchte, um sich selbst begreifen und sich von ihren Selbstzweifeln befreien zu können.

Erstmals erschloss sich ihr eine Geografie ihrer Lebensstraßen. Ihre verwinkelte und verworrene Biografie begann sich ihr zu öffnen. Stück um Stück. Detail um Detail.

***

Es kam vor, dass Juliette den Friedhofsgärtner nach dem Weg fragen musste, denn sie war noch nicht oft hier gewesen. Der Ort barg zu viel Verlust für sie. Weit mehr, als sie aushalten konnte.

Es war ein Familiengrab und reichte zurück bis zu den Urgroßeltern. Bewachsen mit Flechten und Moos waren hier auch Mutter und Tochter – Juliettes Großmutter und Mutter – beerdigt.

Sie schob die Hand zwischen die losen Steine und tastete nach etwas, von dem sie mit einem Mal wusste, dass es da war: Das kleine Metallkästchen, verwittert und eingesponnen von der Zeit, eingestaubt von der Vergangenheit. Das Metallkästchen, das ihre Großmutter Geneviève dort einmal hastig versteckt hatte, als Juliette unerwartet auf dem Friedhof aufgetaucht war, um sie zu suchen. Warum hatte sie nicht früher daran gedacht?

Juliette nahm es in ihre Hand und strich mit den Fingern darüber, befreite es vom Schmutz und drückte schließlich den kleinen silbernen Knopf, der den Deckel mit einem Federmechanismus aufspringen ließ. Fotos. Viele stumme Bilder. Vergilbt und brüchig von den Zeichen der Zeit. Der Inhalt der Dose roch genauso wie Juliettes Erinnerungen. Genauso, wie es in der Schneiderei ihrer Großmutter immer gerochen hatte. Sie nahm die

Aufnahmen in die Hände, betrachtete eine nach der anderen.

Plötzlich hielt sie inne. Ein Foto zeigte ihre Mutter im Bett mit zwei Babys in den Armen. Sie und ihre Schwester! Ihrer Großmutter war es gelungen, ein Foto zu machen, bevor der Vater ihre Zwillingsschwester weggebracht hatte. Juliette presste sich das Foto an die Brust und schloss die Augen.

Sie war tatsächlich ein Zwilling. Ihre Mutter hatte zwei Mädchen geboren. Daher hatten in ihr, seit Juliette denken konnte, zwei Herzen geschlagen. Das eine zum Bleiben. Das andere zum Gehen.

Die tiefe Traurigkeit der Mutter hatte nicht an ihr gelegen. Juliettes Gegenstück hatte all die Jahre gefehlt. Wie mit dem einen glücklich sein, wenn das andere nicht mehr da war?

Binette und Claude

Binette konnte sich nicht mehr erinnern, was sie damals an Claude so fasziniert hatte. Ein zehn Jahre älterer Mann war ein Reiz für sie gewesen, die Illusion, dass er für jedes Jahr, das er älter war als sie, auch weiser und stärker war. Ein Fels, hatte sie geglaubt, an den sie sich stets anlehnen könnte. Doch mit der in die Jahre gekommenen Ehe hatte sie begreifen müssen, dass er nicht der Fels war, sondern die Brandung.

Trotz der Unruhe, die er fortwährend verbreitete – jedes Ereignis eine Springflut –, war alles an ihm staubtrocken. Er konnte unmöglich sein. Manchmal unerträglich. Doch zum Glück hin und wieder auch hinreißend.

Sie hing an ihm, vielleicht auch, weil ihr Vater sie und ihre Mutter verlassen hatte, als Binette vierzehn Jahre alt war – mitten in der Pubertät –, und sie zu ihrer Mutter Margaux nie ein gutes Verhältnis hatte. Und auch, weil sie Claude schon ewig kannte und, in einer Ehe nicht zu vernachlässigen, weil er sie seit jeher machen ließ, was sie wollte.

Binette liebte Accessoires. Nicht nur an ihr. Überall. Das ganze Haus war ein dekoriertes Schaufenster. Claude sah nichts von alledem. Wenn sie ihm etwas Neues zeigte, setzte er die Brille auf und schaute, und trotzdem sah er nichts.

Und doch liebte sie ihn. Denn manche, wenn auch seltene Momente brachten ihn ihr zurück, den Claude, in den sie sich einst verliebt hatte.

Er war ihre Familie. Denn Jean-Pierre war schon sehr früh seine eigenen Wege gegangen.

Juliette und Jean-Pierre

Sie stieg aus dem Taxi, bezahlte und blieb reglos vor der Villa stehen, die so groß war, dass das Dach den Himmel zu berühren schien. Margaux trippelte die Steintreppen hinunter und eilte ihr mit offenen Armen entgegen.

Am Tag, an dem sie Jean-Pierre wiederbegegnen sollte, trug Juliette ein fein gewebtes lichtblaues Kleid, das ihre Augen leuchten ließ und ihr eine Haltung verlieh, die weit über den Raum hinausstrahlte.

Sie hatte die ersten Schritte gemacht, um die zu werden, die sie sein konnte: bezaubernd, klug und geistreich.

»Ich weiß nicht«, sagte Juliette zu Margaux. »Auf der Feier zum fünfundsechzigsten Geburtstag deiner Tochter Binette habe ich doch überhaupt nichts zu suchen. Ich kenne sie nicht einmal.«

»Dann wird es Zeit, dass ihr euch kennenlernt. Außerdem braucht eine fünfundachtzigjährige Frau wie ich Begleitschutz.«

»Ich bin viel zu unbedeutend für eine Party bei solchen Leuten«, sagte die junge Frau, als sie Claudes und Binettes Haus betraten. Margaux hatte Juliette untergehakt.

»Du bist unbedeutend, obwohl hier alle bedeutend sind.

Und dennoch bist du hier. Ich würde sagen, damit bist du mehr als bedeutend.« Margaux lächelte.

»Aber schau doch nur«, sagte Juliette unsicher, als sie in der Eingangshalle standen und einen ersten Blick in den Saal warfen. »Hier sehen alle so gut aus.«

»Schau die Menschen genau an und gib ihnen das richtige Licht. Dann sehen alle gut aus«, sagte die alte Dame.

Das Lilienbouquet in Hotelhallendimensionen atmete eine schwere Süße aus und füllte das ganze Foyer.

Juliette trat vor den Spiegel und löste rasch ihr Haar, bevor sie den Saal betraten. Die Spange ließ sie in ihre Handtasche gleiten. Im Schutz der Haarsträhnen, die ihr nun hin und wieder ins Gesicht fielen, fühlte sie sich sicherer.

Dann tauchte Jean-Pierre auf. Er trug einen Anzug aus feinem Leinen. Seine Haare waren ungekämmt. Er schien Juliettes Anwesenheit zunächst nicht zu bemerken. Mit einem Glas Gin in der Hand verzog er sich in eine Ecke des Salons, lehnte sich gegen einen Türrahmen und blickte teilnahmslos umher.

Binette und Claude schwirrten wie Bienen zwischen ihren Gästen umher, verteilten hier Küsschen, gaben dort die Hand. Silbertabletts mit Horsd'œuvres und Wein schwebten rechts und links an ihnen vorbei, getragen von adretten Damen in hübschen Kleidern. Als Claude nach seinem nächsten Stück griff, zischte Binette, ohne sich zu ihm umzudrehen: »Stopf nicht so viel von dem Zeug in dich rein. Mein Gott, all dieses Fett und noch dazu der Alkohol. Denk an dein Herz.«

Er zog seine buschigen Augenbrauen in die Höhe und sagte: »Ich lebe doch nicht krank, um dann gesund zu sterben.« Mit Genuss schob er sich ein weiteres Häppchen in den Mund, leerte sein Glas Wein in einem Zug, stellte es auf einem der umherschwebenden Tabletts ab und griff nach einem neuen.

Binette schluckte laut und wandte sich wieder den Gästen zu. Warum sie, die gertenschlanke Frau, je einen derart untersetzten Mann wie Claude geheiratet hatte, wollte ihr nicht mehr einfallen.

»Wer ist der dahinten in dem absurden Anzug?«, fragte sie ihren Mann mit gedämpfter Stimme.

»Ein neuer im Club, gerade erst hergezogen.«

»Und was hat er hier zu suchen? An meinem Geburtstag?«

Claude zuckte mit den Schultern.

»Hat er Geld?«, fragte Binette.

»Er ist geschieden«, antwortete Claude, ohne sich ein Schmunzeln zu verkneifen.

Margaux steuerte indessen mit Juliette direkt auf ihren Enkelsohn zu. Es trennten sie nur noch wenige Meter, als Jean-Pierre aufblickte und Juliette direkt ansah.

Sie erkannte ihn sofort und glaubte, in Scham zu ertrinken. Der Mann, der sie am Tag ihrer Entlassung aus der Psychiatrie in seinem Auto mitgenommen hatte.

Und auch er wusste sofort, wer sie war. Die Frau, die er im Regen aufgelesen und nach Hause gefahren hatte. Die Frau, die Elodie zum Verwechseln ähnlich sah.

»Komm her, mein Junge, ich möchte dir jemanden vorstellen«, winkte Margaux ihren Enkel herbei. »Das ist Juliette. Juliette Vernon.« Sie sah zu Juliette und sagte: »Und das ist mein Enkelsohn, Jean-Pierre.«

Beiden war das Erstaunen ins Gesicht geschrieben. Zur gemeinsamen Autofahrt tauchte aus dem Schatten der Erinnerung in Juliettes Kopf nun noch der junge Jean-Pierre auf, mit dem sie einst eine Nacht verbracht hatte, in den sie in jungen Jahren verliebt gewesen war und dem sie diesen ihr jetzt furchtbar peinlichen Brief geschrieben hatte, bevor sie ihrem Leben ein Ende hatte setzen wollen. Sie schlug sich die Hand vor den Mund. In ihrer Brust klopfte es so heftig, als stieße jemand gegen die Gitterstäbe eines Käfigs. Wie konnte es sein, dass sie ihn im Auto nicht wiedererkannt hatte? Dass er in all den Jahren direkt vor ihren Augen gewesen war und sie ihn nicht gefunden hatte? Weil die Zeit nicht reif dafür gewesen war, hätte ihre Großmutter Geneviève geantwortet.

»Nun komm noch ein Stückchen näher, mein Kind, er beißt nicht«, sagte Margaux und riss Juliette aus ihren Gedanken.

Juliette trat noch einen Schritt auf Jean-Pierre zu. Jetzt konnte er den Duft ihrer Haut riechen. Und auch er begriff nun diesen außergewöhnlichen Zufall. Oder war es eine Fügung des Schicksals? Jean-Pierre wischte sich mit der Innenseite des Handgelenks über die Stirn. Die Frau aus der Regennacht war die Frau, die ihm vor ihrem Selbstmordversuch diesen Brief geschrieben hatte, und sie war die Frau, die Elodie äußerlich so unverschämt glich. Jetzt begriff er auch, dass diese beiden Frauen, Juliette und Elodie, nichts voneinander wissen konnten, aber in derselben Nacht – in der Nacht vom einunddreißigsten Dezember auf den ersten Januar – versucht hatten, sich das Leben zu nehmen. Eine Erkenntnis, die ihm in den Kopf fuhr wie ein Blitz.

Zum ersten Mal ging er einem unwissenschaftlichen Gedanken nach. Begann in Betracht zu ziehen, dass es da draußen in der Welt, im Universum, tatsächlich mehr gab, als sich erklären ließ. Regte sich eine Seele etwa unter der federleichten Berührung eines Menschen, der an sie dachte? Waren Seelen, die zueinandergehörten, miteinander verbunden – egal, wie weit sie voneinander getrennt waren?

»Juliette? Juliette Vernon?«, fragte Jean-Pierre, um sich nochmals zu vergewissern, dass er nichts durcheinanderbrachte. Er zog die Augenbrauen hoch. »Die mir den Brief geschrieben hat?«

»Ich fürchte ja«, sagte Juliette und senkte den Blick.

Diese Ähnlichkeit, nein, diese Gleichheit zwischen Juliette und Elodie verstörte ihn. Beide hatten dieses Haar, das der Farbe von poliertem Kupfer glich, und diese wasserblauen Augen. Einzig der Unterschied, dass Elodie ihr Haar in einem kurzen Pagenschnitt trug, während es bei Juliette in langen, leichten Wellen über die Schultern fiel. Zwei Versionen der gleichen Frau. Wie konnte das sein?

Jean-Pierre knüpfte sich den Hemdkragen auf. Fuhr sich mit der Hand durchs Haar.

Stille breitete sich aus.

»Nun steh nicht da wie ein Grabstein«, sagte Margaux zu ihrem Enkel. »Hol ihr ein Glas Wein.«

Er schritt zur Bar, und als er mit zwei vollen Gläsern zurückkam, machte Margaux sich aus dem Staub.

Wieder umwehte ihn dieser Duft. Jean-Pierre sah Juliette an. Ganz zart begann ihre Schönheit von innen durchzuleuchten. Wie ein auf den ersten Blick unscheinbares Blütenblatt, das, sobald man es ans Licht hielt, in den schönsten Farben strahlte.

Sie sah aus wie Elodie, und doch war sie anders. Und als er mit ihr sprach, wusste er, was es war. Sie war weicher, weiblicher. Juliette hatte das Leben verletzlich gemacht. Elodie hatte es verbittert.

»Dein Brief«, sagte Jean-Pierre.

»Es tut mir leid«, schnitt Juliette ihm das Wort ab. »Er hätte gar nicht in deine Hände gelangen dürfen.«

»Du lebst.«

»Scheitern ist mein zweiter Vorname.«

»Wie gut.« Jean-Pierre lächelte.

»Es ist lange her«, sagte Juliette.

»Ich war ein Mistkerl.«

Juliette nickte.

»Und habe mich nicht sehr verändert.«

»Das befürchte ich.«

»Trinkst du trotzdem ein Glas Wein mit mir?«

»Ich habe wohl keine andere Wahl.« Sie lächelte.

Noch vor Wochen wäre sie bei dieser Begegnung zu dem jungen errötenden Mädchen zusammengeschrumpft, das sie einst gewesen war, und hätte keinen Ton herausgebracht. Und ihm wäre sie vor Wochen nicht einmal aufgefallen, so wenig Eindruck hätte sie auf ihn gemacht. Doch jetzt waren sie beide andere geworden.

Als sie so vor ihm stand und ihn aus ihren wasserblauen, ungemein schönen Augen ansah, durchzuckte ihn ein Verlangen, sie zu berühren und zu beschützen, das er gar nicht von sich kannte. Diese auf den ersten Blick recht unscheinbare, auf den zweiten Blick leuchtende Frau faszinierte ihn auf nie zuvor gekannte Weise und berührte sein Innerstes mit einer Intensität, die er nie für möglich gehalten hätte. Eine Begierde, die keine seiner puppenhaft aussehenden, vom Luxus abgestumpften Affären in ihm hervorgebracht hatten. Juliette war so ganz anders als die Frauen, die bisher durch sein Bett und sein Leben gehuscht waren. Sie war keine dieser geistlosen Schönheiten, dieser leeren Gefäße ohne jegliche Persönlichkeit, die für ihn bloß rein körperliche Angelegenheiten gewesen waren. Juliette war echter. Irgendetwas an ihr ging tiefer. Es war der erste Augenblick seines Lebens, in dem er in voller Aufrichtigkeit fühlte. Mit einem Mal wurde ihm klar, dass er sich über das Niveau seiner Gefühle Frauen gegenüber bisher doch sehr getäuscht hatte. Keine hatte in ihm je das erweckt, was sich durch Juliette nun in ihm regte, obwohl er bislang geglaubt hatte, er hätte etwas für seine früheren Frauen empfunden.

In ihrer Art erinnerte Juliette ihn an eine ältere Version von Lola. Dieses Mädchen hatte ihm neue Augen geschenkt. Einen neuen Blick auf die Welt. Ohne Lola, dachte Jean-Pierre, hätte er Juliette vermutlich gar nicht gesehen, das Besondere in ihr nie erkannt. Und nie erfahren, zu welchen Empfindungen er fähig war.

In der Weise, wie Jean-Pierre und Juliette einander ansahen, lag eine jener Botschaften zwischen Mann und Frau, die nur sie selbst verstanden und niemand sonst. Die Atmosphäre war mit jener besonderen Elektrizität geladen, wie sie nur vorkommt, wenn zwei Menschen zueinanderfinden.

Nachdem sie eine Weile beieinandergestanden und sich unterhalten hatten, tastete Jean-Pierre ganz unmerklich nach Juliettes Fingern, und ihre Hände verflochten sich ineinander.

Mit dieser ersten Berührung, die beide wie ein warmer Strom durchzuckte, wusste Juliette, dass das Schicksal ihnen schon vor langer Zeit ein Versprechen gegeben hatte.

Mit einem Mal verstand sie, dass das Universum, wenn es eine solche Begegnung in die Wege leitete, alles dafür tun würde, um aus zwei Geschichten eine zu machen und ihre Lebensfäden zu einem einzigen Stoff zu verweben.

Sie setzten sich auf eines der Sofas. Nahmen nichts mehr vom sie umgebenden Treiben wahr. Ihre Blicke ineinander versunken.

Was an diesem Abend zwischen Jean-Pierre und Juliette passierte, war wie Magie. Diese urplötzliche Vertrautheit. Dieses natürliche Wissen, dass sie zueinandergehörten. Dieses entflammte Gefühl. Weder ihr noch ihm stellte sich die Frage, was daraus werden würde. Beide waren mit einem Mal von der Erkenntnis überwältigt, was in einem einzigen Leben möglich war.

Juliettes Wangen glühten. Als er ihr mit seinem Finger eine Haarsträhne hinters Ohr strich, die ihr ins Gesicht gefallen war, glitt sein Blick auf ihr Dekolleté, auf die Amuletthälfte – mit neu gefertigter Öse –, die sie sich an einer Kette um den Hals gebunden hatte. Er nahm es in die Hand und betrachtete es. Elodie trug das gleiche, da war er sich sicher. Und plötzlich rückte seine Kollegin, deren unermessliche Ähnlichkeit mit Juliette er in der letzten Stunde völlig vergessen hatte, wieder in sein Bewusstsein. Als er Juliette gerade von seiner Ahnung berichten wollte, erzählte sie die Geschichte des Amuletts, das immer noch zwischen seinen Fingern lag.

Sie erzählte ihm von einer Mutter, die Zwillinge zur Welt gebracht hatte. Von einem Vater, dessen Herz zu klein war für zwei Mädchen. Von einer Entscheidung, die jede Frau früher oder später einholen würde. Sie erzählte von einem Amulett, gebrochen in zwei Hälften, das die getrennten Mädchen über die ganze Welt hinweg miteinander verband. Tränen glitzerten auf Juliettes Wangen.

Jean-Pierre beugte sich über ihr Gesicht und küsste sie.

Als er sich sanft von ihr löste und sie in die Wirklichkeit zurückkehrten, sagte er: »Juliette, ich weiß, wo sie ist! Ich weiß, wer deine Zwillingsschwester ist!« Er nahm ihre Hand in seine. »Warte hier auf mich. Gib mir zwanzig, vielleicht dreißig Minuten, dann bin ich zurück.«

Mit diesen Worten sprang Jean-Pierre auf und eilte aus dem Salon, noch ehe Juliette etwas erwidern oder gar begreifen konnte.

Sie blickte ihm nach, als er sich durch das ameisenhafte Gewimmel schob und den Saal verließ. Jemand hatte eines der deckenhohen Fenster geöffnet, und ein Luftzug ließ die Vorhänge aufwallen wie Ballkleider. Wie jetzt eine sanfte Sommerbrise in den Raum wehte, war Jean-Pierre vor Jahren in Juliettes Leben hineingeweht. Und das, da war sie sich jetzt sicher, nicht rein zufällig, sondern weil er eine wesentliche Rolle darin spielte. Damals, als er nach der gemeinsamen Nacht verschwunden war, hatte sie sich zwar gefragt, warum er ihr überhaupt begegnen und ihr das Herz brechen musste, doch heute war ihr klar, dass dieses Treffen nicht ohne Bedeutung für ihr Leben bleiben sollte. In jener Nacht war mit beiden etwas geschehen, das sich erst viele Jahre später zeigen sollte.

Das Leben war wie ein Gemälde. Der Lauf der Zeit formte die Gegenwart zu einem Bild der Vergangenheit, die ihre volle Wirkung erst entfaltete, wenn wir ausreichend weit zurücktraten und das Gemälde aus der Ferne in seiner Ganzheit betrachteten. Erst dann ergab alles auf einmal einen Sinn.

Elodie und Juliette

Als Jean-Pierre sich in den Armlehnsessel von Claudes Bibliothek fallen ließ und im Adressspeicher seines Telefons nach den Kontaktdaten von Elodie suchte, dachte er nochmals über die außergewöhnliche Geschichte nach, die Juliette ihm gerade erzählt hatte: Zwillinge, die nach der Geburt voneinander getrennt worden waren und nichts voneinander wussten.

Und genau diese Zwillinge hatten in derselben Nacht versucht, sich das Leben zu nehmen. Diese Tatsache ließ ihn unmittelbar an Quantenphysik denken: Wenn zwei Elementarteilchen an einem Zeitpunkt synchronisiert wurden und man sie dann voneinander trennte, blieben sie über eine unendliche Distanz miteinander verbunden. Wenn eines seine Richtung wechselte, wechselte unmittelbar auch das andere die Richtung. Selbst wenn es sich auf der anderen Seite des Universums befand.

Freizeichen. Dann ging sie ans Telefon.

»Vigneau.«

»Elodie?«

»Jean-Pierre?«

»Ja. Bist du im Heim?«

»Nein, ich bin zu Hause. Warum fragst du?«

»Ich gebe dir jetzt eine Adresse durch. Hast du was zum Schreiben? Es ist das Haus meiner Eltern. Bitte nimm dir ein Taxi und komm direkt hierher. Es ist wichtig. Ich erkläre dir alles später.«

»Warum sollte ich?«

»Bitte, vertrau mir.«

»Wozu?«

»Elodie, ich weiß, du bist noch immer sauer auf mich. Das darfst du nach diesem Abend auch gern wieder sein. Aber jetzt musst du mir einfach glauben.«

»Warum?«

»Weil es um dein Leben geht.«

***

Sie wollte nicht hinfahren. Und hätte es auch nicht getan. Wenn, ja, wenn sich nicht eine leise Vorahnung herangeschlichen hätte, ein Hauch vom Ende einer langen Suche.

Eine halbe Stunde später stand sie in der Eingangshalle der exquisiten Villa, die Frau ohne passendes Kleid, dafür aber mit tausend Fragen. Elodie. Sie nahm sich ein Glas Champagner von einem vorbeigleitenden Silbertablett, und als Jean-Pierre strahlend auf sie zueilte, gestand sie sich das Ausbleiben jeglichen Gefühls. Er hakte sie unter und betrat mit ihr den Salon, in dem sich der herbe Duft von Zigarren mit der schweren Süße von Hyazinthen und Lilien mischte.

Als hätte sie ihr Kommen gespürt, drehte sich Juliette genau in diesem Moment zu den beiden um. Sie öffnete ihre Hand, das Weinglas fiel zu Boden und zersplitterte.

Dann fasste sie sich ans Dekolleté, dorthin, wo ihre Hälfte des Amuletts an einer Kette hing.

Auch Elodie befühlte ihre Hälfte des Amulettes mit den Fingern. Plötzlich klopfte es ihr in den Schläfen. Ihr von Rastlosigkeit gezeichnetes Gesicht erweichte, und eine ganz unmerkliche Gelöstheit legte sich auf die nervösen Züge.

Alle Gespräche verstummten.

Da standen die beiden nun, Elodie und Juliette, keine acht Meter voneinander getrennt, und blickten sich aus erstaunten Augen an. Wie magisch voneinander angezogen, gingen sie langsam aufeinander zu. Als sie nur noch wenige Meter trennten, blieben sie stehen. Auf den ganzen Raum hatte sich eine solche Stille gesenkt, als hielte die Welt den Atem an.

Alle sahen die jungen Frauen an. Mit verschlingender Aufmerksamkeit und einer Flut von Feststellungen, Bemerkungen und Vermutungen beäugten die Gäste die beiden. Kein Zweifel. Sie waren Zwillinge.

Flirrendes Schweigen.

Claude, der sich gerade eine Zigarre anzündete, vergaß, das Zündholz auszublasen, und hielt es so lange fest, bis es seine Fingerspitzen versengte. Reflexartig ließ er es zu Boden fallen und blies sich die Finger.

Binette hielt die Spannung nicht mehr aus und flüsterte ihm zu: »Welche ist nun die Schönere von beiden?«

»Die mit den kupferfarbenen Haaren«, sagte Claude.

»Aber sie haben beide kupferfarbenes Haar.«

»Eben.«

Die jungen Frauen schauten einander aus den gleichen wasserblauen Augen an, und ihr eigenes Gesicht fiel seltsam auf sie zurück. Dann gingen sie noch näher aufeinander zu, bis sie sich direkt gegenüberstanden und sich in den glänzenden Pupillen der jeweils anderen gespiegelt sahen. Unbewusst hoben beide die Arme und legten ihre Handflächen aneinander. Juliettes linke Hand an Elodies rechte. Juliettes rechte Hand an Elodies linke. Wie ein Blick in einen Spiegel, bei dem sich beide vervollständigt sahen.

Und dann erschloss es sich auch Elodie. Ihrer beider Geheimnis. Und sie begriff, warum sie sich stets so zerrissen gefühlt hatte. Weil sie es tatsächlich war: von ihrem Gegenstück getrennt.

Jetzt waren sie vollständig. Jede für sich und beide zusammen. Und zum ersten Mal glaubten die Frauen, immun zu sein gegen die Unwägbarkeiten des Daseins.

Vom Leben umarmt, standen sie einander gegenüber und erkannten es: das seltsame und delikate Wunder der Welt.

Manchmal genügten Sekunden, um unserem Leben die richtige Richtung zu geben.

Der Duft der Nacht tropfte durch die geöffneten Fenster und ließ die Vorhänge wie Wolken tanzen.

Elodie

Auf dem Weg zu Fuß nach Hause schien es Elodie, als breite sich ihr Leben plötzlich vor ihr aus wie eine Karte. Als sehe sie auf einmal alles. Als hielte sie das Rätsel der Erde lesbar und greifbar in Händen.

Sie hielt kurz inne und blickte in den schwarzen Nachthimmel hinauf zu diesem großen, leuchtend weißen Mond, aus dem sich eine Schar Kraniche löste.

Und der Duft der Verheißungen von tausend noch verborgenen Geheimnissen umwehte sie, die irgendwo im Gewebe des Lebens auf sie warteten.

Und sie dachte: Oft fehlt es uns nicht an Zeichen auf unserem Weg. Nur an Mut, sie zu sehen.

Juliette

Irgendetwas an diesem Tag war anders gewesen. Ohne dass Juliette hätte sagen können, was. Die Morgensonne war in schrägen Strahlen aufs taubenetzte Gras gefallen. Hatte durch Blätter hindurchgeleuchtet, Knospen aufspringen lassen und allerlei Blumen aus der Erde gelockt. Die Linden standen in voller Blüte, und ihr zarter Duft trieb in der Luft. Eine Sommerbrise war über Juliettes Haut gestrichen und hatte eine Vorahnung herangeweht.

Nur wenige Stunden eines einzigen Tages hatten ihrem und dem Leben von Elodie eine andere Wendung gegeben.

Wie viel Magie lag doch in dieser Begegnung.

Konnte es solche Zufälle geben?

In dem Augenblick, in dem sich die Zwillingsschwestern an die Hand genommen und sich alles erzählt hatten, was es zu erzählen gab, hatte sich die Tragik von Einsamkeit und Schmerz unmittelbar verflüchtigt. Ihre Vergangenheiten waren in teleskopartiger Schärfe zu einem einzigen Bild verschmolzen, das ihre beiden Geschichten vom Anfang bis ins Jetzt vollständig enthielt.

Und obwohl neunundzwanzig Jahre vergehen und Elodie und sie viele Schläge des Schicksals ertragen mussten, begriffen sie schließlich, wer sie waren.

Und: Dass alles im Leben seine Zeit hatte. Und seine Wunder.

Juliette, die bislang darin gescheitert war, einen Sinn aus dem sinnlosen Gemisch von Leid und Schmerz herauszupressen, wusste nun endlich, dass die Welt so, wie sie war, vollkommen sinnhaft war. Auch im Schmerz, auch im Elend, in der Niederlage und im Unglück. Dass jedes Leben mit den anderen verwoben war, zarte Fäden, die sich miteinander zu einem übergeordneten Ganzen verbanden. Und dass das Glück jeden fand. Auch wenn man sich noch so sehr davor versteckte.

Noch vor wenigen Monaten hatte sie sich gefragt, wer sie schon war. Und war überzeugt gewesen, nichts anderes zu sein als eine nichtige, unsichtbare Frau, die kein Leben hinter sich hatte und auch keines vor sich. Und nun, ganz plötzlich und völlig unerwartet, hatte sie eine Geschichte zu erzählen.

Sie spannte eine Seite in die Underwood ein. Die Tasten erklangen wie Musik, als Juliette den Titel ihres ersten Romans niederschrieb:

VOM VERSCHWINDEN UND SICH-FINDEN

Prolog

Licht kann laut sein. Licht kann leise sein. Licht kann schreiend sein oder still.

Es ist schwer zu glauben, dass sich das eigene Leben, wenn es sich im Augenblick miserabler nicht anfühlen kann, innerhalb weniger Wochen zu einem guten fügen kann. Insbesondere dann nicht, wenn jeder wache Moment das Gegenteil offenbart.

Von meiner Kindheit an bis heute bin ich viele Male gebrochen worden. Ich glaube, das geht den meisten Menschen so. Es gibt Kulturen, die glauben, man würde so oft gebrochen, bis unser Herz offen bliebe. Das mag für manche Menschen stimmig sein, fühlt sich jedoch absurd an, wenn man alles, was einen am Leben hält, verloren hat.

Nicht selten liegen wir und unser ganzes Leben nach einem Schicksalsschlag plötzlich in Scherben. Früher glaubte ich, dass etwas, was derart zerbrochen wurde, nie wieder geflickt werden kann. Und selbst wenn man es reparierte, nie wieder zu etwas Schönem werden konnte. Doch inzwischen weiß ich, dass unsere Sichtweise auf die Dinge alles verändern kann.

So schwierig manche Etappen meines Lebenswegs auch waren, so waren es doch gerade die Knotenpunkte – die Momente, in denen alles, woran ich je geglaubt hatte, plötzlich nicht mehr gültig schien –, die einen Neuanfang in sich bargen. Als ich alles verloren hatte, was mir wichtig war, wurde plötzlich alles wieder möglich. Es gab nicht weniger als nichts.

In Japan gibt es ein altes Kunsthandwerk, das Kintsugi genannt wird. Die einzelnen Fragmente einer zerbrochenen Keramik werden wieder zusammengefügt, indem man sie mit in Lackleim gelöstem Goldpulver wieder aneinanderklebt. Gleichermaßen werden bloße Risse in einem Porzellanstück mit Gold aufgefüllt.

Jedes reparierte Stück ist ein Unikat. Wie Wunden, die bei jedem von uns andere Spuren hinterlassen.

Jeder ist ein Kunstwerk mit seiner eigenen Geschichte und seiner eigenen Schönheit. Denn gewinnen wir nicht auch dem Leben oftmals einen größeren Glanz ab, nachdem wir es wieder zusammenflicken mussten?

Wie oft wir auch zerbrechen mögen, am Ende sind es doch die Brüche, die wertvoll sind.

Margaux und Hermes

Die Vereinigung der Zwillinge Juliette und Elodie, die am Tag der Geburt getrennt worden waren und all die Jahre nichts voneinander gewusst hatten, hatte der schläfrigen Atmosphäre des Abends, die solche Anlässe von jeher in Margaux hervorriefen, eine elektrisierende Lebendigkeit verliehen.

Und mit einem Mal hatte sie gewusst: Sie musste zu dem Ort zurückkehren, wo alles begann.

Wenige Tage später bestieg Margaux den Zug, setzte sich in ein Abteil ans Fenster, und als er losrollte, ließ sie die vertraute Stadt an ihren Augen vorbeigleiten, bis sie in der Ferne verschwand. Alles erschien Margaux plötzlich seltsam. Die Gegenwart. Die Vergangenheit. Beides nah und doch fern. Ein Gefühl breitete sich in ihr aus, eine seltsame Mischung aus Angst und Freude – eine Ahnung.

Langsam schraubte sich der Zug einen Steilhang hinauf, ein, wie ihr schien, himmelhohes Gebirge, rauchblau. Überquerte ein Viadukt in schwindelerregender Höhe. Margaux hielt den Atem an, bis die Schlucht unter ihr vorbeigezogen war.

Nach einem kurvenreichen Abstieg war endlich wieder das Tiefland erreicht.

Links und rechts der Fenster nun Teppiche aus dichtem, sattgrünem Gras. Hier und da waren Bäume in die Landschaft gestreut. In der Natur lag so viel Zärtlichkeit.

Eine Fahrt, die Margaux' Leben nochmals rückwärts an ihr vorüberziehen ließ. Vom Jetzt bis zum Anfang flogen all die Jahre am Fenster vorbei. Und der Zug fuhr einer großen Hoffnung entgegen.

Und dann, wie ein Wunder, im verlöschenden Licht jenes Sommers, irgendwo inmitten des Dufts grenzenloser Lavendelfelder fand sie ihn.

Die Gespräche im Abteil surrten wie ein Schwarm von Insekten. Hier und da flatterte ein Lachen heraus.

Und Margaux spürte sie, die heranrollende Gegenwart, die Größe dieses Augenblicks.

Er stand plötzlich vor ihr. Im Abteil. Denn auch er hatte sich auf den Weg gemacht. Auf eine Reise zu seinem Anfang.

Margaux erkannte ihn sofort. Hermes. Er drehte sich instinktiv zu ihr um, und als er sie ansah, blitzte für einen Augenblick der Glanz einer Vergangenheit in seinen Augen auf, von der Margaux noch immer träumte.

Sie blickte in sein Gesicht mit demselben Gefühl von damals, ins schwindende Tageslicht eines vergangenen Sommers vor dreiundfünfzig Jahren. Und einen Lidschlag lang sah sie nichts anderes als diese bruchstückhaften Bildsplitter, wie das fremde Paar mit ihrem kleinen Jungen davonfuhr.

Und jetzt stand er hier. Genau vor ihr. Wie lange hatte sie auf diesen Moment gewartet? Auf einen Moment, der so unwahrscheinlich war, dass er schlicht kein Zufall sein konnte.

Als spule sich die aufgerollte Vergangenheit mit der Geschwindigkeit des fahrenden Zuges ab, stand Margaux plötzlich wieder am Ufer des Sees, im Schilfgras versteckt, und blickte ihrem Kind nach. Ihrem größten Verlust.

Diese betäubte, wie angehaltene Zeit. Jahre hatte es gedauert, sich mit ihrer Verzweiflungstat abzufinden. Jahre, von denen Margaux später nicht mehr sagen konnte, wie sie sie überlebt hatte. Ohne ihre große Liebe, den Mann, den sie aus Verzagtheit über die Schwangerschaft fortgeschickt hatte. Und ohne das gemeinsame Kind, das sie in einer Kurzschlussreaktion auf die Türschwelle zweier Schwestern gelegt hatte, die sich um Probleme wie dieses kümmerten.

Margaux hatte versucht, das Falsche zu retten – die Ehe mit einem Narzissten und damit die Familie für die gemeinsame Tochter Binette. Der Narzisst war gegangen, und die Tochter war nie wirklich gekommen. Margaux hatte in Binettes Augen von jeher einfach alles verfehlt, was man nur in Ansätzen von einer Mutter erwarten konnte. Bis Margaux irgendwann verstand, dass man die eigenen Kinder nur lieben konnte in der Hoffnung, dass sie das, was man ihnen gab, annahmen. Etwas daraus machen mussten die Kinder selbst. Als Binette nicht aufhörte, ihr Vorwürfe wegen all der unterlassenen Mutter-Taten zu machen, hatte Margaux begriffen, dass ihre Tochter nie von der Haltung »Die Mütter sind immer an allem schuld« abrücken würde, und aufgegeben.

Von Zweifeln geplagt, hatte sie ihr Leben neu bewerten müssen, bevor es ihr gänzlich durch die Finger rann. Und nachdem sie sich so gut wie möglich von all den Menschen befreit hatte, die ihr nicht guttaten, war es ihr gelungen, sich einen Zustand des inneren Friedens und der Stille zu schaffen.

Doch jetzt, in diesem Moment, begriff sie, dass es oft nur unser eigenes Selbst war, dass uns im Stich ließ.

Hermes sah sie noch immer an, und die Welt um sie herum schien stillzustehen. Tränen schossen ihr in die Augen, ihre Kehle verengte sich, sie zitterte am ganzen Körper. Dreiundfünfzig Jahre hatte sie ihn nicht gesehen. Doch erkannt hatte sie ihn sofort. Noch nie hatte ein Blick sie so berührt. Er sah aus wie sein Vater.

Auch in Hermes regte sich etwas, irgendein Gefühl, doch er wusste nicht, was es war.

Der Zug rollte weiter durch das in Sommer getauchte Land, vorbei an endlos erscheinenden Lavendelfeldern. Das letzte Licht des Tages fiel auf die schlafenden Blüten und ließ sie erglühen in leuchtendem Blauviolett.

Zögernd stand Margaux auf, setzte einen ihrer kleinen Schritte vor den anderen.

Während Hermes begann, Schritt für Schritt zurückzudenken, ob und woher er diese zarte kleine Dame kannte. Doch die Erinnerung blieb aus. Sein Gefühl warf alle Erwägungen über den Haufen.

Aus dem Summen der Zeit tauchte das Gesicht dieser alten Dame auf. Doch wie viele Gesichter begegneten uns täglich, zogen an uns vorüber und verschwanden wieder? Unzählige Momente, nicht festgehaltene Erinnerungen. Millionen Gesichter, die stets Fremde blieben.

Dennoch rührte der Anblick von Margaux etwas in ihm. Auch wenn er nicht wusste, was. Auch wenn er noch nicht ahnte, auf welch sonderbare und schmerzliche Weise sein Leben mit dem Leben dieser alten Dame verwoben war. Wie ihre Existenz zum Gewebe seines Schicksals gehörte.

Kurz wurde Margaux schwindelig, und die Welt um sie herum löste sich in einer Vielzahl kleiner schwarzer Punkte auf. Sie hielt sich an einem der Sitze fest, atmete tief ein und aus, bis die Dinge um sie herum wieder in ihre ursprüngliche Gestalt zurückschwammen. Dann setzte sie noch einen weiteren Schritt vor den anderen.

Als sie direkt vor ihm stand, hob sie zitternd den Arm und berührte mit ihren Fingerspitzen das sternförmige Muster aus Talgdrüsen an seiner linken Stirn.

Und dann entströmten ihre Worte ihrem Innersten so gleichmäßig, wie der Duft sich von Blumen löst.

»Das Rätsel meines Lebens. Und die Lösung. Hier genau vor mir«, sagte Margaux. »Ich habe dich gefunden. Ich habe dich gefunden.« Sie ließ ihren Arm wieder sinken.

Der Duft umfing ihn, doch Hermes verstand nicht.

»Eine Handvoll Licht«, sagte sie dann, schloss die Augen und ließ die Tränen über ihre Wangen laufen.

Hermes sah sie ungläubig an. War das möglich?

Stand es hier wirklich direkt vor ihm, das große, sich entfaltende Geheimnis seines Lebens?

Margaux schlug die Lider auf und sah ihn aus feuchten Augen an. Ein langer, tiefer Blick.

Wie konnte das sein?

Hermes tastete nach der Innentasche seines offenkundig maßgeschneiderten Jacketts, zog sein Portemonnaie heraus und klappte es auf. Im hintersten Fach steckte zwischen Familienfotos ein vergilbtes, zerknittertes Zettelchen, dessen Ränder schon eingerissen waren. Er nahm es heraus, öffnete Margaux' Handfläche, legte es hinein und schloss ihre Finger darum. Einen Moment lang hielt er ihre winzigen Hände in seinen. Als sie nach einer Weile die Hand öffnete und das Papierchen auffaltete, las Margaux ihre eigene flüchtige Tintenschrift:

Eine Handvoll Licht

Sein ganzes Leben lang hatte Hermes dieses Zettelchen mit sich herumgetragen. Das einzige Fitzelchen, das ihm seine Mutter mit auf den Weg gegeben hatte. Das, was an seine Windel geheftet gewesen war, als zwei alte Schwestern ihn auf ihrer Türschwelle gefunden hatten. Die Zeit hatte ihre Spuren auf dem Papierchen hinterlassen. Doch es war das Einzige, was ihm von seiner Mutter geblieben war.

Er schlang seine Arme um die zierliche alte Dame und weinte.

Margaux war, als sei dies der Augenblick, auf den ihr ganzes Leben ausgerichtet gewesen war.

Sie waren vereint, Mutter und Sohn, im magischen Zauber unter dem Himmel der Zeit.

Nein, wir Menschen konnten nicht bloß Opfer der Willkür von Abermillionen zufälliger und flüchtiger Momente sein. Vielmehr hatte das Wunder des Lebens all diese Begegnungen stimmig und sinnvoll miteinander verknüpft.

Und Margaux wusste: Die Züge des Lebens trugen uns alle an unsere Bestimmungsorte – jeden dem Ersehnten entgegen, wonach auch immer er suchte. Und all unsere Geschichten blieben für immer aufgehoben im unendlichen Rhythmus der Zeit.

Hinter den Scheiben der Sonnenuntergang. Das Licht floss in das Abteil und füllte es mit einem Schimmer von Bronze. Je tiefer die Sonne sank, desto heller wurden die Farben auf den vorbeiziehenden Feldern, heller, immer heller, bis alles in einem Nachglühen zerfloss und den unendlich weiten Himmel in flimmernder Pracht lodern ließ.

Epilog

Wir sind alle bloß Geschichten, die erzählt werden.

Auch wenn der Tod im Leben tatsächlich nicht das letzte Wort hat, erlaube ich mir den Abschluss.

Ich beanspruche weder besondere Kräfte, noch weiß ich besser mit dem Sterben umzugehen als der Mensch.

Ich bin nur immer da, wenn das Leben vergeht.

Die Entscheidung darüber, wer lebt und wer stirbt, wird nicht von mir getroffen. Ich bin bloß der Fährmann, der den Körper sanft hält, während der letzte Atemzug entweicht. Dann nehme ich die Seele in meine Arme und bringe sie nach Hause.

Ich bin lautlos, aber nicht beiläufig. Und unsichtbar schon gar nicht.

Bevor ihr das Buch nun zuklappt, meine Geschichte zwischen den Buchdeckeln ruhen lasst und ich in den Morgen hinausgehe in das weite Land hoch über dem glitzernden Fluss, noch eines:

Die meisten Menschen, ob Zwilling oder nicht, suchen nach ihrem Gegenstück, das sie vervollkommnet.

Mein Gegenstück ist das Leben. Ich bin also keine trostlose Sache. Weil Leben und Tod zusammen unsterblich sind. Und durch den Tod immer Leben strömt.

Ihr Menschen, habt Vertrauen. Das Universum wacht über eure Geschichten.

Ob sie schön oder traurig sind, hängt bloß davon ab, bis wohin sie erzählt werden. Aber ich versichere euch, dass das wahre Ende eurer aller Geschichten ein gutes sein wird. Eines, das einen Anfang in sich birgt.

Und auch wenn sich das Leben von Zeit zu Zeit wie das Ende von allem anfühlt, bleibt zuversichtlich: Manchmal fällt ein Stern vom Himmel und bringt alles ins Reine.

Das ist der Klang von Licht.

ENDE

Dank

Mein erster Dank geht an den Tod, der seine Fingerspitzen in letzter Sekunde von unserem Sohn Numa gelöst und ihn uns zurückgegeben hat. Ebenso danke ich dem Leben, das uns immer wieder die Hand reicht und selbst tiefste Dunkelheit irgendwann zerspringen lässt wie Glas, damit die Scherben für uns das Licht einfangen.

Von ganzem Herzen danke ich der wunderbaren Piper-Familie, die meine Bücher zu dem macht, was sie sind. Nie zuvor sind mir Menschen in einem Verlag begegnet, die Geschichten mit einer solchen Liebe, Hingabe und Zärtlichkeit zu wundervollen Büchern vollenden. Liebste Fe, liebe Isabelle Toppe, liebe Anja Melzig, lieber Sven Diedrich, liebe Elisabeth Wiedemann, liebe Stefanie Frühauf, liebe Stefanie Hoever, liebe Sabrina Lessnig, liebe Isabell Wieland, liebe Nikola Rückert, liebe alle vom Piper Verlag, ich danke euch für eure unendliche Geduld mit mir – ich weiß, ich bin nicht immer einfach –, für euer unermüdliches Engagement, für eure großartige Arbeit und für eure Herzlichkeit, die man bis in jeden Winkel hinein spürt.

Ich danke meinen Freunden und meiner Familie, die mich vom Grund einiger tiefer schwarzer Löcher wieder hinaufgezogen haben. Insbesondere meiner viel zu früh verstorbenen Mama Clara Maria Bagus, die mich zu dem Menschen gemacht hat, der ich heute bin.

Mein größter Dank gilt meinem Mann Rolf, der mir insbesondere an traurigen Tagen mit einem so wunderbaren Humor begegnet (»Heute muss ich den Helm aufsetzen, meine Frau hat einen schlechten Tag.«) und mich niemals aufgeben lässt.

Und natürlich unseren Zwillingsbuben Numa und Avi, mit deren Geburt ich im wahrsten Sinne des Wortes ein zweites Mal auf die Welt gekommen bin und die ich, auch wenn sie mich täglich an meine Grenzen bringen, über alles liebe.

Ich danke den Buchhändlerinnen und Buchhändlern, die meinen Büchern einen Platz schenken. Und den Lesern, die ihnen eine Heimat geben und damit meinen endlosen Stunden am Schreibtisch einen Sinn verleihen.

Danke!